Newton Compton Editores

Título original: *The Orphanage by the Lake*

© 2024, Daniel G. Miller
© 2025, de la traducción por Raúl Rubiales Muñoz de León
© 2025, de esta edición por Antonio Vallardi Editore S.u.r.l., Milán

Todos los derechos reservados

Primera edición: septiembre de 2025

Newton Compton Editores es un sello de Antonio Vallardi Editore S.u.r.l.
Pl. Urquinaona, 11, 3.º 1.ª izq. Barcelona, 08010 (España)
www.newtoncomptoneditores.com

Gruppo editoriale Mauri Spagnol S.p.A.
www.maurispagnol.it

ISBN: 979-13-87575-52-6
Código IBIC: FA
DL: B 5.485-2025

Diseño de interiores:
David Pablo

Composición:
Javier Sánchez Meco

Impreso en septiembre de 2025 en Puntoweb s.r.l., Ariccia (Roma), en Italia.

Daniel G. Miller

El orfanato del lago

Traducción de Raúl Rubiales

Newton Compton Editores

Barcelona, 2025

En recuerdo de las niñas desaparecidas

Capítulo 1

Ay, las mañanas…

¿Acaso hay algo peor?

Siempre he envidiado a esas personas que saltan de la cama como un resorte y salen a correr por el barrio con una sonrisa de oreja a oreja en el rostro. Sin embargo, yo no soy como ellas. Mi rutina estándar se basa en que me despierte de un profundo sueño una de las canciones de mi lista «Grandes éxitos de los 80». El sonido de «Bette Davis Eyes» suele hacer que empiece la jornada con buen pie. Los días buenos pospongo la alarma del teléfono solo una vez. Tres veces el resto de días. Mi compañero de piso, Kenny, grita desde la otra habitación para que me levante y apague la maldita alarma. Ese es el momento en que abandono a rastras mi cama, que se queja con un chirrido, y me dirijo a trompicones a la ducha con los ojos entornados. Como mi cerebro todavía no funciona del todo, me quedo bajo el agua caliente cantando «Bette Davis Eyes» durante los siguientes cinco minutos antes de embarcarme en el proceso de enjabonarme y ponerme el champú. Hoy no es distinto.

Me pongo una blusa blanca y una falda de tubo azul marino. Cuando he terminado de maquillarme –un poco de base, rímel y una pincelada de iluminador para que los pómulos destaquen–, entro en el comedor de nuestro piso de Chinatown, que más bien es una ratonera. La habitación sirve tanto de cocina como de sala de estar. Nos lo vendieron como «un espacio diáfano» antes incluso de que se pusieran de moda las cocinas americanas. Kenny está apoltronado a la mesa plegable (nuestra versión de mesa de comedor) y da buena cuenta de un cuenco lleno de Choco Krispies mientras lee. Está estudiando para el examen de ingreso a la academia de policía. Pensar que pueda llegar a ser un agente de la autoridad me aterra un poco. No hay ni un solo objeto de la casa que no se le haya caído, llevado por delante con el pie o incluso destruido por completo. Será interesante verlo en el Departamento de Policía de la Ciudad de Nueva York.

Suena una notificación del calendario de mi teléfono. Voy a llegar tarde a la reunión. Abro la nevera y saco un Red Bull Zero. Sé lo que me vas a decir: «¿Qué diantres haces bebiendo Red Bull nada más levantarte?». Mira, pues que no me gusta el café y, cuando estás tan cansada del trabajo como yo, haces lo que sea para aguantar el día con los ojos abiertos y la mente despejada. Además, no tiene azúcar. Punto para mí. Con algo tengo que bajar el dónut de mochi que estoy desayunando.

Kenny me observa y me dedica una sonrisa y un asentimiento. No es la primera vez que contempla la rutina histérica de cuando llego tarde al trabajo.

—Buenos días.

Lleva el pelo tan corto que cuando le pasas la mano por encima da la sensación de que estás acariciando una pelota de tenis. Sus ojos son marrones, de mirada amable, y tiene la cara redonda. Me recuerda al Hombre de Malvavisco de *Los cazafantasmas*, pero sin el gorrito de marinero. Creo que está colado por mí, pero hago todo lo posible por dejarle claro que no es recíproco.

—Buenos días. ¿Cuánto queda para la prueba? —le pregunto con migas de dónut pegadas en los labios.

—Cinco días. No veo el momento de hacerla.

—No te preocupes, lo vas a petar. Si quieres, te ayudo a repasar cuando vuelva esta noche.

A Kenny se le iluminan los ojos.

—Gracias, Hazel. Me iría genial. Prepararé unos boles de *bibimbap*.

10

A Kenny y a mí nos une nuestra afición común por la comida, sobre todo por la gastronomía coreana. Nos recuerda a casa.

–Ay, ¡qué rico! Trato hecho. Bueno, míster Special K, me voy a la oficina. Suerte con el estudio.

Salgo por la puerta con un segundo dónut en una mano y el Red Bull en la otra. Kenny me dice algo mientras me marcho, pero no lo oigo, porque en un visto y no visto ya estoy bajando a toda prisa las escaleras del edificio. No hay ascensor y vivimos en la quinta planta. Es una paliza subir los escalones tras un duro día de trabajo.

Salgo como una exhalación por la puerta del portal hacia la calle Mulberry. La acera está repleta de esas personas madrugadoras y sonrientes a las que no consigo comprender. Hace un día nublado de otoño en Manhattan, lo bastante fresco como para mantener los olores más desagradables a raya, pero demasiado cálido como para darse un largo paseo. Los aromas de las paraditas de comida china impregnan el aire. Es una mezcla encantadora de pescado, fruta y flores. Ojalá tuviera tiempo para detenerme y embriagarme con el archiconocido olor de las rosas, pero ya voy tarde y el cliente que me espera no se caracteriza por su paciencia, precisamente.

Por fortuna, la oficina está a solo unos bloques de distancia del piso. Camino con pasos enérgicos por Mulberry y después tuerzo a la izquierda, hacia la calle Canal. La agencia ocupa la tercera planta de un destartalado edificio de ladrillos en Cortlandt Alley, que a decir verdad, más que un callejón, es un simple espacio estrecho entre dos edificios. Cuando firmé el contrato de alquiler del local, yo era la única ocupante en el edificio. Pero, con el paso de los años, supongo que se ha ido poniendo de moda y se han instalado varios diseñadores y empresas de moda. Creo que es la primera vez que causo tendencia. También será la última. No hay ni un solo día que no me tropiece cuando salgo a comer con una sesión fotográfica en la que posan modelos vanidosos. Una lacra. Sin embargo, la ubicación del local es buena: está cerca de casa, así que puedo ir a pie, pero hay cierta distancia, por lo que mis turbios clientes no se enteran de dónde vivo.

Que, por cierto, hablando de personas turbias…, ha llegado la hora de reunirme con un cliente. Paso la tarjeta por el lector de la puerta del edificio y subo de dos en dos los desgastados escalones de madera. Más escaleras. Por eso tengo los glúteos tersos. Doblo la esquina del hueco de la escalera y una visión desagradable me da la bienvenida.

—Llegas tarde —me dice Gene Strauss.

Gene está repantigado en el banco que hay fuera de mi despacho y las perlas de sudor se congregan en su frente, donde le nace un pelo ralo oscuro que lleva engominado hacia atrás. Lleva puesta una camisa de rayas amarillas y marrones con los dos últimos botones desabrochados, que revelan una mata de pelo en el pecho demasiado espesa para mi gusto. Hace crujir los nudillos de sus gruesos y rollizos dedos, en los que luce varios anillos de oro, antes de posar las manos sobre su enorme panza. Está aquí para espiar a su mujer. Pero la cuestión es: ¿quién en su sano juicio se casaría con este hombre?

Espero un momento para recuperar el aliento.

—Lo siento, señor Strauss. ¿Cómo ha entrado en el edificio?

Se pone en pie y sonríe, mostrando unos colmillos demasiado grandes, envueltos por una boca prominente, como el morro de una rata.

—No importa eso. ¿Has encontrado algo?

No sé qué pensar de que cualquiera pueda acceder al supuesto edificio seguro donde se encuentra mi despacho, pero decido apartar este pensamiento por el momento. No quiero pasar más tiempo con él del estrictamente necesario. Aunque debo darle cancha, porque, por desgracia, es el único cliente que tengo.

–Sí, señor Strauss, tengo el informe que me solicitó. ¿Por qué no lo comentamos en el despacho?

Saco la llave y la introduzco en la cerradura. Mientras la puerta se abre, le echo un vistazo al grabado que hay en el cristal esmerilado: HAZEL CHO, DETECTIVE PRIVADA. Suena tan oficial, tan de malota... Cuando era pequeña, veía películas antiguas de Humphrey Bogart con mi padre y me enamoré perdidamente del detective Sam Spade en *El halcón maltés*. «Tiene gracia que tú me amenaces. Te las haré pagar todas juntas». Algún día soltaré una frase de ese estilo para que mi interlocutor se quede a cuadros.

–Siéntese, por favor, señor Strauss –le invito, y cierro la puerta tras él mientras señalo con la mano una de las dos sillas de cuero que hay delante de mi escritorio.

El despacho es de las pocas cosas de las que estoy orgullosa. Mi hermana Christina y yo lo decoramos cuando empecé como detective privada y creía que sería como Veronica Mars o Thomas Magnum. Compré con mis ahorros unas preciosas sillas blancas y un escritorio de cristal con los cantos dorados. Pusimos unas estanterías empotradas y las llenamos de un montón de libros que todavía tengo en mi lista de pendientes. Mi padre y yo pintamos las paredes de un relajante tono gris azulado mientras Christina trasteaba con el móvil y fingía que nos ayudaba. Mi licencia de detective está colgada detrás del escritorio, con un marco que sería más adecuado para un Van Gogh. Poco me imaginaba que en mi pequeño negocio de investigación privada acabaría dedicándome a destapar infidelidades en vez de perseguir a capos de la mafia.

–¿Quiere tomar algo? Café, agua, algún refresco... –le ofrezco.

Las novedades que tengo para él no son buenas, así que espero que el café lo ayude a sobrellevar el golpe. Quizá podría cambiar la sacarina por un sedante mientras lo preparo.

–No hace falta. Quiero el informe ya.

Tiene un marcado acento del sur que le combina bien con el mal genio.

–Está bien, como quiera.

Saco una carpeta de mi bolso de lona y la dejo sobre el escritorio, delante de mí. Antes les enseñaba a mis clientes los informes y las imágenes en el ordenador o se los mandaba por correo electrónico, pero he aprendido que son más propensos a aceptar la realidad si les muestro los documentos en papel. Las pruebas tangibles parecen más ciertas.

–Señor Strauss, me contrató porque quería saber si su mujer le estaba siendo infiel. En pocas palabras, la respuesta es que sí. Tal como me indicó, seguí a Emily el pasado jueves y el viernes mientras usted estaba fuera de la ciudad. En ambas ocasiones, cenó en compañía de otro hombre. La cena era de una naturaleza íntima. No había portátiles, documentos ni ningún otro elemento que la relacionara con asuntos de trabajo. El hombre y ella se marcharon del restaurante, cada uno en su coche, y condujeron en la misma dirección. Al final, aparcaron delante de la casa de él.

Abro la carpeta y le extiendo el informe. Ignora las páginas de texto y va directo a las imágenes. Siempre pasan directamente a las fotografías. Mientras sus gruesos y peludos dedos hojean las instantáneas en las que aparece su esposa en los brazos de otro hombre, soy espectadora de cómo le va brotando la rabia. Aferra las fotos con fuerza. Su cara adopta un alarmante tono morado y da golpecitos en el suelo con la punta de los zapatos con tanta violencia que parece una lavadora en pleno centrifugado. Acto seguido, levanta la mirada hacia mí.

Tiene los ojos endemoniados.

–Serás puta –me suelta, saboreando las palabras.

Una sonrisa malvada se le extiende por los labios.

–Disculpe, ¿cómo dice?

Se levanta de la silla y me arroja las fotografías a la cara. Una vena le palpita en la sien.

–Estas imágenes son falsas. ¿Qué te crees, que puedes entregarme unas fotos falsas y esperar que te dé las gracias y te pague con el dinero que he ganado deslomándome? ¿Me tomas por idiota?

Cuando seguí a la señora Strauss, me pareció ver unos moratones en sus muñecas, pero no estaba segura. Ahora no me cabe ninguna duda.

Me echo atrás en la silla y levanto las palmas de las manos para calmarlo. No es la primera vez que uno de mis clientes intenta agredir a la pobre e inocente mensajera. Claro que ninguno era tan corpulento como Gene Strauss.

–Le aseguro que estas imágenes son reales. Lamento haberle traído malas noticias, pero es la verdad.

Me señala la cara con uno de sus dedos rechonchos y exhala por la nariz, produciendo unos sonoros resuellos.

–Ni se te ocurra mentirme.

–Descuide. He visto muchos casos como este y quizá tarde un tiempo en superarlo, pero puede…

Levanta una de las sillas del escritorio y la estampa contra la estantería, haciendo que unos manuales de investigación privada se desplomen sobre el suelo. Desvío la atención a su cara. Tiene la frente perlada de sudor. Busco su mirada. Sus ojos me recuerdan a los de un perro extraviado que me encontré un día en el bosque que colinda con la casa de mis padres: herido, asustado, furioso, impredecible. Le echo un vistazo a mi bolso. Dentro está mi táser, a escasos palmos de distancia.

–Quiero que me devuelvas el dinero del anticipo.

Yergo la espalda y niego con la cabeza.

–No puedo hacer eso, señor Strauss.

Lo que no le digo es que el cincuenta por ciento del anticipo que me pagó ya me lo he gastado y contaba con el pago del resto para cubrir el alquiler de este mes.

Aprieta los puños y se acerca un paso, rodeando mi escritorio con torpeza. Viene a por mí. No despego los ojos de él cuando deslizo la mano hacia el táser. No es la primera vez que veo esta mirada. Es la expresión de un depredador que quiere aprovechar un momento de ventaja.

En la planta baja se oye un portazo, que interrumpe nuestro concurso de miradas intimidatorias. Strauss retrocede un paso y aguza el oído. Unos tacones de mujer resuenan por las escaleras. El único otro sonido que se oye es el de nuestras respiraciones. Quiero huir, pero como mujer que se dedica a la investigación privada no me puedo permitir ese lujo. Eso es lo que quieren. Quieren que huyas. Que tengas miedo. Que tires la toalla. Que llores. Oigo que los pasos se acercan por el pasillo y entonces alguien llama a mi puerta. Suelto el aire lentamente. No sé quién puede ser, pero no será peor que estar a solas con este animal.

–¿Quién es? –pregunto con un hilo de voz.

–Soy Madeline Hemsley –responde al otro lado de la puerta una mujer con tono altivo.

Me devano los sesos para poner cara a ese nombre, pero no recuerdo a ninguna Madeline Hemsley.

–¿Quién?

La puerta se abre, la mujer entra en la habitación y la fragancia de un perfume caro que impregna el aire acompaña su llegada. Es lo contrario a Gene Strauss: esbelta e inmaculada, vestida con un traje que clama a los cuatro vientos el dinero que tiene. Aunque es joven, está claro que ha pasado por varias sesiones de bótox y la tez pálida de su frente brilla bajo una cascada de pelo rubio. Todo en ella es afilado. Su nariz, sus pómulos, su habla, su mirada. Pero lo que más destaca en ella son sus ojos, de un tono verde gélido penetrante. El alivio me invade el cuerpo al ver que hay otra mujer en el despacho.

Le dedica una mirada de desprecio a Gene Strauss, sin ser consciente de que acaba de meterse en la boca del lobo.

–Lamento la interrupción, pero debo hablar con usted.

Por el aspecto, debe de tener unos treinta y tantos años, aunque hable como una condesa de mediana edad.

La arrogancia de Madeline no hace más que alimentar la

rabia de Gene. Observo cómo se le contraen las pupilas mientras pasa la mirada de Madeline a mí, como si sopesara si debería descargar su furia sobre las dos. Lo miro con los ojos entornados y niego con la cabeza, diciéndole en silencio que no vale la pena. Pasados unos segundos interminables, hunde los hombros y su rostro se serena. No es un tipo listo, pero tiene las suficientes luces como para saber que esto no terminará bien para él. Tendrá que pelear otro día. Aun así, no puede marcharse sin una última réplica y me señala con el dedo:

–Esto no quedará así.

Mantiene durante un instante su regordete dedo apuntando en mi dirección para que me cale la amenaza y entonces pasa al lado de Madeline y cierra de un portazo.

Capítulo 2

—Qué horror de hombre —dice Madeline, y extiende la mano para que se la estreche, pero con la palma hacia abajo, como si quisiera que se la besara.

Me la quedo mirando, incrédula. Un hombre acaba de poner patas arriba mi despacho y estaba a punto de atacarme y ella actúa como si estuviéramos tomando el té en el club de campo. Miro el techo mientras intento tranquilizar mi respiración y apaciguar la frustración. Un revoltijo de emociones bulle en mi pecho: rabia hacia Gene Strauss por lo que ha intentado hacerme, decepción conmigo misma por no haberme preparado para este tipo de imprevistos e impotencia porque cada día siento que estoy a un paso de acabar estrangulada por un hombre inseguro. Pero ahora ninguno de esos pensamientos me va a aportar nada bueno. En este instante, debo lidiar con la muñeca de porcelana que tengo delante.

Alargo la mano para estrechar la suya. Me tiembla todo el brazo y tengo la palma sudada y sé, por la expresión que pone Madeline, que ella también se da cuenta. Me apoyo en el escritorio para estabilizarme.

—Disculpe, ¿se llamaba…?

La vorágine de los últimos minutos ha hecho que se me olvide su apellido.

—Hemsley.

—Señora Hemsley, debo pedirle que regrese en otro momento. Como ha podido ver, me pilla en muy mal momento.

Noto que los ojos se me llenan de lágrimas porque todavía estoy intentando procesar lo que acaba de ocurrir. Enseguida doy por sentado que esta mujer ni me va a escuchar ni va a sentir una pizca de compasión por mí.

Baja los ojos hacia su reloj.

—Insisto en que hablemos ahora.

Eso me saca del aturdimiento y observo cómo recoge la silla que Strauss ha volcado y la coloca de nuevo delante del escritorio antes de sentarse. No muestra interés ni preocupación por el desastre que casi presencia. Su falta de empatía es enervante. No es la primera vez que me cruzo con este tipo de persona pudiente a la que le divierte causar molestias. Por ejemplo, cuando era adolescente y trabajaba de camarera en un club de campo, una mujer me obligó a hacerle de cero la salsa tártara simplemente porque podía ordenármelo.

—¿Nos conocemos? —le pregunto.

Al oír la pregunta, resopla, como si le acabara de pedir que fume *crack* conmigo.

—No, señorita Cho, no nos conocemos.

Un silencio incómodo se extiende por el local y me doy cuenta de que la única manera de que esta mujer se largue de mi despacho es que preste atención a la trágica historia que haya venido a contarme sobre el infiel de su marido o la hipócrita de su suegra. Me agacho y recojo las fotografías que Strauss ha esparcido por el suelo. A continuación, cojo un pañuelo y me seco la comisura de los ojos. Soy incapaz de reprimir el temblor de mis manos, pero eso a ella no parece importarle.

—Llámeme Hazel. ¿Qué puedo hacer por usted, señora Hemsley?

No me pasa por alto que ella no me propone que la tutee. Quién lo diría.

—Hazel, estoy aquí porque necesito tu ayuda. Mi ahijada ha desaparecido.

Vuelvo a sentarme en la silla, me ha pillado por sorpresa. Los detectives no solemos ver casos que involucran a padrinos.

–¿Su ahijada? ¿Cuándo desapareció?

Saca una fotografía de su bolso de cuero negro y me la pasa con ambas manos, como si se tratara de una pieza de orfebrería de un valor incalculable. La chica que sale en la imagen tendrá unos trece o catorce años, con los ojos oscuros, piel morena, una mata de pelo encrespado y una sonrisa electrizante que irradia la alegría y la energía de la juventud. Lo primero que me viene a la mente es lo inverosímil que me parece que alguien como Madeline pueda tener una amiga negra y que además tenga una relación tan estrecha con ella como para nombrarla madrina. Un resplandeciente vestido floral acentúa el rostro de la muchacha. Tiene una sonrisa brillante e inocente y sus ojos desprenden un brillo astuto, como si guardase muchos secretos.

–Desapareció hace seis meses –responde Madeline.

–¿Seis meses? –Subo las cejas–. Señora Hemsley, las horas más importantes para encontrar a una persona desaparecida son las primeras cuarenta y ocho. Pasado ese lapso, es como hallar una aguja en un pajar. Seis meses después, no hay nada que investigar.

Madeline hace un mohín con los labios y me taladra con la mirada al tiempo que se toquetea las uñas, como si se estuviera aburriendo.

–Soy consciente de ello. Pero me niego a tirar la toalla.

–¿Y los padres?

Le da un capirotazo a una pelusilla que tiene en los pantalones de traje.

–Están muertos. Es huérfana.

–¿Cómo murieron? Si puede saberse.

–En un accidente de coche cuando ella era pequeña.

Me siento como si estuviera en el estrado interrogando a una testigo hostil.

–Lo siento mucho. ¿Eran parientes?

–No, solo buenos amigos.

–¿La niña tiene padrino?

–No.

–Entonces, ¿usted es su única tutora?

La mujer estira el cuello.

–No. Vivía en un orfanato, aunque ahora creo que los llaman «centros tutelados».

Se remueve en el asiento, anticipando la pregunta que le voy a hacer a continuación.

–¿Por qué estaba en un centro tutelado y no vivía con usted?

Madeline aparta la mirada de mí y la desvía hacia la ventana para perderse en sus recuerdos. Cuando vuelve a hablar, lo hace con contenida agonía.

–Mi estilo de vida no es adecuado para una niña. Además, me he asegurado de que reciba los mejores cuidados posibles. Es el orfanato de más reputación que hay al norte del estado.

Cuando oigo sus palabras, me levanto del escritorio. Ya me he hartado de esta mujer que se cree tan por encima de los demás que ni siquiera puede ocuparse de su pobre ahijada huérfana.

–Muy bien no la estarían cuidando si ha desaparecido. Lo lamento, pero deberá acudir a otra profesional para esta investigación. Solo trabajo en la ciudad, no me desplazo al norte del estado. Y si le soy sincera teniendo en cuenta el tiempo que ha transcurrido desde la desaparición, dudo que pudiera hacer algo por usted. Ni siquiera tengo coche.

Su fachada se derrumba durante un instante fugaz y vislumbro un temblor en sus labios. Traga con dificultad y también se pone en pie. Me envuelve la mano con las suyas y se inclina hacia delante con determinación. No tiene un solo callo.

–Por favor, Hazel. Pagaré el coche y todos los gastos. Sé que las posibilidades de encontrarla son remotas, pero eres mi última esperanza.

Rebusca en el interior de su bolso y saca un sobre lleno

de billetes. No sé qué suma habrá dentro, pero es significativamente mayor que lo tengo en mi cuenta corriente, que rondará la friolera de ciento setenta dólares. El otro día Kenny vio la cifra y se desternilló.

–Con esto puedes empezar. Le pediré a mi asistente que te traiga otros cinco mil dólares hoy o mañana. Si la encuentras antes de que termine la semana que viene, te daré cien mil dólares por tus esfuerzos.

Tengo que controlarme para no quedarme con la boca abierta. Cien mil dólares cambiarían mi vida por completo. Podría saldar mis deudas, pagar el alquiler, renovar el mobiliario del despacho, anunciarme en algún sitio, aceptar casos mejores, rechazar a los tipos como Gene Strauss y convertirme en la detective privada de mis sueños. Pero solo si doy con su paradero dentro de ese plazo, que es un tiempo insuficiente.

–¿Y si no la encuentro?

–Entonces contrataré a otro detective. No eres la primera, ¿sabes? No pararé hasta que alguien la encuentre.

–Señora Hemsley, es un plazo insuficiente para un caso tan complicado como este, sobre todo si tenemos en cuenta que hace mucho de la desaparición. Esto me podría llevar semanas o incluso meses. Y ni siquiera en ese caso le podría garantizar que la fuera a encontrar.

–Lo siento, pero esas son mis condiciones. Mi padre decía que una cuenta atrás afina la mente y, por el aspecto de este despacho, si con eso no basta, el dinero tendría que ser una motivación más que suficiente.

Vuelvo a mirarla y me fijo en que tiene los capilares del cristalino dilatados y los párpados enrojecidos. Ha estado llorando. Acto seguido, mi mirada se desvía hacia el montón de facturas pendientes de abonar que hay sobre el escritorio. No me puedo permitir rechazar esta oferta. De hecho, no me puedo permitir rechazar ninguna oferta. Doy por hecho que el segundo pago de Gene Strauss brillará por su ausencia. Pero necesito saber más detalles.

–¿Y la policía?

–Denuncié la desaparición. Llevaron a cabo una investigación exhaustiva, pero, francamente, creo que no le dieron al caso la prioridad que merecía. Me dijeron que lo más seguro es que Mia se hubiera escapado y que regresaría cuando menos nos lo esperáramos. De eso hace meses.

–¿Y los demás detectives? Ha mencionado que no soy la primera.

–Son todos unos incompetentes y fracasaron.

–Aun así, hablar con ellos me podría ahorrar algo de tiempo. Necesitaré sus nombres y datos de contacto.

–Me temo que no puedo hacer eso. Quiero unos ojos frescos.

Sus palabras quedan suspendidas en el aire, cargado por el aullido distante de una sirena que nos llega por la ventana. En mi experiencia, cuando alguien contrata a varios detectives privados, se debe a que el caso es imposible de resolver, a que es imposible trabajar con el cliente o a ambas a la vez. En esta ocasión me decanto por la tercera opción. Todo lo que me ha contado me dice que me mantenga al margen, pero la imagen de esa preciosa niña huérfana me reconcome. Además, siendo sincera, tengo un sobre lleno de billetes en la mano y es un dinero que me vendría la mar de bien. Dejo mi móvil delante de ella.

–La grabaré. ¿Lo consiente? Debo preguntárselo según las leyes de Nueva York.

–Sin problema.

–Vale, dígame todo lo que sabe.

Mientras abro el portátil y me preparo para tomar notas, veo de reojo que las comisuras de la boca de Madeline se curvan hacia arriba. Coloca su bolso en la silla que tiene al lado, como si estuviera acomodando un anillo en un cojín, y respira hondo.

–Por desgracia, no sé demasiado. Era un lunes por la mañana, estaba en casa. Acababa de llegar de una clase de entrenamiento por intervalos y me estaba preparando el café *espresso* que me tomo cada día cuando recibí una llamada del Saint Agnes, que es el nombre del centro tutelado donde vivía Mia. Así se llama, Mia. Mia Ross.

A Madeline le titubea la voz un instante, pero se recompone de inmediato.

—Prosiga.

—El director del centro, Thomas Mackenzie, que es un antiguo amigo de la familia, me informó de que Mia había desaparecido y me preguntó si se había puesto en contacto conmigo.

—¿Lo hizo?

—No. Como te puedes imaginar, esa noticia me alarmó bastante y le dije que acudiría al centro de inmediato. Él desestimó la idea sin pensárselo dos veces e intentó tranquilizarme. Me dijo que no había ningún motivo para que me desplazara, que lo más probable era que Mia estuviera fuera explorando el campus y que la encontrarían en menos que canta un gallo. Me dijo que me llamaría cuando la hubiesen localizado. Esperé el resto del día en casa, con el teléfono en la mano y la mirada perdida en la ventana, pero el móvil no volvió a sonar.

—¿Qué hizo entonces?

Madeline pone los ojos en blanco, como si volver a contar la historia fuera una ardua tarea.

—Llamé al Saint Agnes. Thomas me dijo que todavía estaban peinando los terrenos y que se había puesto en contacto con los vecinos. Le pregunté si no era mejor llamar a la policía y me respondió que todavía no, que debíamos esperar como mínimo cuarenta y ocho horas.

Tecleo una anotación en negrita. Qué extraño que se mostraran reacios a involucrar a la policía.

—¿Qué ocurrió pasadas las cuarenta y ocho horas?

—Nada. Mi ahijada desaparece y pasadas cuarenta y ocho horas Thomas ni siquiera tiene la decencia de llamarme para informarme de si hay novedades. Me puse firme y yo misma contacté con la policía.

Tecleo desaforadamente, alternando la vista entre la pantalla del ordenador y Madeline para que sepa que la estoy escuchando. La mayoría de los detectives privados son hombres y los hombres no saben escuchar. Es una de las pocas ventajas que tengo.

—Cuénteme qué interacción tuvo con la policía.

Madeline vuelve a hurgar en su bolso, saca una tarjeta del monedero y me la pasa. En ella se lee: DETECTIVE ROBERT RIETHER.

—Me remitieron a este detective, el agente Riether. Me tomó los datos y me dijo que empezarían a investigar.

—¿Y lo hicieron?

—Sí. Según me informó, fue al centro e inspeccionó el cuarto de Mia, habló con el personal y se paseó por los terrenos.

Enarco una ceja.

—¿Eso le comentó? Lo habitual es que la policía no comparta ningún detalle sobre una investigación en curso.

Madeline pone una mueca como si mis preguntas fueran una molestia.

—De hecho, no. Me enteré porque Thomas me llamó muy indignado al día siguiente. Me dijo que era prematuro involucrar a la policía y que le habría gustado que le hubiese comunicado que los agentes iban a hacerle una visita. Le respondí que si supiera dónde estaban las niñas que tenía a su cargo entonces no tendríamos que involucrar a nadie. Desde entonces no me coge el teléfono.

Subrayo el nombre de Thomas Mackenzie en mis notas.

—Menudo chulo, ¿no?

Madeline entorna los ojos. Supongo que es su manera de reírse.

—En realidad no es tan inepto. Es un tipo bastante gruñón y el Saint Agnes es su orgullo.

—¿La llegó a llamar el detective Riether?

—Sí. Al principio se mostró de lo más servicial; me llamaba para informarme de que la policía seguía investigando.

Por supuesto, no me podía comentar nada concreto, pero parecía interesado de verdad en encontrar a Mia. Me hizo las preguntas adecuadas y se implicó en el caso, pero…

–Adelante.

–Se desvaneció. Dejó de llamarme y, cuando intentaba hacerlo yo, tardaba días en devolverme la llamada o directamente ni lo hacía. Cuando lograba comunicarme con él, me contaba que estaban investigando activamente, pero que el departamento disponía de recursos limitados que se habían redistribuido a «asuntos más urgentes». ¿Qué puede ser más urgente que una niña desaparecida?

Me separo de la pantalla del ordenador para mirarla a los ojos. Tiene la frente arrugada en una expresión de preocupación genuina y me siento mal por ella. Uno de los aspectos más duros de las investigaciones por desaparición es que la policía no puede compartir la información con el fin de no poner en riesgo la búsqueda. Y es mejor no incordiar para evitar llegar al punto en el que dejen de querer ayudarte. Terminas en una posición en la que solo puedes esperar y tener esperanza. Yo no tengo esas limitaciones, así que al menos le podré proporcionar algo de calma cuando comparta con ella lo que descubra. Pero antes tengo que saber más cosas sobre la niña en cuestión.

Me inclino hacia delante en la silla.

–Hábleme de Mia.

El rostro de Madeline se suaviza y sus ojos esmeralda se enturbian cuando se le agolpan los recuerdos. Esboza una sonrisa apenada.

–Es la niña más bonita que hay, Hazel. Tiene una enorme sonrisa traviesa y es el alma de la fiesta allá donde va. Según me dijo el personal, siente predilección por las bromas. Ya sabes, como poner bichos de mentira en los cereales de las demás niñas o tapar con celo los grifos del baño; ese tipo de cosas. Le encanta la música y cree que es la fan número uno de Olivia Rodrigo. Yo no lo entiendo: sus canciones son demasiado fuertes para mi gusto. Y no hay ningún juego o deporte al que no se apunte. Le encanta el tenis y si pudiera se pasaría el día entero al aire libre.

Saca su móvil del bolso y desliza el dedo por la pantalla para acceder a la galería. Da cada toque con la misma delicadeza que una costurera dando puntadas.

–Quiere ser cantante. Tiene una voz preciosa e irradia mucha seguridad en sí misma cuando está sobre el escenario.

Madeline aprieta el botón de reproducción de un vídeo y me pasa el teléfono.

Mia está sola en el centro de un viejo escenario de madera que supongo que es del auditorio del centro tutelado. Detrás de ella, unas cortinas de terciopelo de color púrpura imperial cuelgan desde el techo. La calidad del vídeo deja bastante que desear, pero, aunque se vea borroso, comprendo a qué se refiere Madeline. Mia mantiene la cabeza en alto y su postura refleja determinación, como si supiera que ese es su lugar. Lleva el pelo hacia atrás, sujeto por una cinta de la que se le salen varios mechones, como si los impulsara su propia energía. La luz de los focos resalta el brillo de sus ojos y su amplia sonrisa blanca y radiante. A diferencia de los recitales de mis sobrinas, en los que los padres parlotean y se desviven por capturar con el mejor ángulo posible el vídeo de su hijo «especial», en este el público está en silencio y presta toda su atención, como si supiera que está a punto de presenciar algo bonito. Mia empieza a cantar en voz baja y sonrío, porque es uno de mis temas favoritos, «Time After Time», de Cyndi Lauper. La canta a capela y transmite las palabras cargadas de sentimiento y emoción.

Su voz de soprano con notas graves recorre todo el espacio silencioso, preciosa y encantadora. Quizá sea por lo que me acaba de pasar con Gene Strauss, pero, cuando oigo la voz de la muchacha, no puedo evitar que se me forme un nudo en la garganta. Si no consigo recobrar la compostura, Madeline va a llevarse una impresión nefasta de mí.

Miro a Madeline y percibo claramente que ella también se está dejando embargar por la emoción. Carraspeo y procuro volver al asunto que nos ocupa:

–¿Cuántos años tiene?

–Trece. Cumple catorce el mes que viene.

–¿Cada cuánto la visitaba?

–Cada tres meses. La llevaba al cine o nos íbamos a tomar un helado.

–¿Tenía novio o alguien que le gustara con quien pudiera haber huido?

–No, que yo sepa.

La canción sigue de fondo. Mia canta esa famosa letra sobre perderse y sobre cómo si buscas puedes encontrar. Si eso no es una señal, que baje Dios y lo vea. Me muerdo el labio y extiendo la mano.

–Está bien, señora Hemsley. Lo haré.

Una sonrisa eufórica se abre paso entre sus labios antes de que pueda reprimirse. Se levanta de la silla de golpe y se alisa la chaqueta. Extiende la mano y estrecha la mía. Me siento como si acabara de sellar un contrato con el mismísimo diablo.

–Gracias, Hazel –me dice antes de recoger su bolso y dirigirse a la puerta. Me da la sensación de que está intentando esfumarse antes de que pueda reconsiderarlo–. Hoy mismo tendrás a tu disposición un coche y fondos adicionales para los gastos.

–Se lo agradezco. Por favor, mándeme ese vídeo y cualquier otra imagen o grabación que tenga de ella.

Madeline aferra el pomo de la puerta, yergue la espalda y recobra el tono dictatorial:

–Por supuesto, pero espero recibir un informe con sus avances dentro de cuarenta y ocho horas.

Asiento. Con esta señora, todo es complicado.

Cierra la puerta tras de sí y yo me desplomo en la silla. La mente me va a mil por hora. Mis pensamientos entrechocan unos con otros mientras medito sobre el caso. Hay algo sobre Madeline que me pone los pelos de punta y no me puedo quitar de encima la sensación de que este caso entraña algo mucho más oscuro de lo que me ha dicho. Aun así, precisamente es esa molestia lo que me intriga. Me hice detective privada para resolver casos como este.

–Cuarenta y ocho horas –susurro para mí misma.

Hora de ponerse manos a la obra.

Capítulo 3

Intento trabajar, pero soy incapaz. Todavía estoy asimilando lo que acaba de ocurrir. Durante los siguientes diez minutos me quedo con los ojos fijos en la pantalla del ordenador. Me devuelve la mirada una imagen mía de hace diez años, cuando pesaba cinco kilos menos. ¿Sabes cuando la gente dice eso de «No pasan los años por ella»? Bueno, pues a mí me pasaron de golpe tras graduarme en la universidad. No es que no sea atractiva, pero cuando has estado en mejor forma todo tu físico te parece que está mal. En la fotografía salgo con mis amigas en una piscina en Las Vegas. Llevo puesto un biquini escalofriantemente escueto, el pelo oscuro me brilla bajo el sol, mis ojos almendrados de color carbón irradian seguridad y estoy morena, demasiado delgada y rebosante de optimismo. Quién me ha visto y quién me ve…

Pero en realidad no asimilo la imagen. No asimilo nada. Sigo alterada por la breve visita de Strauss. Cada vez que me pongo a meditar sobre el nuevo caso, me distrae un crujido en los escalones o el silbido del viento que se cuela por las ventanas mal aisladas. Las palabras «Esto no quedará así» me retumban en los oídos.

Me recuerda a una época en la que estaba menos preparada. Es algo que no puedes comprender a menos que hayas sido víctima de una agresión. Ni mis padres ni mi hermana llegaron a comprenderlo jamás. La agresión no termina cuando acaba el ataque. Permanece contigo, oculta detrás de cada puerta que abres y cada esquina que doblas. Incluso te persigue en sueños. No es la primera vez que me ocurre. Por eso decidí dedicarme a esto.

Mi mentor, Perry Johnson, siempre me decía: «Cuando dejes de aprender, también dejarás de ser una buena detective privada». Así que decido dejar a un lado la aflicción y empezar a buscar información sobre Madeline para distraerme. Tras una búsqueda rápida en internet, descubro que es exactamente el tipo de persona que me olía. Tiene treinta y seis años y proviene de una familia adinerada del norte del estado. Su tatarabuelo cosechó una fortuna comerciando con bienes de contrabando y su abuelo se enfrascó en la consagrada tradición de los hombres ricos caucásicos de blanquear dinero negro usando como tapadera negocios respetables, como la compraventa de inmuebles, una ocupación que legó al padre de Madeline, quien finalmente se convirtió en uno de los mayores propietarios de fincas del área de Lake George. Su madre es ama de casa y la principal profesión de Madeline parece ser codearse con la alta sociedad. No hay ni una gala o acto benéfico al que no acuda y sale a menudo en las revistas del corazón. No se ha casado nunca y no tiene hijos, lo que no me sorprende, teniendo en cuenta su carácter. Sus relaciones sentimentales parecen ser el único aspecto de su vida que las revistas sensacionalistas no han expuesto. Aunque no se puede decir que sea un dechado de virtud, no hay nada en el pasado de Madeline que sea ilícito y lleve a pensar que le preocupa algo más que la desaparición de su ahijada. Quizá la policía pueda decirme lo contrario.

Cojo el teléfono y levanto la tarjeta de visita del detective. Capto un rastro del perfume de Madeline, un recordatorio desagradable. En estas situaciones, lidiar con la policía es una delicada danza que diverge según el departamento y el agente. Según el protocolo policial oficial, lo habitual es no comentar una investigación en curso ni compartir ningún tipo de información con los investigadores privados. Sin embargo, en ciertas ocasiones –digamos, por ejemplo, cuando conoces al agente a cargo o necesitan ayuda adicional–, pueden proporcionarte detalles relevantes o incluso el archivo del caso. Huelga decir que no conozco a nadie en Lake George, pero tengo la esperanza de que, como se trata de una comisaría pequeña, de pueblo, recibirán la ayuda con los brazos abiertos. Con esto en mente, marco el número.

Cierro los ojos para serenarme. He hecho más de un millón de llamadas de este tipo, pero es algo a lo que nunca me acostumbro. Mi madre dice que se debe a mi condición de *millennial*.

—Comisaría del *sheriff*, ¿en qué puedo ayudarle? —responde una voz amable al otro lado de la línea.

Es una novedad agradable. Estoy acostumbrada a lidiar con el Departamento de Policía de Nueva York, que no es famoso por su simpatía al teléfono, precisamente.

—Hola. ¿Podría hablar con el detective Riether? —pregunto.

—Sí, le paso la llamada.

El teléfono da dos tonos.

—Detective Riether —se presenta una voz.

Oigo que masca algo crujiente.

—Sí, hola, me llamo Hazel Cho. Soy una investigadora privada que trabaja para Madeline Hemsley en el caso de la desaparición de Mia Ross.

Le concedo unos segundos para responder, pero me recibe con un completo silencio. No es precisamente la bienvenida calurosa que me esperaba, otro motivo por el que odio las llamadas telefónicas. En una entrevista cara a cara, cuando alguien se queda callado, le devuelves el silencio hasta que se rompe. Pero por teléfono eso no funciona. Simplemente creen que no hay cobertura.

—Según tengo entendido, usted fue el detective que llevó el caso, así que me pongo en contacto con intención de colaborar.

—Mmm... —Oigo el crujido de una manzana—. Lo lamento: no podemos dar detalles de una investigación en curso.

Noto que la frente se me llena de arrugas.

—Un momento. Entonces, ¿sigue investigando? Madeline me ha dado a entender que el caso estaba cerrado.

—No, sigue abierto.

El detective habla como si le cobraran por palabras. Me recuerda a cuando llamamos a mis abuelos maternos en Corea. Jamás han podido desprenderse de la idea de que las llamadas internacionales ya no cuestan cinco dólares el minuto. Le doy otro sorbo al Red Bull con la esperanza de que la cafeína me aporte lucidez para superar de alguna manera la prueba de esta esfinge.

—Detective, escuche, no quiero inmiscuirme en su trabajo. Estoy segura de que ha investigado la desaparición de Mia a conciencia. Solo quiero asegurarme de no volver a indagar en los mismos sitios ni invadir las competencias de nadie. ¿Hay alguna información que pueda compartir en cuanto a la investigación o algún tipo de pista?

Se queda callado unos segundos y, durante un instante, creo que he encontrado una grieta en el muro de ladrillos. Entonces, me dice:

—Lo lamento. No podemos comentar nada sobre una investigación en curso.

La manera de expresarse me da repelús. La voz es robótica, ensayada, como si estuviera ocultando algo. Que no hayan cerrado la investigación solo hace que la situación sea más sospechosa. Me pregunto qué habrán encontrado. De todos modos, este tipo no me va a revelar nada. Pero cuando el río suena agua lleva. Eso lo tengo clarísimo.

—Gracias por atenderme, detective.

El investigador Riether cuelga sin añadir nada más. Por lo visto, ha llegado a su tope de palabras.

Capítulo 4

Examino mi despacho. Aunque no ha perdido el aire encantador, ha caído en un estado de abandono. Como mi vida. El polvo decora los estantes y los cantos desgastados de las sillas exhiben sin pudor la tela barata de debajo. En la alfombra destacan las manchas y otras señales de uso. Cuando veo lo que le ha ocurrido a mi despacho, es como si estuviera mirándome en un espejo. Tengo treinta años, estoy en números rojos, no tengo clientes y la soledad me acompaña. Aparte de eso, lo estoy petando.

Las cosas no fueron así siempre. Miro de nuevo la fotografía de mi ordenador y me retrotraigo a cuando era estudiante de matrícula de honor en la universidad, con un futuro prometedor por delante, de posibilidades infinitas. Era la presidenta del Club de Estudiantes de Abogacía y dominaba todos los simulacros de juicio. Pero la vida tiende a arrebatarnos los sueños y las esperanzas y a machacarlos lentamente hasta que se convierten en algo distinto. Quizá con este caso tenga la oportunidad de resarcirme.

Dado lo que ha ocurrido con Strauss esta mañana, no tengo demasiadas ganas de salir del despacho, pero, si me paso un solo minuto más aquí encerrada, la claustrofobia incipiente que empiezo a notar crecerá hasta hacerse insoportable. Cojo mi bolso, me preparo para salir y empuño la táser por si acaso Strauss está sentado fuera esperándome. Tengo una pistola guardada en el apartamento, pero llevarla encima en Nueva York es tan engorroso que rara vez lo hago. Desciendo las escaleras y con cada escalón que bajo mi pavor aumenta. Tengo el táser en la mano izquierda y agarro el pomo de la puerta con la derecha.

Abro la puerta de golpe.

No hay nadie.

La calle a mi derecha está vacía, a excepción de dos contenedores de basura y un par de botellas de cerveza desperdigadas. Ni rastro de Gene Strauss. Probablemente esté por ahí, perdido en algún bar, de un humor de perros y preguntándose en qué se equivocó. Los maltratadores siempre buscan la razón de todos sus problemas en los demás y nunca en sí mismos.

A mi izquierda, la acera bulle con peatones que disfrutan de uno de los últimos días soleados de otoño. Los extraños sonidos de Nueva York –el pitido de los cláxones, las charlas entre amigos y el golpeteo de los pasos– me inundan. Levanto la mirada al cielo y veo que el sol se asoma por detrás de las nubes, proporcionando un calor agradable que se contrapone al frío inherente a la ciudad. Siento que puedo volver a respirar.

En una esquina, veo a Yanush, un vendedor de perritos calientes con quien he entablado una estrecha amistad. Es un hombre persa de mirada astuta que tiene seis hijos y una esposa a la que adora. Dicen que el truco para la venta al por menor radica en la localización y Yanush sabe que, cuanto más cerca está de mí, mejor va su negocio. Odiaría que los esfuerzos del hombre se quedaran en agua de borrajas, así que me detengo delante de su carrito y le pido un perrito.

Yanush asiente y esboza una sonrisa cómplice. Le falta un diente, pero le queda bien.

–¿Lo de siempre, Hazel? –me pregunta con un cigarrillo de liar entre los labios.

Sonrío y, de inmediato, miro alrededor para confirmar que nadie ha oído al vendedor preguntarme si quiero «lo de siempre».

–Alguien tiene que mantener a Darya y a los niños.

Yanush estalla en una carcajada de fumador y se pone a preparar la comida.

Unos segundos después, me pasa un perrito caliente perfecto que humea en el ambiente frío. Sobre él se erige una montaña formada por kétchup, mostaza, chile, queso, cebolla y pepinillos. Me gusta decirme que con un perrito en el estómago pensaré mejor y hoy tengo muchas cosas en las que pensar. El olor a *pretzels* calientes también me provoca, pero hay que saber cuándo parar. Todavía soy lo bastante joven como para que las calorías de más no se adhieran a mi cuerpo, pero esta ventaja está llegando a su fin.

Le pago a Yanush con un billete de cinco dólares y me llevo el perrito caliente y dos servilletas. Con la mano libre, me pongo los auriculares y echo a andar por la acera, empapándome de la luz del sol. Sé que es un poco raro, pero me encanta caminar mientras como. Me hace sentir productiva y se me olvida que estoy atiborrándome de comida basura. Probablemente tendría que andar hasta Harlem para quemar el perrito, pero no me gusta enredarme en esos pormenores.

Giro hacia la calle Walker y paseo en dirección al West Side. Me gusta pasear por la zona de Tribeca, observar a los vecinos e imaginar la vida que podría haber tenido, casada con algún tipo blanco metido en el mundo de las finanzas y comiendo cruasanes mientras empujamos un carrito de bebé por la ciudad. Es una agradable manera de evadirme de mi existencia actual, en la que descarto perfiles de Tinder grimosos mientras Kenny juega al *Call of Duty* en la Xbox. La verdad es que lo más seguro es que odiara esa vida, pero vista desde fuera es de lo más tentadora. Le doy dos mordiscos más al perrito. El chile me chorrea por la cara justo cuando un chico monísimo pasa a mi lado y me dedica una mirada que es una mezcla de curiosidad y asco. Eso resume bastante bien la suerte que tengo con los hombres.

Mientras sigo rumbo al oeste y me termino el maravilloso perrito de Yanush, dejo que mi mente divague hacia el caso de Hemsley. No estoy especializada en desapariciones y es un encargo que me sigue desconcertando. ¿Una niña se desvanece de pronto en mitad de la noche y al personal del centro tutelado no parece preocuparle lo más mínimo? Aquí hay gato encerrado. Hay algo que Madeline no me ha contado.

Caminar está haciendo que la sangre circule por mi cerebro. Saco el teléfono, busco el Saint Agnes en internet y marco el número de contacto. Navego por las diferentes opciones que me expone una voz robótica hasta que consigo hablar con una recepcionista de atención al menor, quien a su vez me vuelve a transferir. Tras unos tonos, una voz amable me responde:

–Gracias por llamar al Saint Agnes. Habla con Sonia Barreto. ¿En qué puedo ayudarle?

Contesta al teléfono con la musicalidad y el seseo característicos de América Latina. Repito la misma frase que le dije al detective Riether y me preparo para otra respuesta brusca. Para mi asombro, recibo lo opuesto:

–Señorita Hazel, cómo me alegra saber que alguien más va a colaborar en la búsqueda de Mia. Los otros investigadores privados resultaron ser un cero a la izquierda. Nos irá bien que haya una mujer en la investigación.

–Gracias. Me complace poder involucrarme.

–Debo decirte, Hazel, que aquí estamos muy preocupados y la policía parece haber perdido el interés. He hecho lo que he podido para ponerme en contacto con amigos y familiares, pero no soy una detective experta como tú.

Cuando giro hacia la calle Varick, sonrío para mis adentros por la percepción desmedida que tiene Sonia de mis habilidades. No soy Sherlock Holmes. Aunque me gusta pensar que estoy ligeramente por encima de la media en lo que hago. Si hay algo a mi favor es que no me rindo jamás.

–Bueno, yo no diría que soy una experta y no puedo prometer nada, pero daré lo mejor de mí para encontrarla.

–No sabes lo que me anima que digas eso. ¿Qué puedo hacer por ti, Hazel?

–Si no le importa, me gustaría hacer una visita al centro y examinar el lugar. Ver la habitación de Mia, pasear por los terrenos y hablar con las personas que estuvieron con ella la noche que desapareció.

–¡Por supuesto! Nos encantaría que vinieras de visita al Saint Agnes. Puedo mostrarte las instalaciones y estoy segura de que a nuestro director, el doctor Mackenzie, también le gustará conocerte. ¿Cómo lo tienes mañana para venir?

–¿Mañana?

Me quedo callada, porque no estoy segura de que Madeline me vaya a entregar el coche a tiempo y me gustaría prepararme mejor e investigar antes de entrevistar a nadie. Pero el tiempo apremia.

–Sí, mañana –repite ella–. Como le digo a las chicas, no hay mejor momento que el ahora.

Sonrío de oreja a oreja. Creo que quiero que Sonia sea mi madre.

–Vale. Mañana, entonces.

Los coches zumban a mi lado en West Side Highway. Tal vez no sea el mejor momento para estar hablando por teléfono.

–Probablemente pueda oírlo por el ruido de fondo, pero estoy en la ciudad, así que por la mañana me espera un buen trecho de camino. ¿Qué le parece si nos vemos al mediodía?

–Al mediodía va perfecto. Las niñas estarán comiendo, así que podrás estar a tus anchas.

–Genial, nos vemos mañana.

Cuando cuelgo el teléfono, llego al parque del río Hudson. El agua brilla con la luz del sol y el susurro de una brisa se eleva desde el río. Los corredores y ciclistas pasan a toda velocidad en todas direcciones. Es uno de esos preciosos días de otoño en Nueva York en los que todo parece posible. Dentro de un mes, estaré avanzando a trompicones por la nieve medio derretida maldiciéndome y preguntándome qué diantres hago viviendo **aquí**, pero ahora, de momento, la estampa me quita el **aliento**.

Qué curioso, solo he hablado con Sonia Barreto unos cinco minutos, pero la breve conversación que hemos mantenido me ha hecho recordar a la Hazel segura de sí misma que era antes. Ojalá mi madre hubiese sido así. Sin embargo, ella abordó la maternidad al estilo oriental. Las lecciones de piano todavía aparecen en mis pesadillas.

Empiezo a tararear inconscientemente «Time After Time». Oigo la voz de Mia en mi mente y sus palabras se vierten sobre mí, cantando sobre estar perdida y cómo si la busco puedo encontrarla. Está ahí fuera, en algún lugar. La chica que jamás conoció a su familia y que ahora ha perdido las últimas conexiones humanas que pudiera tener.

No puedo defraudarla.

Capítulo 5

Camino sin prisa, siguiendo el Hudson durante unas pocas horas mientras tomo notas sobre el caso en mi teléfono y trazo una estrategia para la investigación. Lo habitual en un caso de desaparición es ir al grano. Primero consultas a quien presenta la denuncia y reúnes toda la información posible sobre la persona desaparecida, incluyendo la descripción física, el último paradero conocido, sus hábitos, vicios y cualquier otra cosa que pueda proporcionarte algún indicio de lo que puede haber ocurrido. Lo siguiente es interrogar a la familia, a los amigos y a los conocidos, seguido por contactar con los hospitales locales, hoteles, pensiones y gasolineras para sondear si alguien la ha visto. Por último, le sigues la pista y revisas cualquier rastro digital de acceso público, como las redes sociales o los antecedentes personales, para ver si puedes averiguar el paradero de su teléfono móvil o si ha usado alguna tarjeta de crédito. Pero lo extraño de este caso es que quien presenta la denuncia, Madeline, no conoce bien a su ahijada y, dado que Mia no tiene hermanos y es huérfana, no hay familia a la que preguntar. Por no mencionar que, como tiene trece años y vive en un centro tutelado, no hay información digital a la que acudir tampoco. Los polis probablemente ya se hayan puesto en contacto con los hospitales y las pensiones. Toda esta investigación gira en torno al Saint Agnes y a la gente que trabaja allí.

Solo espero que tengan el ánimo de cooperar.

Como digo, en una búsqueda por desaparición es fundamental investigar a la familia. Mia no tiene ningún familiar directo, así que debo ahondar en el pasado de Madeline.

¿Quién es? Es atractiva y rica, pero está soltera, es libre, y no he logrado sacar nada de provecho de la prensa rosa. ¿De dónde proviene su dinero? La mayoría de la gente no suelta miles de dólares en efectivo como quien no quiere la cosa. ¿Todavía recibe dinero de su padre? ¿Y quién es su familia? ¿Cómo conocía a los padres de Mia? Cuando se lo he preguntado antes, me ha parecido que esquivaba la pregunta. Una de las primeras reglas en la investigación privada es que no puedes confiar en tu cliente. La mitad de lo que te dicen es mentira y la otra mitad es una verdad a medias.

Mientras divago, el sol se escabulle detrás de las nubes y la temperatura se desploma. Los cuervos aumentan el volumen de sus graznidos, señalando así que al día le quedan pocas horas de luz. Presiono sobre la pantalla del teléfono, reproduzco mi lista de EDM –que son las iniciales de *electronic dance music*, por si no estás en la onda– y enfilo el camino de regreso a casa al ritmo trepidante de la música. Lo que me parece más gracioso de escuchar música mientras caminas es que de alguna manera infunde una mayor importancia a todo lo que haces. Como si fueras la estrella de tu propia película de acción. No está nada mal que me haya dado energías renovadas esta nueva responsabilidad que siento por una niña a la que ni siquiera conozco.

Regreso a casa bordeando el río y un hormigueo me recorre la espalda. No puedo quitarme de encima la sensación de que alguien me está observando. Mi mente evoca la imagen de Gene Strauss y la furia que irradiaban sus ojos. Miro alrededor en busca de cualquier señal de peligro, pero nada parece estar fuera de lugar. Los *runners* pasan a mi lado con el rostro colorado y la respiración agitada. Los trabajadores aprovechan la *happy hour* para tomarse un vino a la orilla del río, con la cara como un tomate.

¿No me estaré dejando llevar por la paranoia?

Hace solo unas pocas horas, me ha amenazado un lunático, así que no me sorprendería estar viendo fantasmas.

Acelero el paso y me dirijo siguiendo la calle Canal a Chinatown. Serpenteo entre la muchedumbre. Los turistas se detienen de golpe con expresión embobada, sin tener en consideración a los peatones que tienen detrás. Lo que más saca de sus casillas a un neoyorquino es un turista que pasa de avanzar a buen ritmo a pararse en seco en mitad de la acera. Debería haber cárceles especiales para este tipo de sujetos.

Los vendedores ambulantes atestan las aceras, donde venden bolsos de Prada falsos y el vapor que emerge de las rejillas me proporciona un escondite de lo más útil. Pero la sensación de que me vigilan me reconcome y me afano hacia mi despacho. Me quito los auriculares y reemplazo la música por el ajetreo de las calles de Chinatown. Probablemente no sea nada, pero, en mi interior, mi mente va a mil por hora y calcula rutas de escape y planes de contingencia. Una parte de mí desea que sea Gene Strauss para que pueda vengarme.

El sol se hunde en el horizonte y las sombras se alargan sobre la acera, oscureciendo los rostros y otorgando a todo el mundo el aspecto de una potencial amenaza. Un taxi pita detrás de mí y doy un respingo. No puedo sacarme la sensación de que me están vigilando. Me repta por la columna y se aferra a mí.

Mis miedos se confirman cuando miro el reflejo del escaparate de una tienda y mis ojos se fijan en un Tesla de color gris oscuro que me está siguiendo. Va por el carril derecho, a menos de diez kilómetros por hora. La cara del conductor permanece oculta bajo los rayos mortecinos de la puesta de sol y no puedo evitar preguntarme si se trata de Strauss, que ha regresado para rematar la faena. Aunque él no me parece que sea de los que conducen un Tesla. Si no es él, ¿quién demonios es?

Acelero el paso, intentando poner distancia entre los dos. Me estampo contra una mujer que vende muñecos cabezones y me maldice en chino. Los pensamientos me saturan la mente. ¿Puedo llegar a mi despacho antes de que me atrape? Si no..., ¿qué hago? ¿De verdad me está persiguiendo o solo es un turista perdido? Oteo las calles en busca de un policía. El Tesla aumenta ligeramente la velocidad, acortando la distancia que nos separa, y el corazón me da un vuelco. Escaneo los escaparates de los establecimientos que me rodean: un restaurante de fideos, una panadería y un bar mal iluminado. Ninguno me parece que sea un refugio seguro, más bien un callejón sin salida.

«Sigue andando», pienso, y me obligo a aumentar todavía más el ritmo. El despacho está a solo unos bloques de distancia.

Las gotas de sudor me caen por la espalda mientras las piernas azotan el suelo con fuerza; cada paso me acerca a un lugar seguro. El Tesla me sigue de cerca; en ningún momento se queda atrás, avanza sigilosamente, como un gato. Se oyen cláxones detrás de él, pero el conductor permanece impasible. Eso es lo más perturbador. El coche se mueve exactamente a mi ritmo, ajeno al mundo que lo rodea, como si fuera una sombra. Cruzo la intersección y atisbo la fachada de ladrillos rojos de mi edificio. Por desgracia, Yanush ya se ha ido a casa. Contengo las ganas de echar a correr.

Los neumáticos chirrían.

El corazón se me encoge.

El hombre se para en el arcén y sale del vehículo. El ruido de la puerta al cerrarse retumba por la calle. Echo la vista atrás y los latidos me martillean en el pecho.

No es Strauss.

Es otra persona.

Un hombre más joven vestido con una chaqueta negra de cuero. Su pelo rubio platino hace resaltar un rostro rubicundo y resuelto.

«¡Sigue andando! —me grito—. Más rápido».

Estoy a cinco pasos de Cortlandt Alley. Cuatro. Tres.

A pesar del estrépito de Nueva York, puedo oír el sonido

de sus pasos, que se acercan, igualando la velocidad de los míos.

Dos. Uno.

Doblo a la derecha y enfilo el callejón. El miedo me forma un nudo en el pecho. Echo a correr hacia la entrada.

—¡Señorita Cho!

Su voz rasga el aire, pero no me detengo. El sonido de sus zapatos sobre el arcén sube de volumen, retumbando detrás de mí. ¿Cómo sabe mi nombre?

—Señorita Cho, ¡espere!

Tengo la frente perlada de sudor. Ya casi he llegado a la puerta.

—Señorita Cho, ¡por favor!

—¡Déjame en paz! —le grito, jadeante.

—¡Deténgase!

Le hago caso omiso. No sé quién es ni lo que quiere, pero no me la voy a jugar. Justo cuando mi mano se cierra alrededor de la manilla de la puerta, el hombre me aferra el brazo. Me zafo de él de un tirón, con los ojos desorbitados por el miedo.

—¡Por favor, espere! No voy a hacerle daño.

Su voz no es como me esperaba. Es aguda y amable.

Se parece más a la de la rana Gustavo que a la de Freddy Krueger.

—¿Quién eres? ¿Por qué me estás siguiendo?

—Me envía Madeline Hemsley. Me llamo Patric; soy su asistente personal —me informa entre resoplidos. Sostiene las manos en el aire en un gesto tranquilizador—. Me ha pedido que le deje este Tesla para que lo use durante la investigación. Me dijo que era urgente. Me pasé por su despacho, pero no la localicé y el tipo de los perritos calientes que estaba aquí hace un rato me dijo que se había ido a dar un paseo, así que estaba circulando por el barrio por si la veía. El coche está justo aquí.

Señala el vehículo que acaba de estacionar en doble fila.

—¿Te envía… Madeline?

Mi mente se atasca al intentar concebir este giro repentino. No todos los días un hombre misterioso que creías que te estaba acosando te presta un coche.

—Sí —confirma, y una sonrisa cálida se extiende por sus labios—. Y también traigo esto. —Se saca un sobre del bolsillo de la chaqueta y me lo pasa—. Adelante, ábrelo.

Me tomo un momento para inspirar profundamente. He esprintado durante cinco segundos y me falta el aliento. Mis dedos temblorosos rasgan la solapa del sobre y dentro encuentro un fajo de billetes nuevos que suman un total de cinco mil dólares.

—Para los gastos —me indica él, todavía con la respiración entrecortada. Supongo que los dos estamos en baja forma—. Con esto debería bastar para empezar la investigación. Puede pasarnos las facturas del resto.

Se me escapa una única carcajada y coloco la mano sobre su brazo.

—Lo siento mucho. Creía que eras otra persona.

—No se preocupe. Ahora que lo pienso, la manera en que me he acercado puede haber sido un tanto… alarmante, si tenemos en cuenta su campo profesional. En otras circunstancias habría esperado delante de la oficina, pero Madeline me insistió en que era urgente. Si le sirve de consuelo, Madeline me causa más pavor a mí que el miedo que le haya podido dar yo. Ya sabe cómo se pone.

En realidad no lo sé, pero me lo puedo imaginar, así que asiento. Meneo el sobre en el aire.

—Gracias. Por el coche y el dinero.

—Solo estoy haciendo mi trabajo. Aquí tiene la tarjeta-llave. Solo tiene que acercarla a la puerta del conductor. —Echa un vistazo a su reloj—. Tengo que darme prisa si quiero llegar al tren. Tenga cuidado.

Dicho eso, se da la vuelta y se aleja, dejándome como un pasmarote delante de la puerta de la oficina, con el pulso todavía acelerado tras este encuentro inesperado. Cuando puedo respirar con normalidad, dirijo la atención hacia el elegante Tesla gris. Los coches hacen sonar sus cláxones, irritados por el deportivo estacionado en doble fila, pero los ignoro. Pueden esperar. Me acerco al coche y aproximo, dubitativa, la tarjeta-llave a la puerta hasta que se abre con suavidad, invitándome a sentarme delante del volante. Abro mucho los ojos al pensar en irme a dar una vuelta con él.

Me deslizo hacia el asiento del conductor. El interior es prístino, con unos asientos suaves que me abrazan el cuerpo cómodamente. Agarrada al volante, admiro el diseño minimalista y el salpicadero de estética futurista. Llevo tanto tiempo viviendo en la ciudad que no recuerdo la última vez que conduje un coche. Me retrotrae a los días en que Christina y yo paseábamos por la ciudad con las ventanillas bajadas cantando canciones de Beyoncé a grito pelado.

–Así sí –digo con un suspiro, sintiendo una repentina oleada de gratitud por la generosidad de Madeline, pero también curiosidad por saber de dónde lo habrá sacado.

Ahora solo tengo que desentrañar cómo diantres se conduce esta cosa.

Capítulo 6

Quedan nueve días

Al día siguiente, me acomodo en el asiento del Tesla y me aferro al volante mientras el coche se enciende y destellan todas sus luces. Anoche solo me hicieron falta unas dos horas para encontrar un sitio donde aparcar, pero al final lo conseguí. En comparación con mi último coche, un Mercury Sable destartalado que me compré con el dinero que había ganado trabajando en un local de batidos cerca del campus, este juega en una liga muy superior. Me incorporo al tráfico matutino de Manhattan y el zumbido del motor eléctrico hace que la emoción me recorra el cuerpo entero. No conduzco desde que me mudé a la ciudad tras graduarme en la universidad y ahora estoy al volante de esta bestia lujosa. Me pregunto si no tendré un aspecto ridículo; es un coche enorme para una mujer menuda. Voy avanzando por el centro embotellado y solo me gano dos pitidos y un corte de mangas, lo que considero una pequeña victoria.

Apenas he empezado este caso y ya me estoy arrepintiendo. Lo habitual en una situación como esta es que me pase días investigando desde todos los ángulos posibles antes de empezar a entrevistar a gente. De esta manera, partes de una posición de poder, porque dispones de toda la información cuando llevas a cabo los interrogatorios. Tienes la ocasión de hacer preguntas cuya respuesta ya sabes y, si das con un mentiroso, siempre puedes tirar de la manta. Pero la fecha límite que me ha impuesto Madeline, combinada con el tiempo que ya ha pasado, solo me ha dejado una noche para estudiar. Voy a ciegas.

Pasados cuarenta y cinco minutos, el paisaje urbano da pie a la belleza de los parajes naturales del norte del estado de Nueva York. Los árboles flanquean la carretera serpenteante y sus hojas son como una sinfonía vibrante de tonos naranjas, rojos y amarillos. Sin embargo, reparo en unas nubes oscuras que se congregan y entrechocan por encima de las copas de los árboles. Se aproxima una tormenta.

A pesar del amenazante tiempo, me fijo en lo mucho que había echado de menos esto: el aire fresco, la naturaleza y la energía que me da estar en movimiento. Una sensación vivificante de libertad me embarga, una que no experimentaba desde que me mudé a la ciudad. Mis dedos se deslizan por el volante mientras conduzco por las curvas y recodos. Pongo en los altavoces mi lista de éxitos de los ochenta y canto a viva voz «I Wanna Dance with Somebody», de Whitney Houston. En un momento dado, la conexión se interrumpe y recuerdo lo que es oír a alguien cantar desafinando. Por suerte la música vuelve y miro por el retrovisor para ver cómo Manhattan se pierde en la distancia. Me parece que es como una metáfora: abandonar el hogar para vivir una nueva aventura.

A medida que la ciudad se empequeñece detrás de mí, las carreteras se hacen más anchas y los troncos de los árboles más gruesos, los recuerdos de la infancia que pasé en Palisades Park me inundan la mente. Palisades Park es una pequeña comunidad coreana en Nueva Jersey que está nada más cruzar el río Hudson desde Harlem. El barrio opera como si fuera una gran familia. Visualizo a mi madre cocinando *bulgogi* o *galbijjim* para mis tías, tíos, primos y amigos. Mi padre, que regentaba una pequeña tienda de alimentación, era siempre el centro de atención, sentado a una mesa acompañado de sus colegas, jugando al *gin rummy* o a cualquier otro juego de cartas. Christina y yo hacíamos los deberes e hincábamos los codos hasta que mi madre nos indicaba que ya podíamos ir a comer. A fin de cuentas, todas teníamos que ser médicas o abogadas. No puedo evitar que me brote una risa al pensar en lo protegida que estaba. Cuando era muy pequeña, estaba rodeada de tantas personas coreanas que la primera vez que me crucé con un hombre blanco con un caballete prominente en la nariz le pregunté: «¿Por qué tienes la nariz así?». Tengo grabada en la memoria la expresión que puso mi padre, una mezcla de diversión y angustia.

El zumbido repentino de mi teléfono me sobresalta, devolviéndome al presente. Miro la pantalla y veo el nombre de mi madre. Debe de haber percibido que estaba pensando en ella. Respiro hondo y respondo, preparándome para el inevitable aluvión de preguntas que me va a hacer sobre las decisiones que he tomado en la vida.

—Hola, *umma* —la saludo en coreano, intentando mantener un tono de voz alegre y despreocupado.

—Hazel, cariño, ¿cómo estás? —me responde también en coreano.

—Bien. Me acaban de contratar para un caso nuevo.

—Mmm, qué bien —dice mi madre con escepticismo.

No sé qué me esperaba que dijera. Mis padres nunca han aprobado que sea detective privada, así que, para ellos, que les diga que tengo un caso nuevo es como que un ludópata diga que acaba de ganar una partida. Lo que querrían oír es que he decidido volver a la facultad.

—Tengo un Tesla nuevo —añado, intentando hallar otra manera de impresionarla.

—¡Hazel! No te lo puedes permitir.

—No pasa nada, mamá. Me lo ha prestado la persona que me ha contratado para que lo use durante la investigación.

Mi tono de voz se eleva una octava, volviendo a mis años de adolescente.

—Ay, qué amable por su parte. ¿Está soltero?

Pongo los ojos tan en blanco que apenas veo la carretera.

—No, mamá, es una mujer.

Oigo un suspiro al otro lado de la línea.

—Vaya, qué pena.

—¿Cómo está papá? —pregunto para desviar la atención de mi madre de mi vida privada.

—Tu padre está bien. Ya sabes cómo es, obsesionado con el golf y las cartas. Apenas lo veo. Se levanta, se va al campo de golf, juega a las cartas toda la tarde y solo pasa por casa para cenar.

La niñez con mi padre fue rara. Era el alma de la fiesta y todo el mundo lo adoraba. La mitad de la gente que compraba en nuestra tienda solo lo hacía para charlar con él y oír uno de sus chistes. El problema de tener un padre así, sin embargo, es que te toca compartirlo con el resto del mundo y eso no le deja demasiado tiempo para estar contigo. Para mí, siempre fue más un tío divertido que un padre.

Y jamás mostró debilidad. Nunca. Recuerdo una vez que nos dijo que se iba de viaje de negocios y regresó con el cuello vendado. Más tarde, me enteré de que lo habían operado para extirparle un tumor. Aunque era benigno, no habría estado de más saberlo.

—¿Vas a venir a casa para la cena familiar la semana que viene? Tengo novedades interesantes —dice mi madre, interrumpiendo mis pensamientos.

Tenemos cena familiar cada dos domingos. Afortunadamente, este fin de semana es el que tengo libre. Me fijo en el tono pícaro que emplea y el pavor me pesa en el estómago. Mi madre y yo no compartimos la misma definición de la palabra «interesante». Aprieto el acelerador, como si así fuera a escaparme del rumbo que ha tomado la conversación.

—Sí, mamá, iré el domingo que viene, como siempre. ¿Cuáles son esas noticias interesantes?

—Vendrá el doctor Lee.

Ah, el famoso doctor Lee. Casi puedo notar la sonrisa de oreja a oreja que tiene mi madre al otro lado del teléfono. Phil Lee es un conocido de la infancia que acaba de terminar la residencia, así que ahora todo el mundo debe referirse a él como «doctor Lee». Mis padres llevan años intentando emparejarme con él. No ayuda que mi hermana también sea médica y esté casada con un médico. Lo siento mucho por el doctor Lee, pero me atraen más los hombres blancos. Otra decepción para mi familia.

El GPS indica que estoy a diez kilómetros del centro de menores, así que pronto tendré una práctica excusa para terminar esta conversación. Cuando giro una curva, un destello blanco y azul llama mi atención por el retrovisor: un coche de policía que se incorpora a la carretera desde un camino lateral y empieza a seguirme. Se me cae el alma a los pies cuando bajo la mirada hacia el indicador de velocidad del Tesla... Estoy acelerando.

Muy por encima del límite.

–Genial –mascullo entre dientes mientras observo cómo el coche patrulla se va acercando. El peso de la fecha límite que me ha impuesto Madeline me aplasta; no tengo tiempo para esto. El coche de policía me sigue y noto un nudo en el estómago–. Mamá, te llamo luego. Me para la policía.

Mis ojos saltan del retrovisor a la carretera. El coche patrulla acecha detrás de mí, acortando la distancia a cada segundo que pasa.

–Hazel, ¿cuándo vas a dejar ese trabajo peligroso y vas a asentar la cabeza? –Mi madre no deja escapar ni una oportunidad–. Podrías encontrar a un hombre bueno como el doctor Lee y casarte.

Elevo el tono de voz y la sangre se me acumula en la cara.

–Mamá, ahora mismo no puedo hablar de estas cosas. Te llamaré luego.

Cuelgo la llamada y mis ojos no se despegan del retrovisor. Las palmas se me anegan de sudor cuando el coche de policía se acerca todavía más. Aferro el volante con fuerza, dejándome los nudillos blancos, e intento controlar la respiración. El corazón me martillea y no puedo quitarme de encima la molesta sospecha de que no se trata de una patrulla rutinaria.

Por más que intento tranquilizarme, la duda permanece en el aire. Al fin y al cabo, este coche no es mío. El coche patrulla sigue acosándome, demasiado cerca para mi gusto. Ojalá se decidiera de una vez. O me pide que me pare o que deje de molestarme.

Maldigo mientras la sirenas aúllan y las luces rojas y azules destellan por el retrovisor. Las desgracias nunca vienen solas. Aparto el coche al arcén y bajo la ventanilla.

–Carné de conducir y papeles del vehículo, por favor –me ordena el agente que se asoma al interior del vehículo.

Lleva unas gafas de aviador con montura dorada y su rostro no muestra expresión alguna. Su bigote apenas se menea cuando habla. En otras circunstancias, podría llegar a pensar que lleva puesto un disfraz de carnaval.

–Ahora mismo –respondo, y hurgo en el monedero para enseñarle el carné de conducir.

Desvío la mirada hacia la guantera y rezo para que Madeline haya dejado los papeles del coche dentro. Primero tengo que descubrir cómo narices se abre la guantera. No tiene ningún botón. Me habría sorprendido que la vida me pusiera algún obstáculo fácil de sortear.

–¿Hay algún problema, agente? –pregunto, intentando ganar tiempo.

–¿Sabe a qué velocidad iba? –me responde con sus espesas cejas oscuras fruncidas.

Su voz me crispa.

–La verdad es que no. No estoy acostumbrada a conducir este armatoste. No es mi coche, ¿sabe?, me lo ha prestado una amiga.

Se baja las gafas por el puente de la nariz.

–Ya veo.

Al fin encuentro en la pantalla el botón que abre la guantera. Se abre con un chasquido y, gracias a Dios, los papeles están amontonados en el centro.

–Su amiguita podría enseñarle las señales y a no sobrepasar los límites de velocidad –dice el agente mientras hojea la documentación–. Está muy lejos de casa. ¿Qué la trae a Lake George?

–Mmm –musito en lo que intento poner en orden mis pensamientos. Estoy acostumbrada a ser yo la que haga las preguntas, no a que me interroguen a mí–. Estoy aquí por trabajo.

–¿A qué se dedica?

Durante un segundo me planteo espetarle que no es asunto suyo, pero dudo que con eso consiga el resultado que ando buscando.

–Soy detective privada. Estoy trabajando en el caso de la desaparición de una niña en el Centro de Menores Saint Agnes.

–Ah. Ese sitio es famoso por perder a sus chicas.

–¿En serio?

En la investigación que he hecho hasta ahora, he encontrado que habían desaparecido otras chicas. No es inusual en los centros tutelados, pero algo en la manera como lo dice parece no estar… bien.

–Ya ves. –El agente se apoya en el coche con los brazos cruzados. Está mascando chicle de manera desinteresada, como hacen a menudo los hombres que tienen puestos de trabajo peligrosos–. Es como si se volatilizaran.

Hace un mohín con los labios.

–¿Han encontrado alguna pista?

–No, que yo sepa, pero mi departamento no se encarga de eso. Tendría que hablar con el detective Riether, aunque estoy seguro de que no tendrá ningún problema para resolver el caso, señorita, viendo que es usted detective privada y tal.

–Eso espero.

Aprieto las manos en torno al volante. El agente le echa otro vistazo a mi carné y se limpia algo de los dientes con la lengua. Este tipo me da mala espina.

—Muy bien, señorita Cho. Puede seguir. Tenga cuidado, nunca se sabe qué puede estar acechando a la vuelta de la esquina.

Le da un par de toques al techo del coche y se aleja.

—Gracias.

Mientras regresa al coche patrulla, enciendo el motor y prosigo la marcha hacia el Saint Agnes. El aire que me rodea se hace más frío a cada kilómetro que avanzo. Conduzco cinco minutos más y entonces lo veo, el Saint Agnes, en la cima de una colina, en la distancia. Es una estructura gris gigante que se eleva por encima del bosque.

Solo con un vistazo sé que se trata de un lugar con mucha historia. Un lugar de tradiciones.

Un lugar lleno de secretos.

Capítulo 7

Detengo el coche delante de la verja del orfanato, me sereno y presencio lo que ven mis ojos. Todavía tengo los nervios a flor de piel por la parada imprevista, pero calmo mi respiración y centro la atención en el trabajo que me ocupa.

Lo primero que me llama la atención del Saint Agnes es que parece que lo hayan trasportado de otra era. Dos enormes verjas de hierro forjado custodian la entrada, con un remate en el centro en el que se lee CENTRO DE MENORES SAINT AGNES. Hay una caseta de seguridad fuera de las puertas, pegada a un muro de ladrillo que delimita los vastos terrenos de la propiedad cubiertos de bosque que se extienden hasta el lago George. Enclavado en medio del terreno, rodeado por unos campos de césped perfectamente cuidados, se alza imponente lo que solo se puede describir como un castillo. Hecho de piedra de un tono gris oscuro, con un tejado a dos aguas y ventanas enrejadas, a primera vista, el Saint Agnes da la sensación de ser un internado tradicional inglés, pero cuando miro más de cerca a través del parabrisas veo que le falta algo. El edificio principal se erige en la cima de una colina, frío y desafiante, como si retara a los visitantes a que entraran. No hay ningún tipo de ornamento ni en los campos ni en el edificio, ni rastro de emblemas. Ninguna señal que dé la bienvenida a los visitantes, ni carteles ni logotipos. Es un edificio monástico.

El viento azota la colina y ha arrancado de los árboles algunas de sus coloridas hojas. Es como si hubieran despojado el lugar de cualquier tipo de exceso, color y alegría.

Me imagino cómo debe de ser pasar la infancia aquí. Me parece un lugar solitario.

Acerco el coche hasta la verja y bajo la ventanilla. El guardia de seguridad solo empeora la percepción que tengo del lugar. Va vestido con un uniforme negro, con unas botas militares también oscuras. Está fuerte como un toro, pero algo en él denota mala salud. Tiene la piel cetrina y cubierta de sudor, aunque lleve todo el día sentado en la caseta. Incluso desde fuera me llega el olor a tabaco y cuando sonríe sus dientes me revelan los efectos de la nicotina. Menuda sonrisa. Desprende falsedad. Entorna los ojos, levanta las mejillas y muestra los dientes, pero es forzada, como si la hubiesen moldeado en arcilla.

—Bienvenida al Saint Agnes, señora. ¿En qué puedo ayudarla? —me saluda el guardia con su sonrisa de pega.

Habla con deje sureño y tiene la voz más aguda de lo que habría imaginado, algo que solo potencia el efecto. Hago todo lo posible por ocultar la repulsión que me hace sentir.

—He quedado con la señora Barreto.

El guardia de seguridad coge un sujetapapeles y hojea el listado de visitantes. Advierto que tiene la piel de la mano izquierda irritada, como si se hubiera rascado.

—¿Podría indicarme su nombre? —me pregunta.

—Claro. Es Hazel Cho.

Le paso mi carné de conducir. Mira mi identificación y la lista del sujetapapeles y asiente. Coge una pequeña tarjeta en la que pone VISITANTE y me la pasa junto con mi carné.

—Bienvenida al Saint Agnes, señorita Cho. El aparcamiento de las visitas está a la derecha. Entre, la recepcionista le indicará dónde está el despacho de la señora Barreto.

—Gracias. Disculpe, ¿cómo se llama? —pregunto.

No sé nada sobre este tipo, pero tengo muy claro que quiero hablar con él más adelante sobre la desaparición de Mia.

—Neil. Neil Paver. Es un placer conocerla.

—Lo mismo digo, Neil.

El guardia abre la verja. Los goznes emiten tal chirrido que casi espero que se me aparezca el conde Drácula desde detrás de la caseta. Miro el cielo con mala cara. Las nubes se están oscureciendo. La lluvia se acerca y no he traído paraguas. Genial. Cuando avanzo con el coche, la rama de un árbol golpea la ventana del pasajero y doy un bote en mi asiento. La rama cae al suelo sin causar daños. Otra víctima del viento. Necesito tranquilizarme. Nadie quiere hablar con una detective privada que se deja asustar por una tormenta.

Aprieto el acelerador y enfilo el camino de gravilla hacia el Saint Agnes. Por ahora, he llenado el cupo de tiempo a solas con Neil. Aparco en el aparcamiento para las visitas, cojo la mochila de trabajo y me dirijo a los despachos. Oigo el crujido de la grava bajo mis pies y doy gracias a Dios por no haberme decantado por ponerme tacones. Llevo unos pantalones grises, unos mocasines marrones y un jersey verde brillante. Quería tener un aspecto profesional, pero que no llegara a ser deslumbrante.

Antes de entrar en el edificio principal, tomo algunas fotografías del campus: marcas en el camino de entrada, el bosque que circunda el perímetro, el enorme prado de césped y sus varios edificios, el vestíbulo, la capilla, el gimnasio, los campos de atletismo y los dormitorios. Las imágenes son cruciales en una investigación a pequeña escala como esta. Aunque Mia hace meses que desapareció, nunca sabes cuándo vas a localizar algo que pasaste por alto en persona. Una vez estaba tomándole una fotografía a la casa de un tipo por un caso de fraude al seguro. En teoría se había hecho daño en la espalda a propósito, así que estaba sacando imágenes de donde vivía y esperando que saliera de casa. No salió, pero más tarde, cuando revisé las fotografías, lo pillé corriendo en el reflejo de la ventana. A menudo puedo contar con las imágenes que hace la policía, pero, si tenemos en cuenta la breve llamada que mantuve con el detective Riether, dudo que eso vaya a ocurrir en este caso.

Abro la puerta de la entrada del edificio principal y me impresiona al instante la solidez del Saint Agnes. La antigua puerta está hecha de madera de nogal y pesa una tonelada. Una alfombra exquisita se alarga desde la entrada hasta el mostrador de la recepción, como si alguien la hubiese diseñado para ese propósito, y una chimenea original de piedra queda a la derecha del mostrador, donde arde un fuego crepitante, algo que es una bendición en este día helado de otoño. Los chasquidos y chisporroteos de las llamas me recuerdan a las Navidades que pasaba en casa de mis abuelos. Sin embargo, experimento de nuevo la misma sensación que he tenido fuera: falta algo.

Una recepcionista alegre con una sonrisa tan cálida que podría hornear galletas con ella me guía por un largo pasillo a la izquierda de la entrada. En la pared se distribuyen diversas puertas entornadas y miro de reojo mientras avanzamos. Está claro que estoy en el ala administrativa del centro. Pasamos varios despachos, todos del tamaño de una caja de cerillas, en los que los contables y los asesores académicos teclean en sus ordenadores o examinan papeleo encorvados sobre sus escritorios. Nada decora las paredes. No hay ningún dibujo de los niños ni ningún anuncio en tablones de corcho. Nada.

La recepcionista se detiene delante de la puerta cerrada de un despacho. Llama suavemente con los nudillos y asoma la cabeza por una rendija.

—Señora Barreto, ha venido Hazel Cho.

Desde el otro lado de la puerta me llega el familiar acento de Sonia Barreto:

—Claro. Que pase, por favor.

Entro en la habitación y la recepcionista se apresura a regresar al mostrador del vestíbulo. Sonia alza la cabeza del montón de papeles que tiene delante, se levanta y esboza una sonrisa amable. Es de mediana edad, probablemente rondará los cincuenta, pero conserva un físico despampanante. Su brillante pelo castaño rojizo le cae de la cabeza

58

con la cantidad justa de bucles. Tiene la piel inmaculada y los labios de color rojo intenso resaltan a la perfección en su rostro. En la barbilla se aprecia un hoyuelo pronunciado. Lleva puesto un vestido verde claro de cuello alto que acentúa su estrecha cintura y sus anchas caderas. Miro a Sonia Barreto y pienso para mis adentros: «No soy más que una chiquilla y tengo delante a una mujer».

Me estrecha la mano y señala una silla, invitándome a sentarme.

—Es un placer conocerte, Hazel —dice Sonia.

Sonríe y sus ojos color café titilan, haciendo que me sienta su cómplice.

—Lo mismo digo —contesto, imitando su tono formal.

Se reclina en la silla y me evalúa. Sus labios carnosos se curvan hacia arriba por defecto.

—Debo decir que me alegré mucho cuando llamaste.

Doy un respingo al oír sus palabras. Nadie jamás se alegra cuando llamo.

—¿De veras? ¿Por qué?

—Mia es muy especial para mí. Es una de mis estudiantes favoritas, pero para la policía y esos otros detectives privados solo es otra niña más y dicen que las chicas de aquí se escapan cada dos por tres. Tengo la esperanza de que, como mujer, comprendas que no se trata de una niña más. Tiene nombre. Es Mia.

Clava sus ojos en los míos y noto el peso de sus expectativas. Borro la estúpida sonrisa que tengo en la cara y carraspeo.

—Sí, ese es uno de los motivos por los que acepté el caso. Vi el vídeo en el que sale cantando en el recital y me recordó a mí cuando era pequeña.

—Ah, ¿cantabas?

—No, tocaba el piano. Es casi obligatorio para los niños coreanos. Recuerdo los recitales de piano y todos los ojos que me miraban. Lo pasaba fatal. Ella, sin embargo, parece alegre en el vídeo.

—Es sin lugar a duda la niña más talentosa que hemos tenido en el Saint Agnes. Y eso que muchas chicas han cruzado estas puertas. Su voz es capaz de paralizar a todo el público, pero, aparte de su talento como cantante, es una muchacha dulce y cariñosa. Debemos encontrarla.

No deja las manos quietas mientras habla y me fijo en que usa el presente cuando habla de Mia. Todavía no ha tirado la toalla.

—La encontraremos, por eso estoy aquí. ¿Le importa si grabo la conversación?

Sonia titubea un instante, pero asiente. Saco el teléfono de la mochila y lo dejo sobre la mesa.

—¿Qué cargo ocupa en Saint Agnes?

—Soy la directora de atención al menor. Básicamente me aseguro de que todas las niñas estén recibiendo los cuidados adecuados y el apoyo que necesitan para prosperar. Superviso el programa de residencia, así como nuestra escuela privada. En el Saint Agnes abogamos por un enfoque holístico. A diferencia de la mayoría de los centros para menores, no solo proporcionamos comida y cobijo; también les facilitamos que puedan enriquecerse a nivel educacional, deportivo y espiritual.

—Debe de tener muchas cosas en la cabeza, pero parece conocer muy bien a Mia.

—Ah, sí. Como te he dicho, es una de mis favoritas.

—Entonces, dígame: ¿Mia tiene amigas?

—Sí y no. Mia cae bien, pero es muy reservada. Creo que las demás chicas se sienten intimidadas por ella.

—¿En serio? ¿Por qué?

—Es difícil saberlo. Es muy guapa y tiene mucho talento. Este sitio se le queda pequeño.

Recuerdo cómo me sentía yo de adolescente. Yo también me ahogaba en mi círculo. No porque tuviera talento, sino porque era diferente a las demás.

—¿Ha experimentado algún problema de salud mental? ¿Alguna enfermedad?

Sonia se ríe. Es una risotada grave y alegre.

—No, es la niña más feliz que te puedas encontrar.

—¿Algún problema de comportamiento? ¿Algún encontronazo con la policía?

Sonia se ríe más fuerte y niega con la cabeza.

—¿Algo que destacar sobre su rutina? ¿Alguna vez salía del campus o participaba en actividades fuera?

—La verdad es que no. En su mayoría, las chicas se quedan aquí los doce meses del año. A veces organizamos una excursión a algún museo o algo por el estilo, pero eso es en grupo. Jamás permitiríamos que Mia fuera sola. Al doctor Mackenzie le gusta que las chicas estén protegidas. Cree que se tienen que fortalecer antes de soltarlas al mundo real.

Me duele la cabeza. No es culpa suya, pero Sonia me está cerrando todas las rutas de investigación que seguiría normalmente. Puede ser que Mia contactara con alguien durante una de las excursiones, pero lo dudo mucho. Decido cambiar de enfoque y centrarme en Sonia.

—¿Y usted cómo terminó en este centro?

—Fue bastante sencillo. Necesitaba trabajo y me casé con un hombre que vivía en Lake George. Me aseguró que no hacía falta que yo trabajara, que él se encargaría de que no me faltara de nada. Pero era un borracho y cuando perdió su trabajo se marchó del pueblo y me dejó desamparada. Sin nada. Ningún ahorro ni trabajo ni opciones. —Mientras habla, los brazaletes de sus muñecas tintinean—. Me dije que jamás volvería a pasar por lo mismo. Jamás dependería de un hombre para que me mantuviera. Así que encontré una vacante aquí como limpiadora y me enamoré de este lugar… Bueno, me enamoré de las chicas.

Sonríe de oreja a oreja y vislumbro los recuerdos que se reflejan en sus ojos.

—Al final el doctor Mackenzie me preguntó si quería pasar al Departamento de Administración y aproveché la oportunidad sin pensármelo dos veces. Y aquí estoy, veinticinco años después. El tiempo pasa volando. Llevo más tiempo trabajando aquí que tú con vida.

—No, pero casi. Dígame qué recuerda del día que desapareció Mia.

Coge un bolígrafo de su escritorio y gira la silla noventa grados para mirar por la ventana, rebuscando en sus recuerdos. Va apretando el botón una y otra vez, clic, clac, como un metrónomo. Sigo su mirada hacia la ventana. Las nubes han empezado a descargar una llovizna y unas pequeñas gotas salpican el cristal. Vuelve a hablar sin apartar la vista del exterior:

—Era un lunes por la mañana. Me acuerdo porque había pasado el fin de semana en la ciudad y regresé pronto por la mañana para trabajar.

—¿De veras? Yo vivo en la ciudad. ¿Va mucho a Manhattan? —pregunto.

A Sonia le tiembla la ceja un instante. Igual que yo, está acostumbrada a ser ella la que haga las preguntas, no a que la interroguen.

—Siempre que tengo oportunidad. A veces aquí arriba, en Lake George, es como si la vida se hubiese quedado parada en el tiempo, así que me gusta escaparme a la ciudad cada cierto tiempo.

Asiento con la cabeza. Me subiría por las paredes si estuviera aquí más de una semana.

—Entonces, ¿qué hizo cuando volvió aquí por la mañana?

—Vine a mi despacho a coger el cuaderno y luego me fui al comedor para ver a las niñas durante el desayuno. Me gusta saludarlas todas las mañanas para infundirles ánimos y que encaren el día con energía.

Ese gesto me calienta el corazón. En mi casa nadie nos infundía nada. Solo había exigencias.

Sonia muda el gesto y lo contrae. Unas tenues arrugas aparecen en su frente cuando recuerda esa mañana.

—Mientras pasaba por las mesas del comedor, la compañera de habitación de Mia, Penny, se me acercó y me preguntó si la había visto. Le respondí que no y quise saber por qué me lo preguntaba. Penny me comentó que Mia no estaba en la habitación cuando se despertó. Al principio dio por hecho que se había levantado pronto y había ido a desayunar, pero cuando Penny llegó al comedor y se dio cuenta de que Mia no estaba allí tampoco vino a informarme.

–¿Y qué hizo entonces?

Sonia me mira con expresión indignada.

–Informé al doctor Mackenzie, por supuesto.

–¿Y qué hizo el doctor Mackenzie?

–Inició una búsqueda por todo el campus. Pero debería dejar que él hable por sí mismo; le he guardado un hueco en el calendario para que puedas hablar con él dentro de una hora, más o menos.

–Muchas gracias. Es usted muy amable –le digo con una sonrisa forzada.

Sé que Sonia solo intenta ayudar, pero prefiero hacer las cosas a mi manera, sin interferencias. No puedo llevar a cabo una investigación rigurosa si su único objetivo es quedar bien conmigo. Se tiene que escarbar bajo la superficie para comprender la verdad y me da la sensación de que Sonia está acostumbrada a ser quien lleva la batuta. Voy a tener que esforzarme para que me ceda el control de las riendas mientras dure la investigación.

–Supongo que hay cámaras de seguridad.

–Sí, claro.

–Y, como parte de la búsqueda, ¿revisó las grabaciones de la noche en la que desapareció Mia?

–Sí. Y eso es lo que más me fastidia. El vídeo muestra que nadie entró ni salió de la propiedad esa noche.

Frunzo el ceño.

–¿Cómo puede ser? Sabemos que tuvo que marcharse de algún modo.

–Estoy segura de que el señor Paver te podría dar más detalles que yo sobre esto, pero las cámaras están colocadas solo a lo largo de la verja y de la línea de árboles. No hay cámaras cerca del lago.

–¿Por qué? –inquiero, y niego con la cabeza ante esta negligencia, aunque, si me baso en la interacción que he mantenido con Paver en la caseta de seguridad, no puedo decir que me sorprenda que haber confiado la vigilancia del recinto a alguien como él no haya funcionado del todo bien.

–Insisto en que el señor Paver está más preparado que yo para responderte a esta pregunta, pero creo que habría sido un coste adicional y dieron por sentado que ninguna niña saltaría a un lago cuya agua está a cuatro grados. Desde entonces, el doctor Mackenzie le ha puesto solución y ha instalado cámaras en la orilla.

A mí me parece que más que por sentado lo dieron por tumbado. Las adolescentes que recuerdo del instituto eran capaces de caminar sobre ascuas si con ello conseguían lo que querían. Sobre todo si había un chico de por medio.

–¿Y las cámaras interiores?

–No hay cámaras interiores. El doctor Mackenzie es de la opinión de que el Saint Agnes debe ser como una iglesia, libre de intrusiones tecnológicas. Nada de cámaras, móviles, redes sociales ni videojuegos. –Golpea con los nudillos la mesa al mencionar cada norma–. Lo hemos convencido de que permita a las chicas usar ordenadores, pero con estrictas limitaciones sobre qué páginas pueden visitar y cómo emplear el correo. Tardamos años en convencerlo de que instalara las cámaras externas que tenemos ahora.

Me reclino en la silla y me paso los dedos por el pelo, un poco desesperada.

–Es decir, no tenemos visión de nada de lo que ocurre en el campus. Si alguien decide marcharse, solo quedará rastro si lo hace por la verja principal o el bosque.

–Eso es.

–Vale. ¿Sabemos a ciencia cierta que Mia estaba en la

cama la noche antes de desaparecer o realmente no tenemos ningún indicio ni testimonio sobre ello?

–Sí, Penny vio a Mia en su habitación antes de quedarse dormida.

–¿Estaba Mia dormida entonces?

–No estoy del todo segura, pero creo recordar que Penny me dijo que Mia estaba leyendo un libro cuando se quedó dormida. Sí, es verdad, estaba leyendo un libro titulado *Una herencia en juego*.

–Así que Mia desapareció justo después de que Penny se durmiera.

–Justo después no. Hacemos una ronda cada noche para asegurarnos de que las niñas están en sus habitaciones. Las luces se apagan a las nueve.

–¿Quién hace estas rondas? Usted acaba de decirme que estaba fuera, ¿no?

Atisbo un brillo en los ojos de Sonia y yergue la espalda en la silla.

–Es verdad que estaba fuera, pero, por responder a la primera pregunta, el personal que vive en el campus se rota para comprobar que las chicas estén en la cama.

–¿Y qué miembro del personal tenía asignado el dormitorio de Mia esa noche?

Sonia enarca las cejas.

–Gregory Goolsbee, el profesor de coro. También fue la última persona que la vio fuera de su habitación, ya que tuvieron clase por la noche, un rato antes.

–¿Las niñas tienen clases de coro por la noche? –pregunto, con los ojos como platos.

Sonia se ríe.

–No, las niñas no tienen clases nocturnas. Solo Mia. El profesor Goolsbee cree que Mia es una cantante única y pueden venirle bien algunas lecciones privadas.

Mientras habla, Sonia entorna los ojos como si estuviera intentando decirme algo sin usar las palabras. Apago la grabación y me levanto de la silla.

—Me gustaría hablar con el señor Goolsbee. Ahora, si es posible.

Sonia asiente y me dedica una mirada cómplice.

—Creo que es una decisión de lo más acertada. Ahora no tiene clase, así que podemos ir a verle.

Capítulo 8

La sala del coro del Saint Agnes va a juego con el ambiente frío del campus. Un lujoso piano antiguo y solitario preside la parte delantera de la habitación. Detrás de él, a la derecha, vigila la estancia una enorme pizarra de un tono verde claro llena de notas musicales y garabatos ilegibles y, a la izquierda, una tarima se eleva en diferentes niveles. Cada paso que doy sobre el claro suelo irregular de madera retumba por el espacio.

Cuando entramos Sonia y yo, el señor Goolsbee está encorvado en la banqueta del piano y sus dedos regordetes teclean una melodía melancólica. Es un hombre achaparrado, con un barrigón de tamaño considerable que puja por salirse de su chaleco y un espeso bigote de morsa canoso que se extiende por encima de su pequeña boca. Sus ojillos brillantes se asoman a través de unas gafas de montura de metal apoyadas sobre una protuberante nariz y se tapa la calvicie con una cortinilla de pelo canoso que revela una frente brillante de sudor, a pesar del frío de la sala.

Sonia me anima a entrar y se aclara la garganta para atraer la atención de Goolsbee.

El profesor deja de tocar y levanta la vista. Me mira primero a mí y luego a Sonia y juraría ver alarma en sus ojos. Garabatea una nota en la partitura que tiene delante.

–Lamento la interrupción, señor Goolsbee, pero me gustaría presentarle a Hazel Cho. Es la nueva detective privada que ha contratado la familia Hemsley para encontrar a Mia.

Asiento cortésmente a Goolsbee.

–Buenas tardes, Hazel –me saluda con una voz grave y un ligero ceceo.

Se queda sentado en la banqueta del piano y sus ojos saltan de Sonia a mí, como si fuera un conejo deslumbrado.

Cojo una silla plegable de metal y la coloco cerca de él, al lado del piano. Al abrirla, produce un chirrido que hace que ambos esbocemos una mueca. Extiendo el brazo para estrecharle la mano; es la técnica que suelo usar para evaluar a alguien a quien voy a entrevistar. Los delincuentes a menudo se muestran reacios a darte la mano, ya que te ven como una amenaza más que como un aliado. Tras echarle un vistazo rápido a Sonia, Goolsbee me estrecha la mano con la palma sudorosa. Me acomodo en el asiento con mi cuaderno listo y empiezo con suavidad:

–Señor Goolsbee, gracias por dedicar unos minutos para hablar conmigo. –Él pestañea y entonces sus iris de color marrón oscuro se dirigen a un punto por encima de mi hombro. Me giro y me percato de que Sonia todavía está aquí, observándonos. Por la expresión que tiene, está claro que este hombre no le cae demasiado bien–. Sonia, ¿sería tan amable de dejarnos a solas unos minutos?

Asiente.

–Por supuesto. Iré a encargarme de algunas tareas y te vendré a buscar cuando sea la hora de la reunión con el doctor Mackenzie. Señor Goolsbee, por favor, proporciónele a Hazel todo lo que necesite.

Goolsbee carraspea y cruza los brazos sobre su protuberante barriga.

–Sí, señora Barreto. Descuide.

No me acostumbro a que todos aquí se dirijan a los demás como «señor» y «señora». Me trae recuerdos del instituto. Sonia se marcha del aula y Goolsbee deja escapar una exhalación. La mujer lo intimida.

–No se ponga nervioso, señor Goolsbee. Solo estoy intentando reunir algo de contexto sobre la desaparición de Mia. Hábleme de ella. ¿Cuánto tiempo hace que la conoce?

El hombre relaja el cuerpo en la banqueta del piano.

–A ver, veamos… He sido su profesor desde los ocho

años. Es la edad a la que empezamos a darles clases de música aquí.

–¿Cómo era Mia? ¿Qué aspiraciones y sueños tenía?

Le titilan los ojos al pensar en ella.

–Era maravillosa. La clase de alumna por la que decidí hacerme profesor. Era inteligente, tenía ganas de aprender y mostraba respeto casi siempre. Sentía predilección por las bromas. Recuerdo una vez que metió una serpiente de mentira bajo la tapa del piano y casi me meo encima cuando la abrí para empezar la clase.

Me río. Esta chica me cae mejor a cada minuto que pasa. Goolsbee acaricia la superficie del piano y habla con tristeza.

–¿Sabe cuando la gente dice que las celebridades tienen «algo especial»? La verdad es que nunca acabé de comprender a qué se referían hasta que la conocí a ella. Ella tenía ese algo. Creo que sus compañeras de clase también lo notaban, porque ninguna tenía una relación demasiado estrecha con ella. Más bien la miraban con asombro. Soñaba con cantar en Broadway y poseía el talento para conseguirlo. Es la mejor cantante que ha pisado estos pasillos y eso que hace décadas que trabajo aquí. Pensé que, con mi ayuda e instrucción, podríamos convertirla en una estrella.

–Sí, he visto un vídeo en el que sale cantando. Es increíble. La formó muy bien. –El profesor esboza una sonrisa llena de orgullo–. Y tenía clase con usted esa noche, ¿verdad? Explíqueme cómo fue el último ensayo con Mia antes de su desaparición.

Goolsbee se retuerce los dedos rollizos sobre la barriga.

–En realidad, no… no hay demasiado que contar. Fue un ensayo de lo más normal. Estaba intentando enseñarle a Mia a cantar usando el pecho, así que hicimos muchos ejercicios de respiración. Mia cantó espectacularmente bien, como siempre. Luego, sobre las ocho de la tarde, recogió sus cosas y se marchó.

–¿Y no notó ningún comportamiento inusual en ella esa noche?

Hace un gesto negativo con la cabeza y la papada se le bambolea.

–No, Mia era buena alumna. Durante los ensayos estaba centrada y no armaba jaleo nunca.

Mientras conversamos, reparo en la extraña contraposición entre su tono grave y la cadencia cantarina de su manera de hablar. Es como si un leñador entonara la canción de un musical. Hay algo en este hombre que no me termina de convencer.

–Me han dicho que las clases nocturnas solo se las daba a Mia y no a las demás chicas. ¿Es correcto?

Goolsbee hace un mohín con los labios y se quita las gafas. Se frota los ojos y se saca un pañuelo del bolsillo para secarse la frente. La piel de sus mejillas cuelga flácida y se menea como la gelatina.

–¿Quién se lo ha dicho?

–No importa.

–Seguro que ha sido la señora Barreto.

Lo miro con cara impasible y me quedo callada. Tras una breve pausa, continúa:

–Sí, técnicamente es verdad. Pero también les he dado clases particulares a otras niñas durante todos estos años. Debe comprender que Mia era una cantante extraordinaria. Podría haber llegado a ser una estrella.

–Me doy cuenta de que usa el pasado, señor Goolsbee: «Era una cantante extraordinaria». Todavía puede llegar al estrellato si la encontramos, a menos que sepa algo que yo no.

–No, no, claro que no. Espero que la encuentre.

–¿Qué relación tenía con Mia fuera de los ensayos?

Las mejillas caídas de Goolsbee parecen colgarle todavía más de la cara y evita mirarme a los ojos.

–Ya se lo he dicho. Le daba… clases particulares, a veces. Para incentivar su talento.

Me inclino hacia delante.

—¿Qué ocurría en esas clases particulares?

—Solo técnicas de canto. Ejercicios de respiración. La estaba preparando para una carrera en solitario.

Tira del cuello de su camisa.

—¿Los dos solos en un aula por la noche?

Dejo que la implicación cuelgue en el aire.

El señor Goolsbee al fin arrastra su mirada hasta la mía con los ojos muy abiertos y feroces.

—No me gusta lo que está insinuando.

Se medio levanta de la banqueta.

—Por favor, siéntese. Solo quiero comprender la relación que tenía con Mia.

Vuelve a hundirse y se alisa el chaleco arrugado con las palmas sudorosas.

—¿Alguna vez pasaron tiempo a solas fuera de las aulas?

—De vez en cuando. Mia necesitaba un mentor, alguien en quien poder confiar, y yo intenté proporcionarle ese asesoramiento.

—¿Así que prácticamente adoptó un rol paterno en su vida?

Una expresión sombría le surca el rostro.

—Su-supongo que se podría decir que sí. Quería lo mejor para ella.

—¿Tenía Mia alguna amistad cercana entre las demás estudiantes?

—La verdad es que no. Se llevaba bien con todo el mundo, pero era muy reservada.

—¿Alguna relación romántica de la que estuviera usted al corriente?

El señor Goolsbee vuelve a tirarse del cuello de la camisa, aunque en la habitación hace un frío que pela.

—No, que yo sepa. Mia se entregaba a la música. Tenga en cuenta que soy profesor. No conozco los detalles personales de las vidas de mis estudiantes.

Decido confrontarlo directamente. A veces es necesario.

–Señor Goolsbee, ¿tenía sentimientos románticos hacia Mia?

Obtengo una reacción instantánea. Se levanta de un salto de la banqueta del piano, con tanta rapidez que esta se vuelca sobre el suelo, detrás de él.

–¡Cómo se atreve! –exclama, y el rostro le va adquiriendo un tono morado–. ¡Me volqué con esa niña, pero solo como su profesor, como su mentor, por el amor de Dios!

Se pasea por la habitación pisando fuerte, con movimientos rígidos y agitados. El olor almizclado de su *aftershave* impregna el aire. Se masajea las enormes mejillas con la mano mientras yo permanezco sentada.

–Por favor, siéntese. Tenía que preguntarlo. No era mi intención ofenderle. Solo estoy haciendo mi trabajo.

Gira la cabeza hacia mí de golpe. Parece que los ojos que se le vayan a salir de las cuencas.

–¡Pues me ha ofendido! ¿Quién se cree que es? No sabe nada sobre Mia ni este lugar. Sobre lo que pasa aquí. No es más que otra detective privada, la quinta, si las cuentas no me fallan, y ni uno solo de vosotros ha movido un maldito dedo para encontrarla.

–Lo siento. Por favor, siéntese. Si me ayuda, quizá podamos encontrarla juntos.

Recoloco la banqueta caída y, tras varios segundos de titubeo, Goolsbee se vuelve a desplomar sobre ella. Después de secarse el sudor de la frente con un pañuelo, parece que el arrebato de ira ha llegado a su fin.

Paso la página de mi cuaderno y suavizo el tono:

–Según tengo entendido, estaba usted a cargo de supervisar los dormitorios del pasillo de Mia. ¿Es correcto?

–Sí, estaba sustituyendo a la señora Barreto.

–Cuando comprobó la habitación de Penny y de Mia la noche que desapareció, ¿estaban ambas dentro?

–Sí. Pasé por allí a las diez de la noche y las dos estaban en la cama.

–¿Está seguro? ¿No cabe la posibilidad de que hubiese

usado el viejo truco de meter dos almohadas bajo la manta, ¿como suelen hacer las adolescentes?

Era una treta a la que recurríamos a menudo Christina y yo cuando queríamos escabullirnos por la puerta trasera mientras nuestros padres dormían.

Goolsbee resopla.

–Qué va. Hace mucho tiempo que me dedico a esto y he visto trucos de todo tipo. Las dos niñas estaban acostadas y me dieron las buenas noches. Estoy seguro. Quienquiera que se la llevara lo hizo después de que yo me marchara.

Coloca con suavidad una mano sobre el piano, como si estuviera recordando la voz de Mia mientras cantaba y él tocaba. Siento una punzada de compasión por este hombre extravagante, pero las incógnitas perturbadoras siguen sin resolverse. Estaba muy implicado con esta niña. Demasiado, a mi parecer.

–Señor Goolsbee, ¿tiene alguna idea de lo que podría haberle ocurrido a Mia esa noche? ¿Alguna sospecha?

Se frota las sienes y abre la boca como si fuera a decir algo. Entonces baja la mirada y juguetea con el pañuelo. Dejo que se recomponga. Hace ademán de hablar, pero justo antes de que pueda articular palabra Sonia irrumpe en la habitación.

–Lamento interrumpir, Hazel, pero es la hora de la reunión con el doctor Mackenzie. Tiene una agenda muy apretada, así que no quiero que llegues tarde.

Sostengo un dedo en el aire.

–Dame solo un momento, Sonia.

Devuelvo la atención a Goolsbee.

–Disculpe, ¿estaba diciendo?

El hombre hunde los hombros y deja los ojos fijos en su pañuelo.

–No, no es nada. Cantaba como los ángeles y desapareció. Es todo lo que sé –susurra.

Lo escruto con la mirada, pero no percibo ningún engaño. Le echo un vistazo a mi reloj y decido dejarlo por ahora.

He sacado todo el jugo que he podido del agitado profesor del coro. Cuando me levanto para marcharme, le doy mi tarjeta de visita.

–Si recuerda cualquier cosa que pueda ayudarnos a encontrar a Mia, por favor, no dude en llamarme.

Asiente con la cabeza, evitando mirarme a los ojos. Cuando me doy la vuelta para irme, reparo en el fajo de partituras que descansa en el atril del piano. Se trata de un aria titulada «La canción de Mia», escrita con la que debe de ser la letra torcida del señor Goolsbee. Es el tema en el que estaba trabajando antes de que lo interrumpiéramos.

Sabe más cosas de las que me ha contado. Lo presiento.

Capítulo 9

El despacho de Thomas Mackenzie debería aparecer en la portada de una revista de decoración de interiores. Una desgastada alfombra cuadrangular de estilo persa cubre el suelo de madera, que chirría con cada paso. La mayoría de las bibliotecas se morirían de envidia si vieran las estanterías que cubren las paredes, cuyas baldas están llenas de primeras ediciones de libros clásicos, como *Crimen y castigo*, *Las uvas de la ira* y la *Divina comedia* de Dante. Y estos volúmenes no están solo por estética, como en mi despacho, puesto que tienen los lomos agrietados y desgastados. En la pared izquierda hay colgadas dos pinturas que no reconozco, pero que parecen bastante antiguas. En una de ellas se representa a un soldado griego o romano que se alza con porte orgulloso, empuñando un arco y flechas y con la mirada perdida en la distancia. En la otra aparece un hombre de aspecto pícaro que bebe de un cáliz de oro y está rodeado de mujeres medio desnudas que lo miran con actitud servil. No me cabe duda de que este cuadro lo pintó un hombre.

En el centro de la estancia está sentado Thomas Mackenzie, que revisa y firma unos documentos. Una preciosa ventana de tres paneles se alza por detrás de él, a través de la cual se pueden ver los extensos campos de césped del campus que he visto a mi llegada al recinto. Los cristales están formados por unos vitrales en los que se plasma lo que parece una sucesión de ángeles y demonios.

Mackenzie está sentado en un escritorio ornamentado de madera, pero, aun en esa posición, aprecio que supera tranquilamente el metro ochenta de altura. Tiene el rostro alargado y delgado y las mejillas chupadas. El hombre exuda severidad.

Sonia da unos golpecitos en el marco de la puerta y me presenta.

—Doctor Mackenzie, ha venido…

El hombre levanta en el aire un índice huesudo para hacerla callar y sigue escribiendo.

Pongo los ojos en blanco y miro a Sonia, cuyas rechonchas mejillas se ruborizan ligeramente. Pero ¿quién se cree que es el tipejo este?

Después de permanecer en silencio un minuto eterno, Mackenzie se digna a alzar la cabeza.

Tiene un rostro que parece tallado en granito. Una frente ancha da paso a una nariz prominente y unos pómulos afilados, que descienden hacia una mandíbula fuerte pero estrecha, y en el centro flotan dos ojos azules de mirada feroz. Su piel está teñida de un tono rubicundo, causado por el estallido de los microscópicos capilares que le recorren las mejillas y la nariz. Lo más probable es que Thomas Mackenzie se tome un vaso de *whisky* (o tres) al final de un duro día de trabajo. Cuando sus ojos se encuentran con los míos, se obliga a esbozar una sonrisa, aunque le sale forzada. La alegría no le ilumina el rostro.

—¿Qué me decía, señora Barreto? —pregunta Mackenzie, devolviendo los ojos a Sonia.

Me percato de que Sonia, que destilaba una notable fuerza y control en su despacho, ahora se encoge delante de este hombre. Sus labios dibujan una sonrisa servil y vuelve a hablar.

—Doctor Mackenzie, le presento a Hazel Cho. Es la nueva detective privada que ha contratado Madeline Hemsley para que ayude en la búsqueda de Mia.

Mackenzie asiente y se aclara la garganta, pero no dice nada. Cierra el cuaderno forrado de piel en el que estaba escribiendo y se levanta del escritorio. Realiza todos los movimientos con el máximo esmero. Estaba en lo cierto:

mide metro ochenta, como poco. Me siento como mínimo medio metro más bajita que antes de entrar en esta habitación. Se aparta de detrás del escritorio y avanza hasta el centro del despacho. Camina con pasos cortos que denotan su edad –diría que oscilará entre los setenta y pico y los ochenta y poco–, pero su figura ágil irradia poder. Me acerco a él con la mano extendida para romper el silencio incómodo que nos envuelve.

–Señor Mackenzie, es un placer conocerlo. Tiene usted un despacho muy…

–Doctor.

–¿Cómo dice?

Alarga la mano y estrecha la mía. Solo noto huesos, nada de calor.

–Es «doctor Mackenzie», señorita Cho. No me pasé diez años estudiando Ciencias de la Educación en Harvard para que se dirijan a mí como «señor». Aquí, en el Saint Agnes, nos gusta usar los títulos formales. Creemos que inculca a las niñas respeto por la tradición y la autoridad, algo que, por desgracia, parece estar perdiéndose en el mundo moderno. Gracias, señora Barreto; puede retirarse.

La manera como la despacha hace que en el rostro de Sonia se imprima durante un breve instante un destello de rencor, pero se lo traga y sale de la habitación.

–Lo siento, doctor –me disculpo.

No me voy a enzarzar en una discusión con este carcamal, sobre todo si no cuento con el apoyo de Sonia.

Mackenzie me sigue mirando directamente a los ojos, como si fuera una de las niñas de su centro y estuviera acabando de decidir si imponerme un castigo o no. Intento caerle en gracia.

–Tiene un despacho precioso. ¿Qué representan esos cuadros?

Mackenzie curva los labios en una sonrisa cómplice, como si supiera qué estoy haciendo, pero decide seguirme la corriente. Hace un mohín con los labios mientras cavila, como si estuviera chupando un caramelo ácido.

—Son llamativos, ¿verdad? Debe leerse los clásicos, señorita Cho. Homero, Hesíodo y Sófocles. No le hace falta más. Todas las preguntas y respuestas de la vida pueden encontrarse en sus obras.

Señala con uno de sus enjutos brazos la pintura de la derecha.

—Este representa al dios griego Apolo y el de la izquierda es el dios Dionisio. Me gusta que ellos sean los que vigilan a las niñas desde las alturas cuando vienen a mi despacho, como recordatorio de los valores que tenemos en el Saint Agnes.

—Creo que no le sigo.

—Apolo representa todo aquello por lo que nos esmeramos: la fuerza, la racionalidad, el orden y el altruismo. Dionisio representa el mundo exterior: la debilidad, la emoción, el desorden, el egoísmo, el hedonismo y la embriaguez. Llevo veinticinco años aquí, en el Saint Agnes, y siempre les hemos enseñado a las chicas a ser Apolos. Nada de teléfonos móviles ni redes sociales. Ninguna intromisión que pueda corromper su mente.

Aunque celebro el mensaje que transportan las palabras de Mackenzie, no estoy del todo segura de que estas obras pictóricas de hace siglos en las que se representa a dos dioses griegos que miran desde las alturas a las niñas sea la mejor manera de transmitirlo.

—Es muy interesante —le digo en tono neutro—. Doctor Mackenzie, quería saber si tiene tiempo para responder a algunas preguntas sobre la desaparición de Mia.

Mackenzie sigue con la mirada puesta en las pinturas y aprieta los dientes.

—Sí, señorita Cho, responderé a sus preguntas, pero solo dispongo de treinta minutos, así que tendrá que ser breve. Ya han pasado por aquí la policía y sus predecesores para interrogarnos y tengo que dirigir este centro. ¿Qué le parece si damos un paseo por el terreno para que pueda familiarizarse con el sitio y así le enseño de paso la habitación de Mia?

Coge una chaqueta con un estampado a cuadros del perchero que hay en una esquina y me acompaña hacia la puerta. Me han servido agua con hielo más cálida que este hombre.

Andamos por los pasillos del antiguo edificio. El anciano se mueve con paso brioso y, mientras caminamos, saco mi cuaderno y mi bolígrafo del bolso para tomar notas. Como siempre dice mi vecina, la señora Yu: «La tinta más desgastada se lee mejor que el recuerdo más vívido». Y además estoy bastante segura de que Thomas Mackenzie no me va a dejar que lo grabe.

–Muy bien, señorita Cho. Inicie las preguntas.

–Vale. Lo primero, ¿puede hablarme de Mia?

Agacha la mirada y me parece ver un destello de pesar en su expresión pétrea.

–Mia era la niña modélica del Saint Agnes. Si todas las estudiantes fueran como ella, me quedaría sin trabajo. Era una alumna ejemplar, popular entre sus compañeras de clase y una cantante prodigiosa. Su curiosidad por el mundo que la rodeaba no conocía límites. Quería saber la historia del centro, la superficie que ocupa el lago y el nombre de cada uno de los pájaros que se posaba en las ramas de los árboles. En muchos sentidos, este sitio se le quedaba pequeño. La esperanza que albergo para todas estas chicas es lograr moldearlas para que sean como Mia. Su sueño era ser una estrella de Broadway algún día.

Llegamos al vestíbulo justo cuando las niñas salen en desbandada de las aulas para ir a comer. Hay un amplio rango de edades, desde estudiantes de primaria a alumnas de secundaria, y la algarabía de las conversaciones, las risas y los pasos resuena por todo el edificio. Las chicas llevan el típico uniforme de escuela privada: faldas plisadas y camisas blancas. Las compañeras de Mia, ya en la adolescencia, arman alboroto con espontáneas risitas estridentes. Sin embargo, al ver a Mackenzie, todas dejan de hablar de golpe, se borran las sonrisas de la cara y pegan los ojos al suelo. Le tienen miedo.

El silencio se extiende hasta el alto techo del vestíbulo. El único sonido que se oye es el crepitar de los troncos en el hogar y me veo obligada a bajar la voz hasta un leve susurro para que no nos oigan mientras cruzamos el vestíbulo hacia el exterior:

—¿Qué rango de edad tienen las niñas que estudian aquí, doctor?

—Empiezan a los cinco años hasta la secundaria, aunque hemos aceptado a algunas niñas de cuatro como excepción.

—¿Y de dónde vienen las chicas?

—Tienen orígenes muy dispares. El Saint Agnes se fundó en 1908 como orfanato. Pero, con el paso del tiempo y los cambios que ha experimentado la sociedad, hemos ampliado tanto los servicios que ofrecemos como el perfil de las niñas a las que acogemos. Ahora nos encargamos de menores que han perdido a sus padres, a las que han maltratado o cuyos padres no están en situación de hacerse cargo de ellas.

—Me gustaría hablar con algunas de ellas más tarde, si le parece bien.

Mackenzie suelta una larga exhalación por la nariz y se masajea las sienes.

—No, señorita Cho. No me parece bien. Uno de esos especialistas de la policía ya les estuvo haciendo varias preguntas.

—¿Un interrogador forense de menores?

—Sí, algo así era. Eso las distrae de sus estudios y, sinceramente, las asusta. No lo puedo permitir.

—Pero, doctor Mackenzie, el primer paso en cualquier investigación es preguntar a las personas cercanas a la víctima. Si no puedo hacer eso, ¿cómo quiere que investigue?

En realidad, no necesito hablar con las chicas. Interrogar

a un niño más de una vez en raras ocasiones reporta resultados positivos. Además, la policía ya lo hizo. Los niños a menudo dicen lo que creen que quiere oír el interrogador y son susceptibles de crear recuerdos falsos. Lo que quiero ver es la reacción de Thomas mientras hablo con ellas.

–Usted no debe investigar, señorita Cho. Desconozco por qué Madeline pensó que podría ser de ayuda en este caso. Déjenoslo a la policía y a mí. No necesitamos que otra investigadora privada se inmiscuya. Solo he accedido a verme con usted por cortesía hacia Madeline.

Salimos al exterior y, pasado un largo silencio, Mackenzie me describe la disposición del complejo. La propiedad se asienta en lo alto de una colina desde la que se ve Lake George, que tras la bruma grisácea parece una masa oscura y siniestra. Alrededor del edificio principal, se extienden unos dormitorios de una planta, donde se alojan las niñas más pequeñas, y otros de varias plantas, donde residen las mayores. Al otro lado están la entrada y la verja de seguridad. El muro de ladrillos bordea solo el cuadrante delantero de los terrenos y una densa masa de árboles protege el resto. Aunque no sería una tarea fácil, cualquiera podría acceder a la propiedad a pie a través del bosque.

–¿Venía alguien a visitar a Mia? –pregunto.

Mackenzie se queda pensativo mientras nos alejamos de la entrada del edificio principal y lo rodeamos para dirigirnos hacia uno de los dormitorios. El aire es fresco y húmedo y cae una llovizna que salpica la gravilla del aparcamiento.

–Que yo recuerde, solo una persona. Madeline venía un par de veces al año. Quizá cada tres meses o así.

Enarco las cejas mientras avanzamos. Estamos siguiendo las señales hacia el dormitorio de Mia. Cuando llegamos, el edificio que tenemos delante parece una versión reducida de un sanatorio mental de los años cincuenta. La estructura está formada por una planta perfectamente rectangular, hecha de ladrillos oscuros con ventanas de cuatro paneles encajadas en marcos blancos.

—¿Solo la visita ella? ¿Nadie más? ¿Ningún primo, amigo, novio…? ¿Ni siquiera algún matrimonio que quisiera adoptarla?

Mackenzie me lanza una mirada que me atraviesa. Pasa una tarjeta por un lector, abre la puerta del dormitorio y la aguanta para dejarme pasar.

—Es huérfana, señorita Cho. Tiene suerte de que la visite aunque sea una persona. Algunas de estas niñas no tienen a nadie, y me gustaría recordarle que Mia nos tiene a nosotros. Nosotros somos su familia.

Por segunda vez, este hombre hace que me sienta insignificante a su lado. Cruzo el umbral hacia el dormitorio, que tiene el aspecto de una residencia universitaria, solo que más limpia. Los suelos de linóleo de color blanco y gris brillan y las paredes son de un blanco prístino. Pero espartanas, como todo lo demás en este lugar. No hay nada colgado en las paredes; ninguna señal de que alguien viva o haya vivido nunca aquí. Cuesta imaginar que las chicas se lo pasen bien en esta institución estéril.

—¿Madeline y Mia salían del recinto cuando venía de visita? —pregunto.

—Sí, pero no sé a dónde iban. Estoy seguro de que Madeline puede darle respuesta a eso.

—¿Quién tiene acceso a estos dormitorios?

—Las únicas personas que tienen acceso, aparte de las chicas, son la señora Barreto, los miembros del personal que viven en el campus y yo.

Apunto esta información en mi cuaderno.

—¿Cuántos trabajadores viven en el campus?

—Veinte, un celador por cada planta de dormitorios.

—¿Y qué me dice de las amigas de Mia? Me ha mencionado que era una chica popular. ¿Me puede decir con quién solía ir?

Mackenzie frunce el ceño mientras me guía por el pasillo.

—Señorita Cho, soy el director de un centro tutelado, no el presidente del club de fans de Mia.

–Claro. Si no me equivoco, tenía una compañera de habitación.

–Sí. Se llama Penny Besser.

–¿Puedo hablar con ella cuando hayamos terminado?

–No, no creo que sea adecuado. Al fin y al cabo, son solo niñas. Todo este asunto las ha asustado mucho y, además, ya habló con la policía. Puede ponerse en contacto con los agentes encargados de la investigación para tratar este asunto.

Se detiene en la última puerta a la derecha del pasillo de los dormitorios y pasa la tarjeta por el lector para abrirla y revelar la habitación de Mia.

Capítulo 10

La habitación de la joven es pequeña, pero está impoluta. El espacio es un rectángulo de unos cuatro metros de ancho por seis de largo. Dos armarios de madera de roble flanquean la entrada y las camas están arrimadas cada una a una esquina. Las paredes están pintadas de un tono amarillo claro y no hay nada colgado en ellas. En la otra punta hay un escritorio de metal arrimado a una gran ventana desde la que se ven los patios de césped. Un cuervo está posado en la rama de un árbol justo enfrente de la habitación, como un centinela.

Me recuerda a mi habitación de la residencia universitaria, pero sin personalidad. No se ven mantas coloridas ni edredones. Ni rastro de pósteres de cantantes guaperas ni lámparas de lava ni decoraciones divertidas. Si no fuera por los libros de texto que se alzan sobre el escritorio y una férula de retención en la mesita de noche, habría dado por hecho que la escuela estaba cerrada por las vacaciones de verano. El único recordatorio de que aquí viven adolescentes es el aroma frutal a champú. Este lugar cada vez me parece menos un centro tutelado y más una prisión.

Entro en la habitación y echo la mirada atrás hacia Mackenzie para ver su reacción ante esta celda deprimente. Sonríe satisfecho de oreja a oreja, con el rostro iluminado. Tiene los dientes torcidos y manchados por la edad.

—Así son las habitaciones en el Saint Agnes —me dice lleno de orgullo—. Orden, limpieza y modestia. Como le he dicho, Mia era una estudiante ejemplar. La cama y el armario de la izquierda eran los suyos.

Que se deleite tanto con esta falta de alegría le confiere un punto sádico. Me muerdo la lengua y sigo examinando la habitación mientras la escuálida figura de Mackenzie permanece en el umbral, observando con detenimiento todos mis movimientos. Noto una sensación de claustrofobia y opresión en el aire, como si la presencia de Mackenzie me estuviera aplastando.

Abro la puerta del armario de Mia con lentitud, con temor por lo que me pueda encontrar. Pero no hay nada fuera de lo común. Dentro hay algunos uniformes y algunas prendas personales; poca cosa. Me sorprende y me lo apunto. Habría puesto la mano en el fuego por que Madeline sería la típica que le compra a su ahijada un montón de prendas caras para contrarrestar el sentimiento de culpa por no hacer más por ella. Abro el armario de Penny, su compañera de habitación, para comparar. Está lleno de ropa, tan apretada que a duras penas se pueden mover las perchas.

Dirijo la atención al lateral de la habitación de Mia. Hay un espejo colgado a la derecha del armario, encima de una cómoda. Su secador y su neceser todavía descansan sobre la superficie. Miro y encuentro dentro pocos artículos: algo de crema hidratante, unas cuantas horquillas y gomas de pelo. No veo ningún cepillo de dientes ni pasta ni desodorante. Ni rastro de los productos básicos. Me vuelvo hacia Mackenzie.

—¿Sabe si la policía se llevó los artículos personales de Mia como prueba?

Mackenzie suspira y desvía la mirada hacia la ventana, como si la pregunta no fuera con él.

—A mí no me pregunte. Eso tendrá que hablarlo con la policía.

Le estoy pidiendo peras al olmo. ¿De verdad quiere encontrar a la niña?

—Cuando se confirmó que Mia había desaparecido, ¿se activó la alerta Amber?

—No. Según la policía, no había las pruebas suficientes

que determinaran que Mia había sido secuestrada que justificaran la activación de la alerta Amber.

Me acerco a la cama de Mia. Igual que la de su compañera de habitación, está hecha sin una sola arruga. Las sábanas están metidas como en las camas de hospital y la colcha de color carmesí cuelga igual por ambos lados. Si la hubiesen secuestrado en mitad de la noche, la cama estaría deshecha y revuelta. Recuerdo lo que mi antiguo jefe, Perry, me decía: «Si ves una tortuga subida a un muro de ladrillo, sabes seguro que alguien la ha ayudado». No puedo evitar pensar que la policía probablemente tenía razón: cuando Mia se marchó vete a saber dónde, sabía que no iba a volver y seguramente contó con ayuda. Oigo la voz de Mia en mi mente cantando «Time After Time», en concreto el verso que habla sobre una maleta llena de recuerdos que ha dejado atrás.

–¿La cama de Mia estaba hecha la mañana después de su desaparición?

Mackenzie entorna los ojos, intentando dilucidar el significado que entraña la pregunta, pero acaba por rendirse:

–Sí. Me daría cuenta si una de nuestras chicas no hiciera la cama.

Suelto una larga exhalación. Todavía es pronto, pero, fuera donde fuera Mia, parece haberse marchado por voluntad propia.

–¿Mia sabía nadar?

–¿Cómo dice?

–Si sabía nadar.

–Ah, sí, por supuesto. Enseñamos a nadar a todas las chicas.

–¿Diría que era una nadadora excelente?

–La verdad es que no lo sé. No estaba en un equipo de natación ni nada por el estilo.

Qué interesante. Así que Mia podría haberse marchado nadando, aunque el agua está helada y hay un buen trecho, sobre todo de noche. Es algo que debo tener presente.

Me paso los siguientes diez minutos inspeccionando hasta el último palmo de la habitación, pero continúo con las manos vacías. No hay nada debajo de la cama ni del colchón, ni nada significativo sobre el escritorio, más allá de una fotografía en la que salen Mia y su compañera de habitación sonrientes, vestidas con el uniforme. Ningún escondrijo ni compartimentos secretos. Si había alguna pista, la policía ya la tiene. Tengo que encontrar a un poli que quiera cooperar conmigo.

Mackenzie carraspea y mira su reloj.

—Debo regresar al trabajo. ¿Hemos terminado aquí?

Me dan ganas de decirle: «No, no hemos terminado aquí. Quiero interrogar hasta al último miembro del personal de este lugar y hurgar hasta en el último recuerdo que tengan de Mia». Pero una parte de ser una mujer joven que se adentra en el mundo de un anciano terco es saber elegir qué batallas vale la pena luchar y esta no la voy a ganar. A veces no te queda otra que pasar por el puto aro.

—Sí, ya hemos terminado aquí. Por ahora —le digo en lo que salgo de la habitación.

Mackenzie enarca las cejas y me lleva fuera de los dormitorios. A duras penas mantengo el ritmo de sus largas zancadas. Está claro que no ve el momento de sacarme de aquí, pero ¿por qué? Es imposible que yo sea una amenaza para él. ¿Está protegiendo a alguien o a sí mismo?

Salimos del dormitorio y la lluvia golpea con fuerza la marquesina que hay sobre nuestras cabezas. Por costumbre, examino la entrada en busca de cámaras de seguridad, pero entonces recuerdo lo que me ha dicho Sonia.

—La señora Barreto me ha comentado que hay cámaras de seguridad, pero solo en el perímetro. ¿Es correcto?

Mackenzie señala uno de esos aparatos que está anclado en un poste y que enfoca hacia el bosque, al otro lado del aparcamiento.

—Sí, mandé que las instalaran hace un tiempo, después de que…

Se queda callado de golpe.

–¿Después de qué?

–Nada de lo que deba preocuparse usted. Colocamos cámaras alrededor de todo el perímetro para asegurarnos de que nadie pudiera entrar o salir de la propiedad sin ser visto.

–Pero en el lago no hay cámaras, ¿verdad?

Mackenzie emite un gruñido, percibiendo hacia dónde van mis elucubraciones.

–¿En el momento de la desaparición de Mia? No. Nuestro encargado de seguridad opinaba que no era necesario. Y dado el tamaño del lago y el terreno escabroso que lo rodea, yo estaba de acuerdo con él. Sin embargo, tras la desaparición de Mia, todos decidimos que era mejor pecar de precavidos, así que instalamos cámaras en todo el perímetro. Ah, hablando del rey de Roma…

Oigo el distante murmullo de un motor y veo al guardia de seguridad, Neil Paver, que se acerca a nosotros montado en un carrito de golf. Está aquí para echarle una mano a Mackenzie e interrumpir nuestra conversación. Pero necesito más información sobre estas cámaras.

–¿Por qué no han instalado cámaras en el interior también?

Se rasca el pelo ralo ceniciento, que deja entrever las manchas en el cuero cabelludo, y vuelve a hacer un mohín con los labios.

–Mira a tu alrededor. –Hace un gesto con el esquelético brazo que abarca los edificios, el terreno y el lago–. ¿Dónde crees que estás?

Entrecierro los ojos como si pudiera ver a qué se refiere si fuerzo la vista lo suficiente.

–¿En un centro tutelado?

–En un templo, señorita Cho. En un templo. Este es un templo donde se les da refugio a las niñas para que puedan aprender y crecer. Estas mujeres provienen del mundo exterior, de un mundo que las ha abandonado, que las ha maltratado, descarrilado y envenenado. El Saint Agnes las acoge, las alimenta, las protege y las reconstruye. ¿Cómo cree que se sentirían si tuvieran cámaras apuntándolas todo el día? ¿Qué les diría eso? ¿Que no confiamos en ellas? ¿Que las estamos vigilando? No. Eso no puede ser. Estamos en un templo.

Neil, el guardia de seguridad, nos alcanza finalmente y Mackenzie extiende su gigantesca mano para señalar que aquí termina el *tour*.

–Gracias por venir, señorita Cho. El señor Paver le dará una vuelta y la acompañará a la salida.

Le estrecho la mano y le dedico una sonrisa cortés, aunque a duras penas puedo enmascarar la frustración que me hace sentir este hombre. Una niña que tenía a su cargo desaparece y actúa como si buscarla fuera una increíble molestia. No me puedo resistir, debo preguntarlo, aunque tire piedras sobre mi tejado:

–Una última pregunta, doctor Mackenzie. –Pronuncio la palabra «doctor» con especial énfasis, porque sé que es un hombre muy tradicional y ese tipo de protocolos le fascinan–. ¿Qué cree que le ocurrió a Mia?

Mackenzie me mira inexpresivo y me responde:

–Creo que huyó.

Su expresión es pura piedra.

–¿No le preocupa? ¿No...?

–No me preocupa. La verdad es que me decepciona. Aquí, en el Saint Agnes, nos ocupamos de alojar a chicas que provienen de hogares rotos y las arreglamos. En casi siempre lo logramos, pero a veces las expectativas son demasiado altas. Puede que para Mia fuera demasiada presión. Quizá la aplastaba el peso de su potencial. Tengo la esperanza de que se percate de lo errada que ha sido su decisión y regrese con nosotros, pero no hay nada más que yo pueda hacer. Lo único en lo que puedo centrarme es en ofrecerles la debida atención a las señoritas que siguen aquí.

Se da la vuelta y echa a andar en dirección a su despacho. Pero, mientras camina, tiene la mirada fija en el suelo y da patadas a los guijarros del suelo, perdido en sus pensamientos.

Está ocultando algo.

Capítulo 11

—Muy bien, señora. ¿Lista para partir? —me dice Neil Paver, y despego los ojos de Mackenzie.

—Es la segunda vez que me llamas «señora», Neil. ¿De verdad te parezco tan mayor?

Neil esboza su sonrisa falsa y ahora veo lo que me ha enervado tanto la primera vez que lo he visto sonreír. Son sus ojos. Se quedan opacos. Los labios y las mejillas se mueven hacia arriba, pero sus ojos se mantienen fríos.

—Mis disculpas, señora. Es una antigua costumbre de la Marina. Puedo llamarte Hazel, si lo prefieres.

—Sí, prefiero mil veces que me llames por mi nombre.

Me subo al carrito de golf y Neil aprieta el acelerador. El vehículo funciona con combustible, así que se tambalea y escupe humo al aire mientras avanzamos.

—¿A dónde vamos? —pregunto.

No me pasa por alto que no me da a elegir a dónde me gustaría ir o qué me gustaría ver. Todo en el Saint Agnes debe estar bajo control.

Una ligera neblina se filtra hacia el interior del carrito, humedeciéndonos las caras. Neil se lame los labios secos y agrietados.

—He pensado que podría llevarte a la parte del lago que está dentro de los terrenos del Saint Agnes para que puedas echar un vistazo por allí, si te parece bien.

—Puede ser un buen lugar por donde empezar. —Imito sin querer el acento sureño de Neil. Era uno de los trucos que empleaba mi padre con los clientes para caer bien—. Me has mencionado que estuviste en la Marina y, por tu acento, deduzco que no eres de por aquí.

Neil ralentiza el carrito cuando nos aproximamos a la orilla del lago. Imagino que en verano este sitio tiene que ser precioso. Una pequeña playa se extiende por la orilla, un columpio de cuerda cuelga de un árbol y una serie de enormes pedruscos lisos se adentran en el agua. Me pregunto si Mackenzie les permite a las chicas que disfruten de este sitio o si se acerca demasiado al «mundo exterior». Probablemente las obligue a hacer largos hasta que se les caigan los brazos y luego las envíe de vuelta a los libros. No obstante, ahora mismo este sitio no es tan encantador. La playa de arena se parece más bien a un fangal, el columpio de cuerda me recuerda a una horca y la niebla de otoño engulle las piedras. Dirijo la mirada a Neil, pero su apariencia alegre se mantiene impávida.

–Sí, crecí en Tejas, pero me destinaron al estado de Nueva York, a Saratoga Springs. Me encandilaron el clima y las estaciones de aquí arriba y decidí quedarme.

Vuelve a lamerse los labios. Tiene la piel escamada en las comisuras.

Me bajo del carrito de golf e inspecciono el suelo. La lluvia ha apelmazado la hierba y compactado la arena, así que a primera vista no hay demasiado que ver.

–¿Cuánto tiempo hace que trabajas en la seguridad del Saint Agnes? –pregunto.

Neil se rasca el mentón y reparo en las costras de su mano.

–Ahora hará diez años que estoy aquí.

–No está mal. ¿Y te encargas de la seguridad de todo el campus o solo de la verja de entrada?

Frunce el ceño y pone los brazos en jarras.

–Ah, no, me encargo de la seguridad de todas las instalaciones, solo que trabajo en la caseta de la entrada. No tenemos muchas visitas, así que una de las primeras cosas que hice cuando empecé a trabajar aquí fue poner de patitas en la calle al holgazán que tenían antes de guardia de seguridad. Le ahorra al Saint Agnes un buen pellizco de dinero que podemos invertir en las niñas.

–Me ha dicho el doctor Mackenzie que fuiste tú quien instaló todas las cámaras de seguridad, ¿verdad?

–Eso es, yo gestioné todo el proceso. He tardado una eternidad en convencerlo de que instale esos aparatos.

–¿Y revisaste personalmente las grabaciones de las cámaras cuando Mia desapareció?

El sirimiri aumenta de intensidad y Neil coge un paraguas de la parte trasera del carrito de golf, lo abre, me lo pasa y se queda él bajo la lluvia. Hago además de que se meta debajo conmigo, pero lo rechaza con un gesto.

–Sí, el doctor Mackenzie, la señora Barreto y yo lo comprobamos. Visionamos el metraje de toda la noche, pero no había nada. Por eso instalamos esta cámara de aquí. –Señala una cámara situada en un árbol–. Supusimos que Mia se fugó por el lago.

Lo miro directamente a los ojos, por si atisbo el más mínimo engaño, pero me parecen sinceros. Mientras paseo por la playa, reparo en algunas huellas en la arena y zonas desnudas donde se ha arrancado la hierba que bordea el lago. Saco algunas fotografías más y señalo hacia esa área.

–¿Hay algún bote en el Saint Agnes?

Neil se mete las manos en los bolsillos y dibuja surcos en la arena con la punta del zapato.

–No. Yo tengo un bote en casa que el doctor Mackenzie me deja usar a veces, pero en el recinto no hay ninguno.

–¿Estas marcas las ha hecho tu bote?

Neil se encoge de hombros.

–No soy un experto rastreando botes, pero sí que podrían ser del mío. ¿De quién si no?

Vuelve a pasarse la lengua por los labios y empiezo a poner en duda que se trate de un gesto inconsciente, pero de momento necesito tener a Neil de mi lado.

–Entonces, si yo fuera Mia y quisiera evitar las cámaras, ¿podría simplemente andar hasta la playa, salir a nado y luego regresar a la orilla a unos cien metros en cualquier dirección?

Neil ladea la cabeza.

—Se podría, sí. Pero el terreno en esa zona es muy escarpado. Hay muchas piedras puntiagudas y zarzales.

—¿Y el personal dónde se aloja?

—La señora Barreto y los miembros del personal que son tutores viven en el campus. El resto vive en el pueblo. El doctor Mackenzie y algunos profesores viven en la barriada que hay pegada al campus, justo allí.

Neil señala hacia el monte que se extiende fuera del recinto y atisbo una hilera de preciosas casas de estilo victoriano.

—¿Ves esa de color azul oscuro con las persianas amarillas? Es la casa del doctor Mackenzie.

—¿Y tú dónde vives?

—Ah, yo en Chestertown. Me busqué una preciosa cabaña pequeña, bastante apartada. Hay un lugar maravilloso donde pescar al lado. Además, las casas de por aquí no me las puedo permitir.

Me estremezco al pensar en cómo debe de ser la cabaña «apartada» de Neil. En cualquier caso, ya he visto lo que tenía que ver aquí y hay algo en él que me pone los pelos de punta, sobre todo estando los dos solos.

—Será mejor que nos pongamos a cubierto. ¿Puedes enseñarme el resto del campus?

—Sí, señora.

Nos apretujamos en el carrito de golf y, durante los siguientes quince minutos, Neil me da una vuelta por el perímetro de la propiedad, pasando por los campos de atletismo e incluso por delante del cobertizo de mantenimiento. Pero no hay nada interesante ahí. Todo este caso da vueltas en torno a lo que ocurrió en la orilla del lago. Neil me lleva hasta el aparcamiento y se despide de mí. Me dedica una última sonrisa falsa y se aleja con el carrito de golf. Cuando su figura se va haciendo pequeña en la distancia, me percato de que hunde los hombros aliviado, como si acabara de salir de una entrevista. Me pregunto si no lo habré dejado ir demasiado pronto.

Corro bajo la lluvia por el aparcamiento hasta mi nuevo Tesla reluciente, el único punto brillante en este lugar sombrío. Abro la puerta del conductor y estoy a punto de subirme en el coche cuando oigo por encima de la lluvia una voz que me llama y el crujido de unos pasos sobre la gravilla. Vuelvo la cabeza y atisbo a una niña corriendo en mi dirección. Es la chica de la fotografía de la habitación de Mia, su compañera, Penny.

Es una muchacha alta, de tez pálida y aspecto modesto. Tiene un cuerpo robusto y los hombros anchos, el acné le salpica la cara y sus ojos desprenden un brillo de astucia. Lleva algo en la mano y corre tan rápido que cuando me alcanza está sin aire.

–¿Es... usted... la detective privada? –me pregunta, intentando recuperar el aliento.

Los labios le tiemblan, presa del miedo.

–Sí. Hola, me llamo Hazel –me presento, y la saludo meneando la mano en el aire para no intimidarla.

–No tengo mucho tiempo, debo volver a clase, pero quería darle esto.

Con manos temblorosas, me pasa una imagen de Mia que tranquilamente podrías encontrar en su anuario escolar. Lleva puesto un mullido jersey rojo que le va grande y está apoyada contra un árbol al lado del lago, sonriendo. Se puede ver cómo los rayos del sol rebotan en sus mejillas redondeadas y sus ojos desprenden un brillo de optimismo. Examino la fotografía en busca de algún dato revelador, pero no encuentro nada.

–Dele la vuelta –me indica Penny antes de regresar a toda prisa.

Hago como me indica. Hay un sello de un color azul brillante en la parte de atrás que parece un logo hecho con trazos simples, diseñado para expresar un sentimiento más que una representación precisa. En el centro del logo hay un hombre barbudo con una sonrisa de oreja a oreja y unos racimos de uvas flotan a cada lado.

—¡Espera, Penny! —le grito a la chica.

Pero se aleja, apresurándose con largas zancadas, y gira la cabeza a derecha e izquierda para asegurarse de que nadie la ha visto.

Vuelvo a bajar la mirada hacia la tarjeta. La cara del logo parece estar riéndose de mí, burlándose. No sé qué es, pero voy a reunir todos los elementos que puedan ayudarme a encontrar a Mia. Está cayendo un aguacero y me castañetean los dientes, así que me subo al Tesla y enciendo la calefacción.

Quiero irme a casa. Hay algo en este lugar, algo espeluznante que se filtra en mi cuerpo. Pero no me puedo ir de Lake George todavía, no hasta que haya hablado con la policía y haya descubierto qué saben.

Capítulo 12

Como soy una detective de la hostia, llevé a cabo algo de investigación preliminar antes de arrastrar el trasero hasta Lake George. No tardé en saber que Lake George no tiene comisaría propia. Por lo visto, no hay un índice de criminalidad lo suficientemente significativo que justifique una fuerza policial independiente, así que están supeditados al *sheriff* del condado de Warren, que tiene instalada una pequeña oficina dentro del parque de bomberos. No quiero sonar como una neoyorquina pedante, pero no las tengo todas conmigo de que este equipo de élite vaya a ser capaz de encontrar a Mia.

Estaciono delante del parque de bomberos, enclavado en un barrio humilde a unas pocas manzanas del lago y de la calle principal. Si fuera un día de verano, estaría delante de un pequeño edificio municipal pintoresco, pero ahora que hace frío y llueve su aspecto me parece simplemente solitario y triste.

Me quedo sentada en el coche durante un minuto mientras observo la lluvia caer. Se me han quedado grabados en la retina los rasgos contraídos de Penny cuando me ha dado la tarjeta. Puro miedo.

Finalmente, me enfrento a la lluvia y entro en el edificio. Descubro que la oficina del *sheriff* consiste en un mostrador con una recepcionista y tres minúsculos despachos en los que se apiñan los agentes policiales. Hay fotografías de varios policías colgadas en una pared de tono violeta. Me presento y pregunto por el detective Riether. Una joven enclenque y malhumorada que parece más interesada en su teléfono que en mi presencia salta del asiento a regañadientes para ir a buscar al detective. Los jovenes tienen la pasmosa habilidad de hacer que incluso respirar parezca una actividad ardua.

El detective Riether sale de su despacho y me saluda. Es distinto a como me lo había imaginado. Basándome en la agresividad que me mostró al teléfono, esperaba encontrarme con un hombre mayor, con el careto duro y terco. Pero Riether es joven, probablemente de treinta y pocos años, y tiene unos ojos amables y un afilado rostro aguileño en el que asoma una barba incipiente. Lleva el pelo rapado, como si estuviera listo para alistarse al ejército. No es especialmente guapo y carga con algún kilo de más en el abdomen, pero aun así es atractivo.

—Dígame, ¿en qué puedo ayudarla? —me pregunta.

Su voz aguda suena tensa, como si necesitara aclararse la garganta.

—Hola, detective, soy Hazel Cho. Hablamos ayer por teléfono sobre la investigación de Mia Ross.

El pequeño despacho tranquilo de alguna manera se empequeñece y aquieta más cuando mis palabras quedan prendidas en el aire. La ayudante levanta la mirada de su teléfono y los otros agentes pausan lo que están haciendo en sus escritorios. Dura una fracción de segundo; luego todo el mundo adopta una actitud despreocupada. Aun así, me choca.

La primera reacción de Riether es contraer el rostro y creo que he cometido un error al venir aquí. Pero entonces se le iluminan los ojos y da un paso en mi dirección.

—¿Tienes hambre, Hazel?

Mmm…, ¿me está proponiendo una cita? A ver, que no es que le vaya a decir que no, pero me gustaría un poco de tonteo previo. Aunque, a decir verdad, sí que tengo hambre.

—No me importaría comer algo —respondo, intentando que en mis palabras no se note que pienso en comida las veinticuatro horas del día.

Su boca se desgarra en una sonrisa burlona y advierto que le falta un trocito del incisivo derecho y que se le forman dos hoyuelos la mar de monos.

–Bien, me rugen las tripas. Vamos a buscar algo para comer.

Salimos y caminamos hacia la calle Amherst. La lluvia ha amainado, pero ha dejado tras de sí una rasca húmeda. Es una pena que Madeline no me haya contactado en verano; aquí tendría la oportunidad de disfrutar de la mezcla perfecta entre trabajo y ocio. Ahora es una lata. Como si percibiera mis cavilaciones, el detective Riether señala el lago, a unos bloques de distancia, y echamos a andar.

Saca un cigarrillo de filtro blanco y lo enciende con el mechero. Me fijo en que le tiemblan ligeramente las manos. Por norma general, no soy muy fan del tabaco, pero Riether inexplicablemente logra que sea encantador y sensual, como en las películas antiguas que veíamos mi padre y yo. Mientras camina, se rasca la barba del mentón y mira al cielo. Abre la boca para hablar, pero se queda callado. La vuelve a abrir, la cierra alrededor del cigarrillo, le da una calada y exhala el humo.

Te pido disculpas si te has sentido incómoda en el despacho –me dice–. Es una comisaría demasiado pequeña, no sé si sabes a qué me refiero.

Visualizo el extraño silencio que se ha extendido cuando he mencionado a Mia.

–Sí, sé a qué te refieres.

El sudor se congrega sobre el labio de Riether y su piel tiene un tono paliducho. No se ha estado cuidando demasiado.

–¿Hay algo que quieras contarme, detective, o simplemente no te gusta comer solo?

Las comisuras de sus ojos color café se arrugan, da otra calada y expulsa el humo a un lado para no echármelo a la cara. Los bucles cabalgan el frío viento otoñal.

–Puedes llamarme Bobby, Hazel. Y el motivo por el que

te he propuesto que fuéramos a comer es que no confío en que las personas que ocupan esa comisaría sepan mantener la boca cerrada. Probablemente te diste cuenta de que fui un poco seco contigo al teléfono.

Levanto la cabeza al oír esta información, pero no quiero parecer demasiado ansiosa. La manera más rápida de hacer que alguien que está a punto de darte información lo reconsidere es mostrarle lo desesperada que estás por oírla.

–Lo comprendo.

Giramos hacia la calle principal de Lake George. Es impresionante. Por delante de una colina que es una rica explosión de color se recorta el enorme lago, de un azul oscuro. Unas pintorescas tiendas y restaurantes atestan la calle tranquila al lado del agua, donde se venden suvenires relacionados con el lago y dulces. Pero Bobby no le presta atención a nada de eso; simplemente tiene la mirada perdida en el horizonte, contemplativa.

Pisotea el cigarrillo, abre la puerta de una cafetería en la que hay poco trajín y la aguanta para que pase. Es más caballeroso que la mayoría de las citas que he tenido por Tinder.

–Buenas, Carol –saluda Bobby a una camarera pintarrajeada que está detrás de la barra antes de acomodarse en una mesa al lado de la ventana.

La cafetería tiene una estética de los años cincuenta y cuenta con reservados de vinilo color aguamarina que parecen el interior de un coche. Algunas parejas mayores ocupan los reservados de la esquina, vigilados por las fotografías de Elvis y Marilyn Monroe, pero, aparte de eso, el local está vacío. El aroma a huevos y grasa impregna el aire. La canción «Wake up, Little Susie» suena en una máquina de discos rosa pastel.

–Eh, Bobby, veo que hoy has venido con una cita –dice Carol cuando se acerca a nuestra mesa y deja dos menús plastificados del tamaño de un catálogo.

Tiene los dientes manchados de pintalabios.

A Bobby se le suben los colores y a mí también. Se pasa la mano adelante y atrás por su pelo pincho y finge estar mirando el menú, pero su mente está en otro lugar. Al percibir la incomodidad que nos envuelve, Carol regresa a la cocina y finge estar ocupada.

–Bueno, ¿cuánto hace que estás en el cuerpo policial? –le pregunto, intentando romper el hielo.

Bobby me mira a los ojos y enarca una ceja.

–¿Estás intentando ablandarme, Hazel?

–No. Simplemente he pensado que si no decía algo iba a ser una comida muy silenciosa.

Se muerde el labio inferior y una de las comisuras de sus labios se desliza hacia arriba. Un hoyuelo sale de su escondite.

–Llevo en el cuerpo catorce años.

–Así que eres uno de esos que querían ser polis desde pequeños, ¿eh?

–Más o menos. Quería ser jugador de fútbol americano, pero con este cuerpo –se señala el cuerpo flacucho y el pequeño bulto que dibuja su panza– y, tras un par de traumatismos, pronto me di cuenta de que el fútbol profesional no era una opción para mí. Mi padre fue poli, igual que mi abuelo. Mis hermanos son polis. Yo soy el pequeño, así que supongo que nunca me planteé otra cosa. No es que no me guste, intento hacer un buen trabajo, pero no es mi sueño ni nada de eso.

–Ya. Yo creía que ser detective era mi sueño, pero ya no lo tengo tan claro.

–¿Estás cansada de lidiar con escoria?

–Algo así.

–Pues no tengo claro que este caso te vaya a hacer sentir mucho mejor.

–Lo sé, me lo veo venir, pero tenía la esperanza de que tú pudieras facilitarme un poco las cosas…

Se inclina por encima de la mesa y baja la voz:

–Está bien, hablemos. Pero primero déjame aclararte un

par de reglas. La primera: no te puedo mostrar el archivo del caso. Sigue siendo una investigación en curso y mis superiores me han dejado claro, sin lugar a malinterpretaciones, que no tenemos permiso para hablar sobre una investigación en curso.

—Vale —accedo, pero me estoy muriendo por dentro.

¿Cómo se supone que voy a ahondar en este asunto sin el archivo del caso? Primero Mackenzie me da largas y ahora esto. Al final voy a tener que recurrir a una pitonisa para resolver este caso.

—La segunda: no puedo hablar del caso contigo.

Me reclino en el asiento y me cruzo de brazos.

—Pues sí que va a ser una comida silenciosa. Entonces, ¿qué estamos haciendo aquí, Bobby?

—Solo somos dos amigos que han salido a comer fuera.

Me guiña el ojo. Es algo que yo jamás he sabido hacer, así que me siento al instante celosa e intrigada.

—Ah, así que, si le preguntara a mi amigo cómo van las cosas en el trabajo, podría contarme a qué se ha estado dedicando últimamente.

—Quizá, si tú también estuvieras dispuesta a compartir qué has estado haciendo los últimos días.

Carol regresa a la mesa y anota nuestras comandas. Me pido una ensalada, como si fuera algo que comiera habitualmente. Bobby se decanta por una hamburguesa doble con beicon y queso. Voy a tener que alimentarme de los aromas que me lleguen. Espero a que Carol esté lo bastante lejos como para no poder oírme —parece ser una fisgona— y vuelvo a sumergirme en la conversación con Bobby:

—Vale, como somos amigos, Bobby, ¿por qué no me cuentas cómo te va en el trabajo?

Bobby pasea la mirada alrededor para asegurarse de que nadie nos está escuchando a hurtadillas.

—Gracias por preguntar, Hazel —responde en tono burlón—. Últimamente está siendo bastante frustrante, ahora que lo mencionas. Hace unos meses, recibimos el aviso de un centro tutelado local por la desaparición de una niña. A mi colega y a mí nos asignaron la investigación del caso y eso hicimos.

–¿Y qué descubristeis?

–Que lo más probable es que la niña se marchara por voluntad propia. Su mochila y sus artículos personales de aseo habían desaparecido. Había dejado la cama hecha y no había señales de forcejeo. Su compañera de habitación nos dijo que estaba en la cama cuando apagaron las luces y no oyó que se fuera durante la noche.

Asiento mientras habla. La voz de Bobby se eleva una octava cuando se emociona, como si se fuera a rasgar. Una cuerda tensa que vibra. Es adorable.

–Sí, y su armario estaba medio vacío –añado yo.

–Exactamente. Así que, cuando supimos todo esto, la pregunta obvia que debíamos hacernos era con quién se marchó.

–Doy por hecho que investigaste al cuerpo docente y el personal.

–Por supuesto. Ningún antecedente. Los registros de los teléfonos móviles muestran que todos los trabajadores que viven en el campus estuvieron dentro del recinto toda la noche, con la excepción de Sonia Barreto.

–Sí, me dijo que estaba en la ciudad. Supongo que comprobaste la veracidad de su coartada.

–Eso es. Me confirmaron que había estado en un restaurante y en un hotel de Manhattan, así que está libre de sospecha.

–¿Y qué pasa con el personal que vive fuera del campus?

–Comprobamos la antena de telefonía y no hubo ninguna conexión que no fuera de los teléfonos del campus.

–¿Revisasteis las grabaciones de las cámaras de seguridad? Mackenzie y su gente me han dicho que ellos lo hicieron, pero quiero confirmar contigo que no haya nada ahí.

Bobby le da un sorbo al agua y masca el hielo mientras habla.

—Comprobamos las cámaras de seguridad. No había ningún vehículo en la carretera ni nadie por el terreno. No había nada, pero, como siempre digo, puedes extraer algo de la nada.

—Quieres decir que, si no hay nada en las cámaras, la acción debió de tener lugar en las zonas que no estaban vigiladas.

—Eso es. Las únicas cámaras que hay en el recinto cubren la parte de la entrada y los laterales del edificio, supuestamente porque esos son los únicos puntos de acceso en coche o a pie. Y es un sistema bastante bueno. No hay demasiados puntos ciegos y la resolución no está nada mal.

—Así que, si se marchó del campus, tuvo que hacerlo por la parte de atrás.

—Exactamente.

—Pero eso deja solo el lago como vía de escape. El agua está por debajo de los diez grados. No me trago que nadara y luego trepara durante más de un kilómetro de terreno escarpado lleno de zarzales. A menos que tuviera acceso a un bote.

—Eso fue lo más interesante. Cuando bajamos al lago con los perros, siguieron su rastro hasta la orilla. Justo en esa localización, vimos una marca en la arena y la hierba.

—Sí, estuve allí esta mañana y me fijé en esas señales. Probablemente no sean las mismas, pero definitivamente es una pista de que por allí se han arrastrado botes. Neil, el tipo que se encarga de la seguridad, cree que son del suyo.

Viene Carol con la hamburguesa humeante de Bobby y mi triste ensalada. El aroma a queso y carne picada me cosquillea la nariz y me arrepiento al instante de lo que he pedido.

—No me encaja. Algo en ese tipo, Neil, me huele a chamusquina.

Asiento y me obligo a tragarme un bocado de la ensalada fría aderezada con salsa ranchera e intento imaginarme a la niña de trece años huyendo en mitad de la noche y subiéndose a un bote con alguien.

–Neil me ha dicho que no hay botes en el campus. ¿Es verdad?

–Es cierto.

–Así que, para que alguien del personal se pudiera llevar a Mia usando un bote, tendría que salir del campus sin que lo captaran las cámaras, conseguir un bote y regresar para recoger a la niña.

–Exactamente.

–¿Hay alguna cámara en las propiedades vecinas al lago?

Bobby le da un bocado enorme a la hamburguesa y habla con uno de los carrillos llenos, como si se estuviera mofando de mí por haber elegido tan mal la comida:

–No, y ahí es donde las cosas empiezan a ponerse raras.

–¿Qué quieres decir?

Vuelve a mirar por encima del hombro y se seca la frente con una servilleta.

–Le presenté todos los indicios que había encontrado a mi jefe y le solicité más recursos para que pudiéramos ponernos en contacto con los propietarios que viven al lado del lago y acceder a sus cámaras de seguridad para ver si habían captado algo. Supuse que tendríamos suerte y veríamos un bote pasando cerca de alguna de las casas e incluso quizá saber el fabricante o el nombre de la embarcación.

–Sí, probablemente no haya muchos botes en el lago en mitad de la noche, así que, si una cámara lo grabó, al menos podremos saber qué rumbo tomó. No es mucho, pero es algo.

Bobby le da otra dentellada a la hamburguesa y prosigue:

–Eso es lo que le dije yo, pero mi jefe se negó rotundamente.

–¿Qué? ¿Por qué?

–Me dijo que somos una comisaría pequeña y que no disponemos de los recursos para perseguir a una huérfana, sobre todo cuando las pruebas apuntan a una fuga y no a un secuestro. Es difícil defender tu trabajo cuando tienes el despacho encajonado en la esquina del parque de bomberos.

Llevo el suficiente tiempo en este ámbito profesional como para saber que, por más que me pese, lo que dice el *sheriff* es verdad. A diferencia de lo que sale en la televisión, las comisarías, sobre todo las de pueblos pequeños como este, no disponen de recursos ilimitados. En un mundo lleno de asesinos, violadores, traficantes y cosas todavía peores, una adolescente que escapa de un orfanato no ocupa los primeros puestos en la lista de prioridades. Casi que habría sido mejor que a Mia la hubiesen secuestrado de su habitación entre gritos en mitad de la noche.

Ojalá Madeline hubiese venido a verme antes. La mayoría de los sistemas de seguridad de las casas solo almacenan las grabaciones durante un día o dos, quizá treinta, si tienes mucha suerte. Si se hubiese puesto en contacto conmigo desde un principio, podría haber llamado a la puerta de todas las casas de la zona y haberme asegurado de echarles un vistazo a los vídeos.

—¿Y en los hospitales, hoteles y gasolineras?

—Comprobamos las que hay en la zona y no encontramos nada. También examinamos las conexiones a la antena de telefonía móvil, pero solo había llamadas procedentes de la gente dentro del recinto del centro tutelado o de los barrios cercanos.

—Así que o bien Mia se marchó sola o se fue con alguien del centro tutelado o con alguien que fue lo bastante inteligente como para no llevar un móvil encima ni parar en un hotel.

—Tal cual.

Resuena en mi mente algo que me ha dicho el agente que me ha hecho parar de camino aquí esta mañana.

—Bobby, ¿sabes si alguna otra chica ha desaparecido en el Saint Agnes recientemente?

Deja la hamburguesa en el plato y se limpia las manos con una servilleta.

–Sí, algunas se han fugado, pero no es algo insólito teniendo en cuenta que son niñas que proceden de hogares rotos. De hecho, ese es el motivo principal por el que mi jefe no quiere destinar más recursos a esta investigación. Las otras veces la mitad de las fugitivas al final regresaron o las encontraron y la otra mitad causó algún tipo de alboroto en la comunidad cuando se escaparon. Ya sabes, hurtos, autoestop, grafitis, ese tipo de cosas. ¿Por qué?

–Nada. Rumores que he oído. ¿Tuviste la oportunidad de hablar con las chicas del Saint Agnes? Mackenzie no me ha permitido que las entreviste.

–Sí, interrogamos a todas las muchachas que tenían un contacto regular con Mia. No nos aportaron gran cosa. Mia les caía bien y nos dijeron que era una cantante prodigiosa. Quería dedicarse al escenario y no le dijo a nadie que tuviera intenciones de escaparse. Nadie la vio ni oyó que se marchara. Su compañera de habitación puede que sepa más de lo que nos ha contado, pero creo que Mackenzie dirige ese lugar con puño de hierro, así que dudo que alguna de esas chicas nos vaya a decir algo de todos modos.

Evoco la imagen de la expresión de Penny. Tiene razón: si las chicas saben algo, no me lo van a decir. La respuesta a este caso radica en otro lugar. ¿Quizá en la fotografía que me ha dado Penny?

Bobby echa un vistazo a su reloj.

–Mierda, tengo una reunión en cinco minutos. Ya puedo irme cagando leches.

Le propina otro bocado a la hamburguesa y saca un billete de veinte y lo deja sobre la mesa.

Tengo la boca llena de ensalada y la salsa ranchera me chorrea por la barbilla, pero no puedo dejar que se me escape tan fácilmente.

–Espera, una pregunta más. ¿Te suena de algo esto?

Le muestro la fotografía de Mia con el logo del hombre barbudo sonriente en el dorso.

Bobby entorna los ojos y se pasa la lengua por la parte rota de su incisivo. Entonces niega con la cabeza.

–No. Es la primera vez que lo veo.

–Ya, era una posibilidad remota. Vale. Bueno, muchas gracias por tu tiempo, me has sido de gran ayuda. Llámame si te enteras de algo o cambias de parecer en cuanto a lo de mostrarme el archivo del caso –le digo mientras él se levanta de la mesa.

Se ríe, pero al momento la preocupación le contrae los rasgos.

–Lo mejor será que no volvamos a hablar, Hazel. Ya te he dicho más cosas de las que debería, pero quería que pudieras tener la oportunidad de retomar la investigación donde yo la dejé. Buena suerte.

Dicho esto, Bobby Riether se apresura hacia la puerta.

No ha sido mi peor primera cita.

Capítulo 13

Me paso lo que queda de horas de luz del día adoptando el papel de una comercial, yendo de puerta en puerta por el barrio de las casas cercanas al lago para ver si suena la flauta y consigo alguna grabación de la noche en que desapareció Mia. Pero es octubre en Lake George, así que la mayoría de las viviendas están vacías durante esta época del año y las pocas personas que me atienden tienen cámaras que se reinician cada semana. Les echaré un vistazo a los registros telefónicos más tarde, pero ahora tengo que volver a casa.

Para cuando regreso a la ciudad, estoy muerta de hambre. He tardado unas cuatro horas en navegar por el tráfico embotellado de la carretera I-87, otros treinta minutos y unas breves indicaciones de una pareja que estaba de viaje para descubrir cómo recargar el Tesla y otra hora más para encontrar un sitio donde aparcar el coche. Este es precisamente el motivo por el que no quería hacerme cargo de un caso al norte del estado. Pasas demasiado tiempo con los pies en los pedales y no el suficiente sobre el terreno. Afortunadamente, mientras subo las eternas escaleras del piso, me da la bienvenida el aroma familiar a fideos especiados. Kenny debe de estar preparando la cena.

Abro la puerta y me lo encuentro delante de los fogones, removiendo unos fideos humeantes en un cazo. Lleva puestos los auriculares y canta a pleno pulmón una de esas canciones de *k-pop* que tanto le gustan. Su figura redondeada se bambolea de lado a lado, enfundada en unos pantalones de chándal y una camiseta de la academia de policía. El olor que impregna el piso es exquisito: la mezcla perfecta de grasa, sal, soja y *gochujang*. El estómago me ruge, pidiéndome que le preste atención.

Cierro de un portazo para que sepa que he llegado. Kenny se vuelve, primero sorprendido, y luego una sonrisa avergonzada se extiende por su cara. Se quita los auriculares y cesa el baileteo.

–Por mí no te cortes –le suelto, reprimiendo una risotada.

–Hazel, ya has llegado.

–Aquí estoy. Eso huele que alimenta.

–Ay, gracias. Lo he preparado expresamente para ti. Supuse que habrías tenido un día largo y volverías con hambre.

–¿Cómo has sabido cuándo estaría en casa de vuelta?

–Ah, te estaba siguiendo en la aplicación Buscar.

Lo miro con los ojos entornados. Conozco a Kenny de de que éramos niños y recorre esa fina línea entre ser un protector amable y un espeluznante acosador.

–Eso no da repelús para nada –le digo mordaz.

Cojo uno de los tenedores dispares que tenemos en el cajón de los utensilios y me agencio un par de fideos. Me escaldo tanto la lengua que por poco se me cae, pero el sabor es perfecto. Es una combinación divina de especias y carbohidratos.

–Tenía razón al pensar que vendrías con hambre, ¿eh? –dice Kenny al ver que robo más fideos del cazo.

–Sí, es verdad –le contesto con la boca llena de fideos–. He cometido la novatada de pedir ensalada para comer.

Kenny sonríe y sus ojos se vuelven a posar en mí unos segundos más.

Voy a mi habitación y me cambio la ropa para ponerme el atuendo de estar por casa: unos pantalones de chándal rojos y mi viejo jersey gris de Union College. He descubierto que, si quieres disfrutar de una comida, debes ponerte unos pantalones cuya cintura te apriete entre poco y nada en absoluto. Las cinturas elásticas estrechas son tu peor enemigo.

Los dos nos sentamos a nuestra endeble mesa plegable con sendos cuencos de fideos. Engullo mi ración y Kenny me mira con los ojos como platos, como si tuviera delante a un mapache famélico. Es una agradable distracción del día que he tenido. Kenny come siempre con tanta calma que a veces yo ya he terminado antes de que a él le haya dado tiempo siquiera a acabar de preparar su plato. Por suerte, no parece importarle.

—Bueno, ¿cómo ha ido hoy? —me pregunta.

Lo hace por ser amable, pero cómo ha ido el día es lo último de lo que quiero hablar. Abro la nevera, cojo una lata de Red Bull y la abro con un chasquido. Sigo teniendo la fecha límite de Madeline suspendida encima de mí, como una guillotina, así que va a ser una noche larga.

—Pues mira, cosas buenas y malas a partes iguales. Estoy bastante segura de que Mia salió del campus por voluntad propia y que cruzó el lago que hay en la parte de atrás de la propiedad, probablemente en bote.

—Eso es bueno.

—Sí, pero no tengo ni idea de con quién pudo haberse ido o a dónde fue.

—Eso es malo.

—Exactamente.

Kenny termina el proceso de sazonar su comida con la gracia de un artista y, gracias a Dios, empieza a comer mientras a mí todavía me quedan algunos fideos intactos. Se pone a hablar con la boca llena, una de sus peores costumbres:

—Durante la instrucción en la academia, nos dijeron lo difíciles que eran los casos de personas desaparecidas, porque lo habitual es que no haya una escena del crimen. Y los asesinos en serie tienden a ocultar las pruebas raptando a sus víctimas en una localización y enterrando el cuerpo en otra. Si la persona está muerta, el cadáver normalmente aparece en un punto muy distante de donde fue secuestrada. Este tipo de homicidios no siguen un patrón.

–Espero que no esté muerta. Pero tienes razón: no hay ninguna escena del crimen. Sobre todo si tenemos en cuenta que todas las pruebas apuntan a que simplemente se largó por la puerta trasera.

–¿Y la policía? ¿Te ha ayudado?

–Qué va.

Kenny frunce el ceño, como si lo hubiese insultado a él personalmente. Ni siquiera es policía todavía y ya los está protegiendo.

Sostengo en alto una mano para apaciguarlo.

–Quizá estoy siendo demasiado dura. El detective llevó a cabo una investigación rigurosa y me ha dado toda la información que ha podido; probablemente incluso se haya ido de la lengua. En realidad era bastante mono, a su torpe manera.

Atisbo cómo el rubor se extiende por las mejillas de Kenny, que juguetea con los fideos.

–Ah, ¿sí?

–Sí. Pero la mayoría de los hallazgos que me ha dicho ya los había descubierto yo por mi cuenta. Además, antes incluso de llegar allí, me obligaron a pararme.

–¿El mismo agente?

–No, otro tipo.

Cuando me termino el último fideo, me quedo callada y miro por el cristal sucio de la ventana. El viento aúlla entre los huecos del aislante.

–¿Qué pasa? –pregunta Kenny.

–Nada. El poli que me ha parado en la carretera me dijo algo raro.

–¿En serio? ¿El qué?

–Me dijo algo tipo «Muchas chicas desaparecen en ese lugar».

Kenny deja de comer y se da unos golpecitos con el palillo en el incisivo.

–¿«Muchas chicas desaparecen en ese lugar»? Hazel, esa podría ser una pista. Si hay otras muchachas que también han desaparecido antes, podríamos estar ante un secuestrador en serie.

–Sí, me lo he planteado, por eso me llamó la atención. Espera, ¿cómo que «podríamos», en plural? –le digo, y ladeo la cabeza.

Kenny mantiene los ojos pegados a sus fideos.

–Quería decir que podrías estar ante un secuestrador en serie.

Suelto un eructo estruendoso. Sienta bien que no me tenga que cortar delante de él.

–Sí, podría ser. O que simplemente se trate de un centro tutelado normal y corriente, en el que viven muchas chicas con pasados complicados que deciden huir. El otro policía con el que he hablado, Bobby, me ha dicho que la mitad de las que se fugan acaban regresando.

–Ya, pero aun así vale la pena echarle un vistazo, ¿no crees?

Kenny se levanta de la mesa de un salto y coge su portátil. Admiro su entusiasmo. Me recuerda a cuando inicié mis andaduras como detective privada. Me encantaba hincarle el diente a un caso: llevar a cabo la investigación y los interrogatorios. Pero, con el tiempo, acabas por sentir que estás empujando una roca cuesta arriba que inevitablemente caerá rodando de nuevo. Siempre habrá otro caso de fraude al seguro u otra persona desaparecida. El reto que me ha propuesto Madeline, y el dinero que conlleva, parece otro objetivo fuera de mi alcance.

¿En qué momento cambié?

El destello de un relámpago ilumina la habitación, seguido por el restallido de un trueno. Obligo a mi cuerpo a salir del sopor de después de cenar y arrastro la silla hasta colocarme al lado de Kenny y su portátil. No me hará ningún daño seguirle la corriente. Será un indicio menos que tendré que indagar.

–¿Dónde me has dicho que está el centro tutelado? –pregunta Kenny.

–En Lake George.

Kenny teclea «persona desaparecida lake george» en Google News. Su pierna no para de temblar, presa de un tic nervioso.

–Estate quietecito –le riño.

En la cultura coreana es un gesto que trae mala suerte y necesitamos toda la dicha que podamos reunir.

–Perdón –se disculpa, y cesa el movimiento–. Sabes que mi familia y yo solemos ir a Lake George, ¿verdad?

Kenny proviene de una familia adinerada y cada año van a ese pueblo. Me lo repite siempre. El único motivo por el que vive en este antro conmigo es porque sus padres le cerraron el grifo cuando les dijo que quería ser policía. Tenían la esperanza de que se hiciera cargo del negocio familiar. Sin embargo, una parte de mí cree que este piso le gusta. Aunque sea por pura experimentación de cómo es la vida de los pobres.

Sigue con una verborrea incansable sobre los veranos inolvidables que ha vivido allí, pero he dejado de prestarle atención. En la pantalla aparece una serie de artículos en los que se informa de personas que han desaparecido. Hay una mención pasajera a Mia, pero la prensa les presta poca atención a las huérfanas que desaparecen. Las demás noticias tratan de esposas desaparecidas y hombres que abandonaron a sus familias, pero nada en relación con las chicas del Saint Agnes.

–Busca «chicas desaparecidas lake george».

Kenny teclea y pulsa el intro. Otra retahíla de crónicas llena la pantalla, pero son noticias de chicas desaparecidas no solo en Lake George, sino en toda la zona norte del estado. La mayoría son niñas negras, como Mia, pero ninguna del Saint Agnes.

–Pon «chica desaparecida centro tutelado saint agnes».

Kenny hace lo que le pido, la pantalla se actualiza y es como si hubiese tecleado un código secreto que revela un mundo desconocido. El primer artículo es sobre Mia, pero los que siguen son todos de distintas chicas. Uno data de noviembre de 2022, otro de octubre de 2021 y otro de marzo de 2021. Los resultados siguen y se remontan a veinte años atrás, pero se interrumpen de golpe. Hago un recuento rápido: deben de ser cincuenta niñas en los últimos veinte años. Se me acelera el pulso.

–Estamos hablando de muchas chicas desaparecidas en un único centro tutelado –apunta Kenny.

–Sí, míster Special K, son muchas.

Pongo los ojos en blanco al oír cómo enfatiza algo obvio.

–¿Por qué cuando llegamos al año 2003 dejan de salir resultados?

Giro el portátil hacia mí y me apodero del teclado.

–Google News solo tiene registros hasta el 2003. Busquemos en el archivo de noticias de Google. Ahí se guardan artículos que datan desde 1880.

Tecleo el mismo comando de búsqueda, esperando encontrarme con más chicas desaparecidas antes del 2003, pero no hay ninguna. Todo se queda parado en ese año. En un primer momento, me pregunto si he hecho algo mal al teclear la búsqueda.

Entonces caigo de repente.

Mackenzie.

Saco el cuaderno de mi mochila y hojeo las notas para confirmar mis sospechas. Kenny me observa con la frente arrugada. Mis dedos vuelan por las páginas amarillentas.

Encuentro lo que estoy buscando, escrito con mi terrible caligrafía.

Una anotación garabateada que dice:

Thomas Mackenzie en Saint Agnes desde hace veinticinco años.

Capítulo 14

Después de zamparme un segundo plato de fideos y un par de bollitos rellenos de crema, me retiro a mi habitación para investigar un poco. Por raro que parezca, como mejor trabajo es sentada en la cama con el portátil sobre el regazo. Creo que me recuerda a casa, cuando me sentaba en el colchón y estudiaba hasta altas horas de la madrugada, echándole algún que otro vistazo ocasional a mi póster de Justin Timberlake para coger fuerzas. Mi hermana Christina ya había terminado sus deberes y hablaba con el novio de turno. A ella se le daban mejor los estudios y también era más popular en la escuela. Aunque no era gran cosa, era mi hogar.

La lluvia cae y los truenos retumban fuera mientras leo todos los artículos que mencionan a las chicas que han desaparecido en el Saint Agnes a lo largo de todos estos años. Abro el programa que uso para gestionar mis casos activos y hago un inventario con los nombres de todas las niñas, su nombre, foto, edad y cualquier tipo de información sobre sus familias que consigo extraer de Tracers y las demás bases de datos a las que tengo acceso. La mayoría de las chicas no tiene parientes conocidos y no parece haber nada que las relacione. Lo normal en la investigación de un criminal en serie es que puedas identificar algún patrón. Todas negras o delgadas o algo así. Pero, al indagar sobre estas niñas, no encuentro nada. Hay chicas blancas, negras, latinas, de pelo liso, rizado, rubias, morenas, pelirrojas. Lo único que tienen en común es el Saint Agnes.

Aprieto los dientes y me froto la frente.

Los adultos que desaparecen dejan un rastro. Hay registros de algún automóvil, registros de llamadas, movimientos hechos con una tarjeta bancaria o algún socio conocido. Me he encargado de investigaciones por desaparición en las que he encontrado a la persona el mismo día que me habían contratado.

Pero los niños son distintos.

Son demasiado jóvenes para dejar un rastro digital. Con los huérfanos es incluso más complicado. Con todo, mientras leo los artículos y compruebo las bases de datos, me topo de vez en cuando con alguna mención a un amigo de la familia o un pariente. Quizá ellos sepan algo que relacione entre sí a las desaparecidas. Los añado al archivo. Arriba del todo del documento está la fotografía de Mia, que me sonríe. Ver su imagen me recuerda el vídeo en el que sale cantando «Time After Time», en concreto el verso que dice que mira por la ventana mientras se pregunta si se encuentra bien.

Pero es algo que tengo muy claro. Estoy segura de que no se encuentra bien. Ha pasado demasiado tiempo. Hay demasiadas pruebas que se habrán perdido. El programa de gestión de casos que utilizo incluye una matriz de solvencia, que puntúa la probabilidad de resolver el caso basándose en la información que le hayas introducido. Ahora mismo el resultado que parpadea en la pantalla muestra un diez por ciento. Lo normal es que esté entre el ochenta y el noventa.

Miro el reloj. Son las dos de la mañana y el efecto del Red Bull empieza a remitir. Ya no suenan disparos del *Call of Duty* en el comedor, así que Kenny se ha ido a dormir. Debo irme a la cama, pero solo tengo un diez por ciento de probabilidad y ocho días por delante antes de que expire la recompensa de Madeline Hemsley. El descanso tendrá que esperar.

Con tantas niñas desaparecidas, no puedo evitar pensar en mi madre. Ella estaba convencida de que los secuestradores de niños merodeaban en todas las esquinas. Que se tragara todas las series de policías solo alimentaba su paranoia. Nunca nos dejaba jugar con nuestros amigos del barrio a menos que ella u otro adulto estuviera presente. A mi hermana no le importaba; creo que le gustaba la atención. Pero para mí, una exploradora nata, resultaba sofocante. Afortunadamente, mi abuela vivía con nosotras. Su carácter era como el mío, curioso por naturaleza, pero debido a la combinación de edad y cultura jamás tuvo la oportunidad de perseguir sus sueños. Cuando mi madre estaba haciendo recados y mi padre trabajaba en la tienda, mi abuela aprovechaba para decirme que yo era una niña fuerte y lista y que algún día llegaría a ser alguien importante. Cada Año Nuevo, como parte de la tradición coreana, les hacíamos una reverencia a nuestros mayores como muestra de respeto y buenos deseos por el inicio del nuevo año y a cambio nos regalaban algo de dinero metido en una bolsita de seda. A mí siempre me daba un poco más que a mi hermana y se llevaba uno de sus dedos temblorosos a los labios para que le guardara el secreto. Ya no está con nosotros y la echo de menos cada día, sobre todo cuando los miedos de mi madre me atenazan. Miro las caras de estas chicas que ya no están y que probablemente no regresarán y no puedo evitar preguntarme si mi madre tenía razón.

Cuando tengo completa la lista de chicas desaparecidas y sus contactos, abro un archivo secundario y enumero todos los centros tutelados del país que son similares en tamaño y ámbito al Saint Agnes, junto con su información de contacto. Basándome en lo que he aprendido hasta ahora sobre estos centros, las fugas no son poco comunes. De un centro enorme, mal financiado y con falta de personal que funciona como refugio de emergencia en Florida se escaparon doscientos cincuenta niños en menos de un año. Doscientos cincuenta. Eso no es un refugio, es una estación de tren. Pero el Saint Agnes no es un albergue para emergencias y está claro que recursos no le faltan.

Antes de volver a hablar con el doctor Mackenzie, tengo que saber toda la información. Mando algunos correos electrónicos a los otros centros para preguntarles cuántos menores se han fugado de allí, pero los configuro para que se envíen por la mañana, para no parecer una psicópata que manda mensajes sobre niñas desaparecidas a las tres de la madrugada.

Tras enviar el décimo correo, los párpados me pesan demasiado. Apago el portátil y lo dejo en el suelo, al lado de la cama. Estoy tan cansada que esta noche no me voy a dignar ni a ponerme el pijama. Me cubro con el edredón y alargo la mano para apagar la lamparita de noche cuando veo la imagen de Mia que me ha dado su compañera de habitación. Apenas consigo mantener los ojos abiertos, estoy demasiado cansada, pero la curiosidad me puede. Le doy la vuelta a la imagen y vuelvo a examinar el sello del hombre barbudo sonriente. Penny me lo ha dado por algún motivo, aunque estuviera demasiado asustada para decírmelo.

Cojo mi teléfono y abro Google Lens, que te permite tomar una fotografía y hacer una búsqueda sobre esa imagen. Enfoco al hombre sonriente rodeado de uvas.

Google me devuelve imágenes similares y en una pone: «Baco».

Busco «Baco».

El resultado hace que un escalofrío me recorra la espalda.

«Baco. Nombre. En la Antigua Grecia y Roma, dios del vino y de la euforia, también conocido como Dioniso».

Capítulo 15

Quedan ocho días

Me despierto con el retenedor dental medio salido de la boca y un charco de baba en la almohada. Me siento como si me hubiese pasado toda la noche dentro de una lavadora en pleno centrifugado. Sabes que te estás haciendo mayor cuando te haces daño tú sola mientras duermes. Miro el reloj: las diez de la mañana.

Mierda. Me he quedado dormida.

Anoche estuve despierta una hora más, aprendiendo más cosas sobre Dioniso de las que habría imaginado nunca, aunque no me proporcionó pista alguna sobre qué posible relación podría tener con Mia, más allá de que Mackenzie tiene una pintura de él en su despacho, obviamente. Cojo el móvil para ver si me he perdido alguna llamada importante. Cómo no: Madeline me ha llamado. Estoy bien jodida. Voy a necesitar un Red Bull y un dónut de mochi que posiblemente lleve un par de días rondando por la cocina antes de hablar con esa mujer.

Mientras intento sacar a mi mente del sopor, reviso el correo electrónico. Algunos de los centros tutelados han respondido a la pregunta de cuántos internos se han escapado en los últimos diez años.

El primer mensaje que abro va encabezado por un extenso saludo. Está claro que creen que estoy buscando un sitio donde dejar a un niño. Después de la palabrería de rigor, la mujer que me escribe va directa al grano: cinco. Se han fugado cinco niños en los diez últimos años.

Abro otra respuesta.

Tres fugitivos.

Abro otra.

Siete.

Ningún centro tutelado supera los diez fugitivos en la pasada década. Solo caben dos posibilidades, o Mackenzie es un incompetente o está protegiendo a alguien o algo, y nada en ese hombre irradiaba incompetencia. Sea como sea, algo no marcha bien en ese lugar y, cuanto antes identifique quién o qué es, antes podré encontrar a Mia y cobrar la recompensa.

Mi teléfono suena.

Vuelve a ser Madeline.

Doy un sorbo al agua del vaso que tengo sobre la mesita de noche y hablo flojito conmigo misma para calentar la voz, que ahora mismo suena como la de Miley Cyrus.

—Madeline, hola. Justo estaba a punto de llamarte.

Oigo un resoplido al otro lado de la línea.

—¿Te he despertado?

El veneno impregna su voz.

—No, no. Estoy resfriada, nada más. Estuve despierta hasta las cuatro de la mañana trabajando en el caso.

—Como debe ser. Te llamo porque, si no me falla la memoria, acordamos que me informarías sobre tus avances y, mira por dónde, aquí estoy, sola en la puerta de tu despacho, esperando a que me abras, pero no has venido. He experimentado de primera mano lo que es la incompetencia gracias a los diferentes detectives con los que he tratado, pero tú te llevas la palma.

Es el ingrediente secreto de Madeline Hemsley: una asombrosa mezcla de arrogancia y condescendencia.

—Eso acordamos, sí, y por eso mismo iba a llamarte ahora. Esta mañana no iba a ir a la oficina, pero te puedo enviar el informe por escrito o comunicártelo por teléfono, si lo prefieres.

—No, quiero hacerlo en persona, por favor. Ven. Esperaré sentada.

Visualizo su sonrisa engreída. Me muerdo el labio inferior y elevo los ojos al techo.

—Dame diez minutos.

Salgo de la cama de un salto y me pellizco las mejillas para que recuperen algo de color. La buena noticia es que, como he dormido con la ropa puesta, no tengo que cambiarme. Me cuelgo el maletín del portátil al hombro y paso por la cocina como una exhalación para coger un Red Bull y un dónut. El Red Bull está ahí, pero Kenny se ha comido el último dónut. Más le vale dormir con un ojo abierto esta noche.

Doy un sorbo a la bebida energética, me pongo los mocasines y salgo por la puerta a toda prisa. Paso por delante de la librería Yu and Me y enfilo la calle Mulberry, dejando atrás los vendedores ambulantes de maletas, bolsos y prácticamente cualquier otro artículo de imitación que puedas imaginar. Para cuando llego a la calle Canal, me falta el aire. Madre mía, qué triste. Me juro por enésima vez que voy a empezar a hacer deporte, pero, por el momento, reduzco la marcha a un paseo enérgico lo que me queda de camino.

Cuando por fin llego, me encuentro a Madeline sentada en el banco del pasillo. El mismo banco donde se sentó Gene Strauss antes de amenazarme. Solo con pensar en él se me forma un nudo en el estómago. Dudo que esta reunión vaya a terminar mucho mejor. Madeline profiere una larga y dramática exhalación, como si hubiese estado atascada en mi oficina durante días.

—Te pido disculpas por el retraso, Madeline —le digo.

Paso por su lado y abro la puerta de mi despacho.

Madeline hace un mohín con sus protuberantes labios. Nada de «No te preocupes» o «Acepto tus disculpas»; solo un silencio airado. Nos sentamos a mi escritorio, abro el archivo del caso en el ordenador y giro la pantalla para que pueda verlo. A medida que el monitor se va llenando con información sobre Mia, reparo en que la expresión de Madeline pasa de la rabia a la curiosidad… y a la esperanza. Es una mujer a la que cuesta impresionar, pero quizá lo haya conseguido con toda esta preparación.

—Me alegra poder informarte de que he hecho muchos progresos. Podemos entrar en detalle si quieres, pero, en pocas palabras, puedo asegurar que Mia se marchó del centro tutelado por voluntad propia y lo más probable es que se fuera con alguien en un bote.

Madeline vuelve a suspirar.

—Sí, Hazel, eso ya lo sé. Tanto la policía como tus predecesores llegaron a la misma conclusión.

«Por eso no se debe contratar a diferentes detectives privados, imbécil», pienso para mis adentros.

—Sí, lo comprendo, pero eso no es todo lo que he averiguado. También he descubierto que la desaparición de Mia puede que forme parte de un problema mayor que ocurre en el Saint Agnes.

Esta información le arranca una mueca de sorpresa. O todo el asombro que le permite expresar la silicona.

—¿De veras?

—Sí. Gracias a la investigación preliminar que hemos llevado a cabo —uso el plural como si contara con todo un equipo a mis espaldas—, hemos podido determinar que como mínimo cincuenta niñas han desaparecido en el Saint Agnes en los últimos veinte años. Y la cifra real probablemente sea mucho más alta.

Madeline se reclina en la silla y tensa el cuello. Tamborilea con los dedos sobre su bolso y desvía la mirada.

—Entonces, ¿crees que quien lo hizo no es la primera vez que comete una atrocidad como esta?

—Eso es.

—¿Tienes algún indicio?

—No. Es pronto. Pero me gustaría volver a reunirme con Thomas Mackenzie para sondear qué más sabe.

Madeline estalla en una carcajada. No es una risa alegre, sino una risotada recubierta de dolor.

—Hazel, hace años que conozco a Thomas Mackenzie.

Ese hombre es toda una institución en Lake George. Ha hecho más por esas chiquillas en un año de lo que podríamos lograr la mayoría en toda una vida. Sinceramente, me decepcionas.

La sangre se me acumula en la cara y me clavo los dedos en el muslo para recordarme que no debo permitir que Madeline se me suba a la chepa.

—Sí, ya sé que goza de buena reputación, pero te digo que hay algo que no va bien. Las chicas han estado desapareciendo durante los años que él ha estado al mando y no parece demasiado interesado en colaborar.

Madeline se levanta de la silla. Ya ha oído suficiente.

—Hazel, por favor. ¿Me estás diciendo que el plan maestro de Thomas Mackenzie era empezar a trabajar como director en un centro para huérfanas, aguardar al momento oportuno y empezar a secuestrarlas? Venga ya. Vas a tener que hacerlo mucho mejor si quieres que te pague. Yo que tú volvería a empezar de cero.

Blande su dinero como si fuera un cuchillo que se clava en mi desesperación. Sabe que lo necesito y se regodea en su poder. Tengo que morderme la lengua hasta límites insospechados para no mandarla a paseo, pero ese dinero me cambiaría la vida. Por fin podría ser la detective privada que siempre he soñado. Solo aceptaría los casos más estimulantes y rechazaría a los cabrones como Gene Strauss. Me labraría mi propio nombre. Les callaría la boca a mis padres.

Junto las palmas de las manos y asiento.

—Lo comprendo, Madeline. Seguiré trabajando.

Golpea con los nudillos mi escritorio y se gira hacia la puerta.

—Más te vale. Solo te quedan ocho días.

Durante los cinco minutos siguientes a la marcha de Madeline, me paseo por el despacho bastante alterada. Si hay algo en el mundo que odie es que me falten al respeto. Cuando eres una chica coreana bajita, tu vida es una larga letanía de insolencias. Ves a la gente en las películas adoptando acentos asiáticos graciosos o te dicen que no sabes conducir o te preguntan de dónde eres. Pero no es solo la ofensa, es la incapacidad de hacer algo al respecto. Si te metes conmigo y te arreo un puñetazo en la cara, pues tú te lo has buscado. Pero que me ofendas y tenga que tragármelo… Eso me rompe por dentro.

Al final, dejo de darle vueltas tras decidir que esta ha sido la última vez. Una vez que haya obtenido el premio gordo de Madeline, tendré la potestad de decirle a cualquier cliente canalla que se vaya a tomar por saco. Y, pese a que Madeline lo defienda, sé que Mackenzie sabe más de lo que me ha contado, y Goolsbee y Paver también ocultan algo. La manera en que Paver me habló sobre su bote. La manera en que Goolsbee se mordió la lengua cuando le pregunté sobre lo que le había ocurrido a Mia. Solo con pensarlo se me pone la piel de gallina.

Cojo mi móvil y llamo al Saint Agnes. Reemprendo el circuito circular por mi despacho mientras oigo los tonos. Me responde la alegre recepcionista del otro día:

—Gracias por llamar a…

—Con el doctor Mackenzie, por favor.

—¿Puedo saber quién pregunta por él?

—Hazel Cho.

La recepcionista responde demasiado rápido, con palabras secas y contundentes:

—Lo siento. No está disponible.

—¿Sabe cuándo estará disponible?

—No. Está muy ocupado.

Respiro hondo y oculto mi frustración. ¿Es posible estrangular a alguien con la voz?

—Vale. ¿Puede pasarme con su buzón de voz?

—Lo lamento, no tiene buzón de voz.

Lanzo las manos al aire. Cómo no. ¿Para qué iba a tener? Mackenzie me está obstruyendo el paso. Para nada sospechoso, ¿verdad?

–Está bien. ¿Puedo hablar con el señor Goolsbee, entonces?

–Lo siento, tampoco está disponible.

–¿Y con la señora Barreto?

–Sí, un momento –responde, para mi sorpresa.

El teléfono vuelve a sonar.

–Sonia al habla.

El acento suave de Sonia me tranquiliza. Hay una amabilidad y firmeza en su voz que hacen sentir que todo va a ir bien. Siempre he envidiado a la gente así. La vida nunca parece perturbarles, solo interesarles.

–Sonia, hola. Soy Hazel Cho.

Su voz se ilumina.

–Hazel, cariño, ¿cómo estás? Lamento no haber tenido la oportunidad de despedirme de ti el otro día después de nuestra simpática conversación. ¿Cómo va la investigación?

–Estamos haciendo progresos, pero tengo más preguntas para el doctor Mackenzie y no hay manera de ponerme en contacto con él. Y el señor Goolsbee tampoco parece estar disponible.

Sonia baja la voz.

–Sí, lo lamento mucho. Cuando te marchaste, el doctor Mackenzie estaba muy disgustado. Dijo que ya estaba harto de hablar con detectives privados y nos ha indicado que no nos comuniquemos contigo, pero le dije a nuestra recepcionista que me transfiriera la llamada igualmente si te ponías en contacto. Esta conversación será nuestro pequeño secreto.

–Ya veo. Te agradezco que hables conmigo, Sonia. Te prometo que esta conversación será confidencial. ¿Hay algo que puedas hacer para que cambie de parecer? Solo estoy intentando ayudar a encontrar a Mia y creo que él también querría eso.

–Sí, he intentado hacérselo entender, pero Thomas es muy testarudo y no siempre me hace caso. Tienes que comprender que han pasado por aquí varios detectives privados investigando este caso y ninguno ha logrado resultados. Creo que, llegados a este punto, Thomas prefiere dejárselo a la policía. Y el señor Goolsbee hará lo que le indique el doctor.

Se oye el pitido de un coche de fondo y Sonia maldice en español.

–¿Estás conduciendo? –pregunto.

–Sí, ahora te lo iba a decir. Voy de camino a la ciudad para un acto benéfico que hemos organizado, así que, si tienes la tarde libre, podríamos ir a comer y seguir hablando.

–¿Hoy? Sí, estaría bien. ¿En qué parte de la ciudad?

–En Tribeca.

–Vale. ¿Qué te parece si nos vemos en el restaurante Bubby de Tribeca a la una?

–Allí estaré.

Cuelgo y miro por la ventana. Mia está ahí fuera, en algún lugar, y si ni Mackenzie ni Goolsbee me van a dar la clave para encontrarla, quizá pueda contar con Sonia.

Capítulo 16

Me siento en una mesa de la terraza del restaurante Bubby y el mundo me vuelve a recordar una vez más la vida que desearía, pero que ni en sueños estará a mi alcance. El sol brilla en el cielo y por la calle sopla una cálida brisa, atípica en esta época del año. El lugar rebosa de parejas formadas por hombres de mandíbulas marcadas y mujeres morenas que beben entre risas sus mimosas mientras les dan de comer a sus bebés pequeños cachitos de tortitas. Hoy es viernes: ¿acaso ya nadie trabaja?

El aroma a pan recién horneado se filtra en mis fosas nasales y me ruge el estómago. Bubby es uno de mis restaurantes favoritos. El amor platónico de siempre de mi hermana, John F. Kennedy Jr., venía aquí con su novia, Carolyn Bessette, antes de que murieran en aquel terrible accidente de avioneta. Yo solo tenía seis años, pero recuerdo que Christina me enseñaba fotografías e incluso lloró cuando se hizo pública su muerte. En algún recoveco sombrío de mi mente se esconde la esperanza de que se me pegue algo de su glamur. De momento no ha dado resultado, pero entretanto puedo ahogar mis penas en la deliciosa tarta de arándanos del Bubby.

Veo a Sonia, que baja la calle Hudson en mi dirección. Pero es una Sonia diferente. Se ha cambiado la ropa de administrativa por un conjunto que no la hace pasar inadvertida. Lleva puesto un vestido camisero de lino de un color rojo brillante con el cuello levantado y unos coloridos pendientes de aro. La amalgama de colores hace resaltar su piel morena y camina con una seguridad y fuerza imparables. Contemplo cómo los ojos de las mujeres sentadas a las mesas cercanas recorren su alta figura, evaluándola, haciéndose la misma pregunta que me estoy haciendo yo: «¿Cómo hago para ser así?».

Es curioso, cuando estoy inmersa en un trabajo de investigación, me siento segura y cómoda. A pesar de la ambigüedad y la falta de información asociada al caso, siempre sé qué camino debo seguir; sé que si dispongo del tiempo suficiente puedo interrogar a las personas adecuadas, comprobar los indicios correctos y sacar la verdad a la luz. Hay un proceso. Pero, cuando salgo de ese mundo, titubeo, nunca sé qué ponerme, qué decir ni cómo actuar. Incluso cuando estoy tomando las decisiones adecuadas, me siento como una impostora que espera a que la delaten.

Solo con echarle un vistazo a Sonia sé que ella no se siente así. Se trata de una mujer que sabe quién es y lo que quiere. El Saint Agnes se caería a pedazos si ella no estuviera allí; me bastó el breve rato que estuve en las instalaciones para comprobar que las niñas la adoran. Pero no puedo permitir que la envidia me distraiga de lo que necesito obtener de este encuentro: el acceso a la gente que trabaja en esa institución.

Cuando Sonia se me acerca, le extiendo la mano.

–Hazel, mi linda niña –me saluda Sonia, que ignora mi mano y me da un abrazo.

Su perfume floral me recuerda al jardín de mi madre. Me sorprende lo bien que me hace sentir estar envuelta en sus brazos, su suave pecho contra mi cabeza. Últimamente no he tenido demasiada suerte en el campo amoroso y mis padres nunca fueron muy dados al contacto físico. Supongo que, a fin de cuentas, todos somos niños en busca de afecto.

Nos sentamos y miramos la carta. Me abstengo de pedir la tarta de arándanos; tengo la sensación de que Sonia me juzgaría. Quizá me pueda pedir una porción para llevar cuando se haya ido.

—Gracias por guardarme un hueco para que pudiéramos vernos hoy —le digo.

—¿Estás de broma? Para mí esto es un premio. Una comida de chicas en la ciudad es exactamente lo que necesitaba.

Mis labios se curvan en una sonrisa. Una comida de chicas. Me gustaría disfrutar de muchas más con Sonia. Normalmente no dedico tiempo a socializar entre semana. Es algo que me inculcaron de pequeña y fue una de las mayores batallas que tuve con mis padres cuando era una niña. Yo quería salir con mis amigos, pero mis padres opinaban que la escuela tenía que ser mi única prioridad. Recuerdo una vez que quería ir a ver un importante partido de baloncesto un martes por la noche y creí que mi madre y mi padre se iban a desmayar. Las noches de los martes eran para estudiar, no para pasárselo bien. Ese tipo de mentalidad caló en mí. Al disfrutar de una comida de chicas un viernes en horario laboral, me siento como si estuviera haciendo novillos. Le dedico a Sonia una sonrisa cómplice cuando me asalta este pensamiento.

—Sí. Quería preguntarte qué te trae a la ciudad. ¿Me dijiste que estabas organizando una recaudación de fondos?

Sonia resopla y se reacomoda los brazaletes de las muñecas.

—Sí, hemos organizado para mañana la gala benéfica anual para recaudar fondos para el Saint Agnes. Es todo un espectáculo. Thomas tiene contactos, así que muchas de las familias más adineradas de Nueva York estarán allí. Se sirve una cena y luego hay una fiesta. Tenemos a un coordinador de eventos que se encarga de la mayoría de las cosas, pero ¿adivina a quién le toca encargarse de que todo salga bien?

—¿A ti?

—Exactamente.

—Parece ser todo un acontecimiento.

—Lo es. Conlleva mucho trabajo, pero tiene muchos beneficios para el centro y para las chicas. Recaudamos una suma importante de dinero y organizamos un autobús para ellas para que puedan ponerse elegantes y asistir a parte de la gala. Es como un acto glamuroso para ellas. Pero ya basta de hablar de mí. Hablemos de ti, Hazel. ¿Cómo va la investigación? ¿Has tenido suerte con el paradero de Mia?

La sonrisa se desvanece de su rostro y aprieta la mandíbula tras terminar de hacer la pregunta. De repente me doy cuenta de que no me gustaría estar en la piel de una niña a la que castigaran con ir al despacho de Sonia Barreto. El camarero nos trae la comida y le doy un bocado a mi montaña de tortitas. La masa caliente mantecosa, combinada con un hilillo de caramelo, se derrite en mi boca. ¿Es posible desmayarse por exceso de sabor? Me trago la tortita más rápido de lo que habría querido para poder responder a la pregunta de Sonia.

–Todavía nada, pero por eso quería hablar contigo. Sabemos que Mia se marchó del campus por voluntad propia y que lo más probable es que se fuera con alguien en un bote, cruzando el lago.

–¿Con quién?

–Eso todavía no lo sabemos. Pero mientras investigaba descubrí que un número elevado de chicas han desaparecido del Saint Agnes. ¿Eso lo sabías?

Observo con detenimiento la respuesta corporal de Sonia. Se remueve en la silla, carraspea y juguetea con su ensalada. Contemplo cómo mece el tenedor de derecha a izquierda, deslizándolo de una hoja de lechuga a otra.

–Sí, sé que varias chicas han huido en los últimos años. No es algo de lo que nos enorgullezcamos, pero debes entender que es algo inherente a lo que hacemos. Cuando acoges a niñas huérfanas que han experimentado circunstancias complicadas, algunas se fugarán y muchas regresarán. Un gran número de esas muchachas han vivido adopciones difíciles y les cuesta encajar en algún lugar. Hemos tomado algunas precauciones de seguridad para reducir la probabilidad de que algo así ocurra, pero sigue pasando. A fin de cuentas, no somos una prisión.

Habla con tono firme, pero no a la defensiva.

—Lo comprendo, pero ¿eres consciente de que tenéis un índice de fugas mucho mayor que cualquier otro orfanato de tamaño similar...? O sea, centro tutelado.

Sonia yergue la espalda y enarca una ceja que podría cortar el cristal.

—Sí, soy consciente. Es un asunto que nos tomamos muy en serio y estamos intentando resolver en todo momento. Estamos en contacto constante con la policía y las organizaciones comunitarias locales, pero es todo un reto que nos hagan caso. La realidad es que a la mayoría de la gente no le importa lo que les ocurra a unas chiquillas pobres de piel muchas veces oscura. En parte por eso organizamos esta gala, para concienciar sobre este asunto. Nadie se preocupa por esas niñas como nosotros. Estuviste allí, lo viste.

Analizo la reacción de Sonia. Aferra el tenedor con tanta fuerza que tiembla y sus ojos se desplazan de derecha a izquierda, como si estuviera buscando algo. Alargo la mano y la coloco sobre la suya. Tiene la piel áspera. Son las manos de una vida dura, más ardua de lo que aparenta.

—Lo sé, Sonia, pero creo que se está cociendo algo más gordo. Y creo que Thomas puede tener la respuesta a algunas de las preguntas.

Su rostro se ruboriza; se arrellana en el asiento y se cruza de brazos. Siento como si estuviera presenciando las siete etapas del duelo en tiempo récord.

—Hace veinticinco años que conozco a Thomas, Hazel. Es un buen hombre. Además, ya te lo dije: se niega a hablar contigo. De ninguna manera voy a poder convencerlo. Una vez que se decide por algo, no hay quien lo haga bajar de ahí. Pero debes creerme: tiene el corazón puro.

—¿Estará en la gala?

—Sí, claro.

Le da un bocado a su ensalada y deja la mirada perdida.

Veo que una idea aflora en su mente. Casi se levanta de un bote de la silla y me agarra las manos.

–Hazel, tienes que venir a la gala.

Esbozo una sonrisa de oreja a oreja.

–Creía que no me lo ibas a pedir nunca.

Se mete otra hoja de lechuga en la boca mientras medita cómo hacerlo y se apoya el dedo índice sobre el hoyuelo de la barbilla.

–Ni me planteo que asistas a la cena, vale cinco mil dólares por persona, pero sí puedo conseguirte una entrada para la fiesta de después. Pero no se lo puedes decir a nadie o el director de desarrollo pedirá mi cabeza. Thomas estará allí. Creo que una vez que tengas la oportunidad de conocerlo mejor verás que estás meando fuera del tiesto.

–Eso sería maravilloso. Gracias, Sonia.

–No hay de qué. Pero tienes que prometerme que irás con cuidado. Thomas tiene amigos poderosos y no quiero que ninguno te coja manía.

Noto en su voz un ligero temblor.

–No te preocupes, tendré cuidado. No es la primera vez que me meto en una situación así.

Vale, así lo haremos.

Aplaude y patalea, haciendo un pequeño baile en la silla.

–¡Qué ganas! Normalmente en estos acontecimientos me veo obligada a estar rodeada de ancianos estirados, pero esta vez estaré acompañada de una amiga. Creo que para celebrarlo podemos pedir champán y un trozo de tarta, ¿no?

Creo que acabo de encontrar a mi nueva mejor amiga.

Capítulo 17

Regreso al despacho tras la comida con Sonia, animada tras tomarme dos copas de champán y por la idea de acorralar a Mackenzie. No veo el momento de arrinconarlo lejos de su zona de confort. Saludo con la mano a Yanush, el vendedor de perritos calientes, antes de entrar en la oficina. Me froto la barriga para darle a entender que hoy ya he comido y que no voy a ceder a la tentación de sus deliciosas salchichas.

Todavía no me creo que vaya a asistir a la gala de mañana. Estaría bien tener a alguien con quien ir, pero mi hilera de pretendientes de Tinder no está a la altura y estoy bastante segura de que Kenny tropezaría y volcaría una obra de arte de valor incalculable. Supongo que me voy a tener que conformar con ser la mujer misteriosa, al estilo Cenicienta. Que, por cierto, necesito un vestido. Aunque tendrá que esperar a mañana. Ahora mismo tengo que ganar dólares marcando números. Así es como me refiero a la letanía de llamadas telefónicas que hago una vez que tengo un caso encaminado.

Antes de ponerme con ello, dedico unos minutos a adecentar mi despacho. Sonia me ha inspirado de alguna manera. Vi el suyo, inmaculado hasta el último milímetro, y mientras comíamos he podido apreciar mejor a la mujer que trabaja en él. Ahora veo mi despacho, cubierto de polvo y papeles desperdigados, me miro al espejo y el reflejo me devuelve a la mujer que trabaja aquí. A lo mejor si pongo algo de orden consigo también ordenar mi interior.

Cuando he terminado de quitarle el polvo a todas las superficies y he archivado todos los papeles sueltos, echo al cubo de la basura el plumero, que ha quedado despeluchado, y me siento a mi escritorio. Abro la ventana para dejar que entre el fresco aire otoñal. El aire renovado y el aroma cítrico del desinfectante me envuelven. Abro el archivo del caso de Mia.

Lo primero que haría en una situación normal sería llamar a todas las personas que conocían a Mia para comprender mejor cómo era, sus movimientos, sus costumbres y sus aspiraciones. Pero por ahora Mackenzie me ha vetado el acceso al Saint Agnes, así que no puedo contemplar esta opción. Lo que sí que tengo es un patrón. Mia no es la primera chica que ha desaparecido. Si puedo ponerme en contacto con las personas que conocían a las demás niñas, quizá pueda encontrar algún punto en común. ¡Que dé comienzo la letanía!

Me pongo los auriculares y me informo sobre la chica que desapareció antes de Mia: Malika Washington. Tiene una tía que vive en Boston. Marco el número que tengo registrado y me responde el mensaje estridente de «El número marcado no está disponible», seguido del pitido más desagradable del universo. Que he marcado un número incorrecto, no he matado a nadie.

—Pues empezamos bien —musito.

Hablar conmigo misma entre las llamadas mantiene mi maquinaria engrasada.

Sigo con la siguiente chica de la lista que desapareció antes que Mia: Brooke Anthony. Tiene un contacto conocido, su prima Lindsay Anthony, de veintidós años, con residencia en Staten Island. Marco su número y me responde al tercer tono.

—Hola, señora Anthony. Le habla Hazel Cho. Soy una detective privada que investiga las chicas desaparecidas del Saint Agnes.

—Dígame… —dice con voz grave, nasal y recelosa.

—Si no estoy equivocada, su prima Brooke Anthony desapareció hace dos años.

–Ah, sí. Pero no conocía demasiado a Brooke. Nos vimos un par de veces cuando éramos niñas, poco más.

–¿Alguna vez se puso Brooke en contacto con usted o le dijo si tenía planeado fugarse?

–No. Como he dicho, no hablábamos desde que éramos niñas. Lo último que supe de ella fue cuando me llamó el centro tutelado para decirme que la estaban buscando. Mire, llego tarde a una reunión, me tengo que ir, pero buena suerte con la investigación.

Cuelga. Una sensación de pavor me atenaza el estómago. Hay un motivo por el que a estas chicas las enviaron a un centro tutelado. Sus padres están fuera de juego y cualquier otra persona que tengan en su vida o bien está demasiado desapegada o es demasiado egoísta como para que le importe.

Me paso las siguientes horas llamando a los conocidos de las chicas que desaparecieron. Solo obtengo una serie de antiguos números de teléfono que están fuera de servicio o los han reasignado. Consigo contactar con algunas personas que hacía años que no hablaban con la chica desaparecida y solo se enteraron de lo que les había pasado cuando se puso en contacto con ellas alguien del Saint Agnes. Se pueden decir muchas cosas de Madeline Hemsley, pero al menos ella muestra interés.

Estoy llegando al final de la lista, pero sigo insistiendo, no porque crea que haya la posibilidad de conseguir algún avance, sino para poder actualizar el archivo del caso y tachar este indicio de mi lista y tomar otro rumbo en la investigación. Una de las ideas más equivocadas en cuanto al trabajo de detective es que para resolver un caso basta con encontrar un indicio y seguirlo hasta el final. La mayoría de las veces no encuentras ninguna pista. La pista solo aparece después de haber eliminado las demás opciones. Es un proceso desalentador, pero evita que des vueltas en círculos. Tal vez si Madeline ve todo el esfuerzo que estoy haciendo me conceda un poco de tiempo extra.

Marco el antepenúltimo número y me responde un ser humano.

—¿Hola?

Me sorprende tanto oír una voz que tengo que revisar el archivo del caso para cerciorarme de con quién estoy hablando. Es Sarah Blankenship. Según mis anotaciones, la prima de una chica rubia llamada Olivia Blankenship que desapareció hace una década.

—¿Hola? —repite.

—¿Hablo con Sarah Blankenship?

—Sí, soy yo.

Tiene una voz alegre, pero recelosa. Se está preguntando si soy otro de esos pesados vendedores telefónicos.

—Hola, Sarah. Me llamo Hazel Cho y soy detective privada. Estoy investigando la desaparición de varias chicas del centro tutelado Saint Agnes.

—Ay, por fin, gracias a Dios —exclama.

Esta no la había visto venir. Se me escapa una risita cortés.

—¿Por qué lo dice?

—Disculpa. Es solo que la investigación que se llevó a cabo cuando desapareció Olivia me pareció de lo más chapucera.

Habla con voz lenta y calculada, como si estuviera haciendo una presentación en el trabajo.

—Lleva razón, por eso llamo. ¿Tenía buena relación con Olivia antes de su desaparición?

Oigo la respiración de Sarah al otro lado de la línea, como si estuviera luchando por hallar las palabras adecuadas.

—Sinceramente, no, no éramos íntimas. Yo era ocho o nueve años mayor que ella. Antes de que muriera su madre, traía a Olivia a nuestra casa por Navidad cada pocos años y jugábamos con las Barbies. Ella estaba obsesionada con mi hornito Easy Bake, pero nuestras familias al final se distanciaron. Creo que mi madre y la suya tuvieron algún encontronazo.

—¿Por eso sus padres no la acogieron?

–No. Cuando la madre de Olivia murió, mi madre estaba enfrentándose a un cáncer, así que no creo que mis padres estuvieran en posición de acoger a Olivia. Aunque jamás pareció resentida por ello. Me enviaba cartas, en el Saint Agnes no les permitían usar ordenadores, y yo le respondía. Siempre me escribía usando un papel de color rosa. Siempre rosa. Pero, aunque me dé vergüenza, debo admitir que no pensaba en ella con demasiada frecuencia. Estaba demasiado absorbida por mi propio drama universitario.

–Lo comprendo. ¿Está al corriente de que otras chicas también han desaparecido del Saint Agnes en los últimos veinte años?

–¿En serio? No he visto nada de eso en las noticias. Solo sé lo de Olivia porque el director me llamó el día de su desaparición.

–¿El señor Thomas Mackenzie?

–Sí, el mismo. ¿Todavía sigue allí? Debe de rondar los cien años.

–¿Y qué le dijo?

–Le comenté que no me había contado nada de escaparse. De hecho, me había escrito una carta un par de semanas antes en la que me decía lo emocionada que estaba porque creía que la habían descubierto.

–¿Cómo que descubierto?

–Sí. Le apasionaba cantar y el teatro y me dijo que, después de uno de los recitales que organizaban en el centro, el profesor del coro le había asegurado que podría llegar a ser una estrella.

Me viene a la mente la encantadora voz de Mia mientras canta esa canción.

–¿Actuó en algún sitio que no fueran esos recitales?

–No, que yo sepa, pero me dijo algo sobre un teatro donde iba a actuar un día. Si te soy sincera, no le di demasiada importancia, porque pensé que se trataba de las fantasías de una niña.

–¿Se acuerda del nombre del teatro?

–Mmm, hace mucho tiempo de eso. Tenía un nombre curioso. Empezaba por «D».

Me devano los sesos en busca de teatros en Nueva York que empiecen por «D», pero no se me ocurre ninguno.

Sarah va probando palabras. Su voz es calmada, profesional, metódica:

–Donnelly, Diossi, Diocese…

–¿Dioniso?

–¡Ah, sí! Ese es. Dioniso. ¿Ha estado allí?

Me levanto del escritorio y me paso las manos por el pelo. Me sudan las palmas. Este caso se pone más turbio a cada minuto que pasa.

–No, es la primera vez que lo oigo, pero puede ayudarnos a encontrar a Mia. Mackenzie está obsesionado con el dios Dioniso.

Sarah resopla. La chica demuestra una gran confianza en sí misma, hay que reconocérselo.

–¿Thomas Mackenzie? ¿El director? Es imposible que esté involucrado. Él era el único que parecía afectado de verdad cuando Olivia desapareció. Sé que tiene el carácter avinagrado, pero en el fondo es un cacho de pan. Me actualizaba constantemente sobre los progresos de la búsqueda. El vigilante de seguridad es con el que debería andarse con ojo, si es que sigue trabajando allí. Una vez fui a uno de los espectáculos de Olivia y lo vi de pie en la parte de atrás de la sala mostrando un interés excesivo por las muchachas. No sé si me explico.

Eso no es lo que quería oír, pero, si me disgustara cada vez que me dicen algo que no quiero oír, habría cambiado de profesión hace mucho tiempo.

–Te explicas perfectamente. Muchas gracias por tu tiempo, Sarah. ¿Todavía conservas las cartas?

–Ahora que lo mencionas, la verdad es que no. Creo que la policía se las llevó para la investigación y no me las devolvió.

–Veré si puedo recuperarlas.

—Me daría una gran alegría. Es lo único que me queda de Olivia. Nunca fuimos íntimas, pero una parte de mí siente que debería haberme involucrado más.

—Lo comprendo. Estaré en contacto.

Cuelgo el teléfono y miro por la ventana hacia el callejón que se extiende debajo. Cuanto más sé sobre este caso, más se complica. Empezó con una niña desaparecida y un director sospechoso. Ahora ha evolucionado a múltiples chicas desaparecidas, un teatro misterioso y una fila de personas de carácter discutible. Cuando te dedicas a la investigación privada, desarrollas un sexto sentido para olfatear la podredumbre moral, como si fuera un tomate pocho en la nevera.

Puedo olerla. Lo único que todavía no sé de dónde procede el hedor.

Capítulo 18

Quedan siete días

La noche siguiente estoy en casa, preparándome para la gala, con una sensación encima de puro pavor. Pero lo raro es que el origen del miedo es más por tener que ir a un acontecimiento formal que por pensar en todas esas chicas desaparecidas. Cuando termine este caso, tengo que ir a un terapeuta que me pueda explicar por qué me infunde más miedo acudir a los actos de la alta sociedad que los secuestradores de niños.

Hace unas horas, he ido de compras acompañada de Kenny, muy a su pesar. He pensado que Madeline no vería con buenos ojos que me gastara su dinero en un vestido, así que los dos nos hemos aventurado a recorrer el circuito de tiendas de ropa de segunda mano de Chinatown. Ha sido una auténtica odisea, pero, después de apartar una prenda tras otra del siglo pasado, al fin he encontrado un vestido rojo de poliéster que dará el pego.

Cuando me lo enfundo y me miro en el espejo, me sorprende lo que veo. El vestido parece un poco de quinceañera, pero resalta lo que debe resaltar y disimula lo que debe disimular. Me retrotraigo a mis días de juventud, cuando la gente se giraba para mirarme, y le lanzo un beso al reflejo del espejo. «No has perdido la chispa», me digo a mí misma. Me recojo el pelo en un moño apretado, mayormente porque no tengo ni el tiempo ni la habilidad para hacerme un peinado bonito. Me pinto los ojos y me aplico un poco de base. Estoy lista para salir y tengo un aspecto peligroso y *sexy*.

El olor a *pajeon*, una tortita coreana, me atrae hacia la cocina. Esta es una de las cosas que me encantan de que Kenny sea mi compañero de piso. Es un cocinero de primera y le gusta la comida casi tanto como a mí y, cuando cocina platos coreanos, me transporta a la época en la que era mi madre la encargada de cocinar. Con la diferencia de que no me da sermones sobre hacer los deberes o encontrar marido.

Me calzo unos tacones desgastados y salgo al comedor. Veo a Kenny delante de los fogones, vestido con sus habituales pantalones de chándal y camiseta y removiendo el *pajeon* en la sartén. Oigo el chisporroteo y aspiro la suave fragancia a verduras salteadas. Mi estómago protesta. Ojalá pudiera apoltronarme en el sofá, darme un atracón y ver algunas telenovelas coreanas con él, pero el deber me llama.

Kenny se gira y la mandíbula se le cae al suelo.

—Hazel…, estás… estás preciosa —titubea mientras sus ojos me examinan de arriba abajo, sin saber dónde detenerse.

Todavía sigue prendado de mí.

Hago una reverencia para quitarle hierro a la situación.

—Gracias. No lo habría conseguido de no ser por tu buen ojo para la moda femenina.

Se le suben los colores, coge un par de platos, los coloca en nuestro intento de mesa del comedor y luego desliza los *pajeon* sobre ellos. También va en busca de un par de juegos de cubiertos de plástico. No tenemos lavavajillas y nuestro fregadero a menudo está lleno, así que con esto reducimos lo que hay que limpiar. El apetitoso aroma me sube directamente a la cabeza y no sé si comer o desmayarme.

—Buen provecho —dice él.

Aplaudo el emplatado de Kenny.

—Tiene una pinta deliciosa. Siempre te he querido preguntar dónde aprendiste a cocinar así.

—Con mi madre. Nunca fue muy propensa a las charlas

íntimas, así que la cocina fue de algún modo nuestra manera de establecer vínculos. Hoy en día no ha cambiado demasiado. Cuando voy, entro, saludo y entonces nos ponemos manos a la obra para preparar la cena. Es inusual, pero supongo que a nosotros nos funciona.

Voy corriendo a mi habitación y me pongo mi albornoz azul cielo de talla infantil. No me puedo permitir mancharme el vestido. Me siento en una de nuestras sillas plegables con sumo cuidado, intentando no arrugar la tela.

–Sí. Yo tengo una relación de amor-odio con la comida coreana –le digo.

–¿En serio? ¿Por qué?

–Mayormente por el olor.

–¿Qué quieres decir? A mí me encanta este olor.

Mi mente viaja a cuando iba al instituto.

–Sí, a mí también me encantaba, pero, cuando estaba en tercero de secundaria, empecé a salir con un chico occidental. Estábamos al lado de mi taquilla y un compañero de origen vietnamita llamado Bao tenía la suya un par de taquillas por debajo de la mía. Pues Bao abre su taquilla y debía de tener su almuerzo allí o algo, porque un intenso aroma a comida vietnamita me golpeó en la cara. Y, como era una adolescente consentida y maleducada, solté: «Uf, qué peste». Y mi novio, que era el tipo más agradable del mundo pero con la inteligencia emocional de un caracol, me respondió con total sinceridad: «Sí, se parece a como huele tu ropa a veces».

Kenny se lleva la palma de la mano a la frente.

–Joder… ¿Qué le respondiste?

–Bueno, al principio no sabía exactamente a qué se refería, así que simplemente le pregunté: «¿A qué te refieres?».

–¿Y qué te dijo?

–Estaba bastante avergonzado y me soltó: «Ay, lo siento. Ya sabes, a veces tu ropa y tu pelo tienen un olor un poco peculiar». Como te puedes imaginar, quise que se me tragara la tierra de la vergüenza. Me dieron ganas de encerrarme en mi taquilla. Es que, a ver, básicamente mi novio me estaba diciendo que apestaba.

—Menudo capullo.

—No, no fue culpa suya. No daba para más el pobre. Pero ¿sabes que a veces son las experiencias más banales las que se te quedan grabadas a fuego? Bueno, pues esa me marcó. Se lo dije a mi hermana y el resto del tiempo que estuvimos en el instituto las dos colgábamos nuestra ropa en el garaje para que los olores no se adhirieran a ella. Nos lavábamos la cabeza dos veces con champú y acondicionador y luego salíamos por patas de casa. Estábamos completamente paranoicas. Ahora, cuando echo la vista atrás, me siento fatal por todo eso. Creo que a mi madre le hicimos mucho más daño del que ha admitido jamás.

—Espero que el olor de este *pajeon* no te arruine la noche.

Aunque está de broma, hay una parte de verdad que queda suspendida en el aire. Las viejas inseguridades del instituto regresan y lucho contra las ganas de olerme el vestido y abrir las ventanas. La gente cree que lo que nos moldea son los grandes momentos de nuestras vidas: nacimientos, muertes, logros y fracasos. Pero creo que los pequeños momentos tienen más peso, porque esas son las vivencias que le dan forma a tu autopercepción y a quién quieres ser. Cambio de tema para apartar la mente de estos pensamientos:

—¿A qué se debe este festín?

—Es una pequeña cena de celebración. Acabo de terminar la última página del manual de instrucción del cuerpo policial. Ahora solo tengo que aprobar el examen y tendrás delante a Kenny el Superpoli.

—Ay, enhorabuena. Qué maravilla. Sabía que lo conseguirías. Y sé que aprobarás el examen con los ojos cerrados. Necesitamos más policías como tú. Ojalá fueras el encargado de la investigación de Mia; así podría echarle un vistazo al archivo del caso y que alguien me echara un cable de verdad.

Kenny se sienta conmigo a la mesa y ambos le damos bocados al *pajeon*. Cierro los ojos y me deleito con la textura esponjosa. La comida es sensacional, pero me está bajando el subidón. Cuesta mantener la sensación eufórica de ser peligrosa y *sexy* cuando tus ojos se quedan fijos en el armario destartalado de la cocina, de formica color verde lima.

–Gracias, Hazel. También necesitamos más detectives privadas como tú. ¿Qué avances has hecho en la investigación?

Suelto un quejido.

–Estoy haciendo progresos, pero tengo la sensación de que no paran de ponerme palos en las ruedas.

–Eso me parecía. ¿Qué esperas encontrar en esa gala?

La gala.

El sabor del *pajeon* por poco hace que me olvide de que voy a salir esta noche. Miro el reloj. Ya son las ocho y media. No me queda tiempo para comer; además, no estoy segura de que la costuras del vestido aguanten mucha tensión más. Dejo el tenedor de plástico y me levanto de la mesa.

–Lo siento mucho, Kenny, tengo que irme ya si quiero atrapar a la gente a la que necesito interrogar. Tendré que contarte cómo ha ido la gala después. Y tenemos que celebrar por todo lo alto que habrás aprobado el examen. ¿Lo podemos posponer?

Kenny baja los ojos al suelo y traga con dificultad.

–Ah, sí. Podemos celebrarlo en otro momento. Meteré tu comida en un táper y lo dejaré en la nevera para que puedas calentarla cuando vuelvas.

Le coloco una mano sobre el hombro y cojo mi bolso y las llaves.

–Gracias, Kenny.

Abro la puerta y salgo como una exhalación hacia una gala en la que no pinto nada.

El Harvard Club se alza como una figura imponente

iluminada por el atardecer. La iluminación ascendente baña las fachadas del edificio de estilo neogeorgiano y parece separado y por encima del resto. Como le ocurre a la mayoría de los asistentes a esta fiesta, imagino. Cuando salgo del Uber, al que le falta un tapacubos, no puedo evitar sentirme un tanto ridícula. Los invitados salen de deportivos elegantes o los aparcacoches los ayudan a bajar de vehículos de lujo, con el porte que proporciona la riqueza. Y aquí estoy yo, sola, con mi vestido de segunda mano, como una niña que se ha perdido de camino al baile de final de curso de la escuela.

Respiro hondo y me pongo a la cola con los demás invitados, en la acera delante de la entrada. Afortunadamente, he llegado cuando la cena ya ha terminado, así que no hay demasiada gente esperando. Unas cuerdas de terciopelo rojo y una alfombra afelpada de color azul oscuro median entre la acera y la entrada del club. Le muestro al guardia de seguridad mi teléfono con el pase y el código de barras que Sonia me ha enviado. Escanea el código y me regala una mirada escéptica, pero me deja pasar. Me pregunto si se piensa que soy la señorita de compañía de alguno de estos ricachones o algo por el estilo. Se me agolpan en la mente los recuerdos de cuando mi hermana me llevaba a una de las fiestas organizadas por los alumnos populares del instituto y me miraban como si me hubiese perdido. Pues igual el rojo no ha sido la mejor de las opciones para pasar desapercibida.

Entro en el vestíbulo y me siento como si hubiese entrado en otra dimensión, una muy alejada de mi piso en Chinatown. Una enorme araña con forma de flores abiertas cuelga del techo y unos paneles de madera tan antiguos que tranquilamente podrían haber formado parte de los barcos de los colonizadores revisten las paredes. Los hombres, de esmoquin, y las mujeres, ataviadas con vestidos de baile considerablemente más atractivos que el que llevo puesto yo, se deslizan por el suelo brillante. Debería haberle pedido a Bobby que me acompañara. Seguro que le queda bien el esmoquin.

Levanto la vista hacia los cuadros colgados en lo alto de las paredes, en los que se representa a ancianos blancos. Es como si me estuvieran mirando con soberbia, como si dijeran: «No perteneces aquí». Me recuerdan a Thomas Mackenzie.

Doblo una esquina y me encuentro con una sala de baile de techo alto. Hay más paredes revestidas de caoba, flores y cristales relucientes. Unas mesas circulares con manteles blancos se esparcen por la sala, dispuestas frente a un escenario temporal, presuntamente para el acto musical de esta noche y la posterior petición obligatoria a los donantes. Mis ojos escanean rápidamente la manada de hombres de pelo blanco y mujeres de belleza realzada quirúrgicamente. Allí está Thomas Mackenzie, recibiendo la atención de un hombre robusto y dos parejas, ensimismados con todo lo que les dice. Reconozco a uno: es el *sheriff* del condado de Warren. Interesante. Tomo algunas fotos a escondidas. Tendré que ahondar en esto más tarde.

La cena ha terminado y los asistentes se han desplazado de las grandes mesas circulares a las barras que hay cerca de las paredes. Cojo una copa de champán de uno de los camareros y avanzo furtivamente hasta ocultarme al lado de un helecho enorme. Mientras observo a Mackenzie, me sorprende lo diferente que es el hombre que hay en esta fiesta del anciano que conocí en el Saint Agnes. El que veo aquí es todo encanto y júbilo. Saca provecho de su altura y coloca sus grandes manos sobre los hombros de la gente y les da palmadas en la espalda. Se parece más a un senador que al director de un centro tutelado. Puedo ver por qué la gente está encantada con él y hace que me pregunte si el recelo que me despierta está injustificado.

Le doy un sorbo al champán para calmar los nervios. Se trata de un seco para postres exquisito. Oteo la sala y localizo a Sonia en la barra. Tiene el aspecto de una

Evita moderna. Lleva los labios pintados de un rojo intenso y el pelo estilizado en forma de bucle. El vestido, negro brillante, acentúa su voluptuosa figura. No hay peor sensación que ver a otra mujer que posee algo que tú no puedes tener. Y Sonia Barreto lo tiene con creces. Se está tomando un Martini y charlando con un grupo de hombres que supongo que deben de ser potenciales donantes. Asienten a todo lo que les está diciendo con miradas lascivas. Caigo en la cuenta de que Thomas y ella juntos deben de ser una fuerza imparable. Me saluda con la mano y me dedica una amplia sonrisa. Hace el gesto de cerrarse los labios con cremallera y se ríe. Iría a saludarla, pero no quiero aguarle la fiesta. Además, no estoy aquí para pasármelo bien, sino para descubrir qué narices está ocurriendo en el Saint Agnes.

Sonia se lleva a los hombres a una sala lateral que, vista desde mi ángulo, parece una biblioteca. Atisbo unas alfombras antiquísimas, mullidos sillones de cuero y unas paredes forradas de estanterías llenas de libros. Debe de estar a punto de solicitarles una donación importante. Sonia cierra la puerta y yo devuelvo la vista a Mackenzie.

Nuestras miradas se cruzan y entorna los ojos hasta formar dos rendijas. Un suspiro se escapa de su boca. Se gira hacia sus invitados, levanta un dedo para pedirles un momento y se dirige con paso decidido en mi dirección. Se detiene a escasos centímetros y, cuando se cierne sobre mí, bloquea la luz de la araña y una sombra se me echa encima como si fuera un eclipse solar.

—Hola, doctor Mackenzie —lo saludo con una sonrisa burlona.

Contraataca a mi sonrisa arrugando la frente.

—Señorita Cho, ¿qué está haciendo aquí?

—Estoy ayudando al Saint Agnes. ¿Hay algún problema?

Yergue la espalda y se cruza de brazos.

—Cómo no. No, no hay ningún problema. ¿Está aquí para armar un alboroto?

–Claro que no. Pero, ya que estoy aquí, tenía la esperanza de poder hacerle algunas preguntas más.

Su rostro adquiere un tono rubicundo y aferra su vaso de cristal con tanta fuerza que se le ponen los nudillos blancos.

–Ya le dije todo cuanto tenía que decirle. Le deseo toda la suerte del mundo en la búsqueda de Mia, pero este no es ni el momento ni el lugar. Si la veo atosigando a cualquiera de nuestros invitados, ordenaré que la echen de aquí. ¿Le queda claro?

–Ah. ¿Invitados como el *sheriff* que está allí?

Hace caso omiso a mi pregunta, se da la vuelta y desanda el camino de vuelta hacia sus invitados.

–Doctor Mackenzie.

Se queda parado y gira el cuello a un lado, pero se niega a mirarme.

–¿Es consciente del número inusualmente elevado de chicas que han desaparecido del Saint Agnes?

Se vuelve a girar y levanta un dedo en el aire al tiempo que su cara se contrae. Durante un segundo, creo que se va a romper, pero luego baja la mano, se abotona la chaqueta del esmoquin y regresa con sus invitados. Sonríe y le da unas palmadas a uno de ellos en la espalda como si no hubiese pasado nada.

Mackenzie es un hueso duro de roer. Voy a necesitar algo más que acusaciones sin fundamento para que cante. Necesito encontrar a un aliado que pueda ayudarme a atravesar el muro de silencio del Saint Agnes.

Paso la mirada de Mackenzie a los patrocinadores. Mientras contemplo el gentío, mis ojos se fijan en Goolsbee. Está solo al lado de la barra móvil cerca del escenario. Va vestido con un esmoquin dos tallas pequeñas para su generosa figura y muestra abiertamente su incomodidad. Las otras personas que también están en la barra pidiendo bebidas lo ignoran y parece bloqueado por la fobia social. En realidad me da pena. Tiene la cara roja como un tomate y se está acariciando el mostacho de morsa grisáceo, con la mirada fija detrás del escenario, pero no puedo ver qué o quién le está llamando la atención.

Es mi oportunidad de descubrir qué oculta.

Justo cuando echo a andar por el suelo de parqué, me intercepta otra chica que también lleva un vestido rojo. Es joven, tendrá unos doce o trece años. Debe de ser una de las huérfanas y casi vamos a juego.

Cuando se acerca, esbozo una sonrisa y señalo primero su vestido y luego el mío, sin perder de vista a Goolsbee. La niña profiere una risita y trota hacia mí. Tiene el pelo largo y rubio, la cara llena de pecas y los incisivos separados. Odio tener que retrasar la confrontación con Goolsbee, pero ¿quién puede decirle que no a esa sonrisa?

—Vamos igual —me dice mientras se acerca.

—Casi parecemos hermanas —replico con el tono de voz más amable que puedo.

Goolsbee se gira hacia el camarero de la barra y pide otra copa. De momento no se va a ir a ningún lado.

—Me llamo Nora —se presenta la niña, y extiende una pequeña mano de piel pálida.

—Yo soy Hazel —le digo, y se la estrecho.

Noto sus deditos envueltos en los míos. No puedo evitar preguntarme si sentiría lo mismo con la mano de Mia.

—¿Tú también fuiste al Saint Agnes?

—No, soy una invitada de So… de la señora Barreto.

Le doy otro sorbo al champán.

—Ay, es la mejor. Entonces, ¿estás aquí para adoptar a alguien?

Por poco me ahogo con el champán y arranco con un ataque de tos, pero lo contengo para no herirle los sentimientos a la pequeña. Sus preguntas son tan inocentes que hace que me lo llegue a plantear. ¿Estoy aquí para adoptar a una niña? Reacciono rápidamente y me recuerdo de que bastante me cuesta cuidar de mí misma como para velar por una niña pequeña.

–Mmm, no. Estoy aquí para ayudar al centro. –Hunde los hombros y recorre con la punta del zapato el suelo de madera–. ¿Por qué? ¿Quieres que te adopten?

–Sí, bueno, supongo. El Saint Agnes está muy bien y tengo muchas amigas, pero me gustaría tener mi propia familia y mi propia casa y un perro grande, como un San Bernardo o algo así. Y…

Se queda callada.

–¿Y qué? –la aliento.

–No lo sé –prosigue Nora–. A veces no sé ni por qué lo intento. Hay muchas niñas más guapas, ¿ves?

Señala hacia la otra punta de la sala y veo a qué se refiere. Todas las chicas del Saint Agnes están entrando por las puertas. Eso es lo que estaba mirando Goolsbee. Para mi completo terror, todas llevan vestidos rojos como el mío. Tengo el aspecto de una de las huérfanas, solo que más desgastado.

Tierra, trágame.

Reculo un paso y uno de mis tacones se queda atascado en el suelo y me caigo hacia atrás. Cuando ya me he hecho a la idea de que voy a aterrizar de espaldas y armar un buen espectáculo, un par de manos fuertes me agarran y, en un único movimiento fluido, me colocan en posición vertical. Miro a mi alrededor y nadie se ha dado cuenta de mi traspié.

–¿Estás bien? –oigo que dice una voz grave.

Giro sobre los talones y el corazón se me detiene en el pecho. El hombre que me devuelve la mirada es simplemente el ser más atractivo que he visto en toda mi vida. ¿Sabes esas personas que, cuando entran en una habitación, todos los que están en ella dejan lo que están haciendo para mirar? Pues él es una de ellas. Tiene los ojos azul claro, una nariz pequeña de forma triangular y una mandíbula marcada cubierta por una barba incipiente, como la de una estrella de Hollywood. Lleva el pelo cobrizo peinado con raya y su sonrisa es demasiado radiante para ser real. Hay que añadirle que me está sosteniendo en sus brazos como si acabáramos de bailar y desearía que hubiese un botón de pausa para poder congelar este momento.

Su aparición me ha descolocado tanto que por poco se me escapa un «No me sueltes», pero me refreno y termino por decir un elocuente «no».

Su frente se llena de arrugas y la comisura de sus labios se eleva. Tiene unos ojos amables y sinceros, a diferencia de los ojos fríos y arrogantes de los demás hombres de buen ver que he conocido.

—¿No?

—Sí, sí. Quiero decir…, creía que me iba a caer. Estoy bien, gracias.

Vuelve a plantarme los pies sobre el suelo y extiende una mano.

—Ha sido un placer. Me llamo Andrew DuPont.

Le estrecho la mano durante un segundo más de lo necesario.

—El placer es mío, Andrew DuPont. Yo soy Hazel Cho.

—Por lo que veo, tienes la copa vacía. ¿Quieres otra?

Desvío la mirada hacia Nora. Me gustaría seguir hablando sobre Saint Agnes, pero hasta ella sabe lo que está pasando. Articula con la boca las palabras «Madre mía» y yo le dedico a escondidas los pulgares levantados. Lo pilla. Goolsbee tendrá que esperar.

—Sí, me encantaría.

Salimos del salón de baile y entramos en una salita lateral con una preciosa barra de nogal y botellas de licores sofisticados iluminadas. Hay otras parejas dispersas por la habitación, pero localizo dos sitios libres al lado de la barra. Andrew separa para mí uno de los taburetes altos forrados de cuero verde y me siento. Puedo notar los ojos de los demás invitados fijos en mí, preguntándose quién es esta mujer acompañada de Adonis. Lleva un esmoquin entallado con el que se distingue el contorno de su pecho y sus bíceps. Lo hace todo con tanta naturalidad que resulta embriagador. Es como observar a un maestro artesano haciendo sus manualidades, solo que la artesanía de Andrew consiste simplemente en existir.

Pide una copa de champán para mí y un Martini para él. Mientras el barman agita su bebida, Andrew me dedica toda su atención. Juro que mirar a este tipo es como que te inyecten heroína. Los sentidos se te embotan, el cerebro se atonta y lo único que sientes es una incipiente sensación de euforia.

—Y, Hazel, ¿qué te trae por aquí esta noche?

Temía que me fuera a preguntar eso. Mi mente se debate entre mentir diciéndole que soy una invitada o decirle la verdad. Me decanto por ser sincera. ¿Quién sabe? Quizá sepa algo sobre el Saint Agnes o Mia.

—En realidad estoy aquí por trabajo.

Le doy un sorbo a mi champán y noto que se me encienden las mejillas. Voy a necesitar mucho más alcohol si tengo que hablar con este hombre sin tener un verdadero ataque de pánico.

—¿De veras? ¿Qué tipo de trabajo?

—Bueno, soy detective privada.

Anticipo que Andrew se cierre en banda, como hacen la mayoría de los hombres cuando les digo a qué me dedico, pero en su caso la reacción es exactamente la opuesta. Sus ojos se iluminan como si acabara de revelarle que soy una estrella de cine. Me coloca una mano cálida en el hombro y se inclina hacia delante en el taburete.

—Qué pasada. No había conocido nunca a una detective privada. Así que eres una versión guapa de Sherlock Holmes.

—Eso es —afirmo mientras intento desesperadamente que no se note que mi mente está colapsando porque este hombre me acaba de llamar «guapa»; bueno, «una versión guapa», pero me sirve.

El barman le pasa a Andrew su Martini. Le da las gracias y levanta la copa hacia mí.

—A tu salud, señorita Holmes. Me alegra haberme tropezado contigo.

—He tropezado literalmente —le digo en lo que levanto mi copa.

Chocamos los cristales y compartimos un sorbo, satisfechos.

—Debo decir que ganas el premio a la profesión más interesante de la noche. Me da la sensación de que todo el mundo con quien hablo se dedica a las finanzas, al *marketing*, a la moda o al derecho. Me voy a pegar un tiro.

—Eres muy amable, pero de verdad, no es tan interesante como suena. La mayor parte de mi trabajo consiste en perseguir a maridos o esposas infieles.

—No te quites mérito. El adulterio es muy interesante cuando no te ocurre a ti.

—En eso tienes razón.

—¿Y qué estás investigando exactamente? —me pregunta—. Espero que no sea a mí o esto se va a poner de lo más incómodo.

—No, afortunadamente no te estoy investigando a ti. Estoy investigando la desaparición de una chica en el Saint Agnes.

Frunce el ceño y le da unos golpecitos al tallo de su copa con el dedo.

—Qué pena. ¿Has podido aclarar algo?

—Estoy progresando, pero con los niños es complicado, porque su rastro no es tan claro como el de los adultos.

Andrew asiente, absorbiendo la información. Sus ojos color cobalto brillan llenos de interés. Es increíble. Solo hace unos dos minutos que conozco a este hombre y aun así me siento como si estuviera hablando con un viejo amigo y fuéramos las dos últimas personas que quedaran sobre la faz de la Tierra. Hay una fiesta desatada a nuestro alrededor, pero tiene toda su atención puesta en mí. Y me escucha. En mi caso, lo normal en una cita es que sienta que estoy asistiendo a un monólogo en el que el chico de turno me cuenta lo fantástico y maravilloso que es o cuánto dinero gana. Mi parte favorita es cuando se pasa la noche entera hablando de sí mismo y me dice lo mucho que le gusta mi personalidad.

—¿Y tú? ¿Qué te trae aquí esta noche?

—Mi tatarabuelo fue uno de los patrocinadores que ayudaron a la fundación del Saint Agnes, allá por el mil novecientos y pico, y mi padre sigue siendo uno de los mayores donantes.

¿También es rico? Puede que tenga que maniatarlo y encerrarlo en el maletero del Tesla para que no escape. Debería darle caza a Goolsbee, pero los ojos de Andrew son como un rayo abductor. Negocio conmigo misma y llego a la satisfactoria conclusión de que puedo quedarme con él bajo la premisa de que quizá pueda desvelar algo sobre la desaparición de Mia.

—Entonces, ¿conoces a Thomas Mackenzie?

Arruga la nariz y una sonrisa se abre paso por sus labios. Reparo en que tiene las pecas más adorables del mundo esparcidas por el puente de la nariz y las mejillas.

—Uy, sí. Es un viejo amigo de la familia. Lo conozco desde que era niño.

«Joder», pienso. Supongo que algún defecto debía tener.

—¿Qué opinión tienes de él?

—Creo que es un santo. Le ha dedicado su vida a ese lugar y no puedes ni imaginarte la cantidad de chicas que han entrado en ese hogar hechas pedazos y han salido de él transformadas en mujeres increíbles. ¿Has visto la lista de antiguas alumnas que hay allí? Médicas, juezas, políticas y gerentes de empresas.

Genial. El hombre de mis sueños siente fascinación por uno de mis principales sospechosos del secuestro de Mia.

—¿Y el profesor de coro, Gregory Goolsbee? ¿Lo conoces?

Andrew le da un sorbo a su Martini y niega con la cabeza.

—¿Y conoces a Neil Paver, el guardia de seguridad?

–No, no me suena. Puede que te parezca mentira, pero no estoy demasiado puesto en temas de seguridad o coros de chicas últimamente.

–Ya, yo tampoco.

Veo por el rabillo del ojo a un apuesto hombre mayor vestido con esmoquin y pelo canoso que saluda a Andrew con la mano primero y luego le hace gestos para que se acerque a él. Tiene una expresión amable y me dedica una sonrisa cálida.

–Creo que alguien te busca –le informo.

Andrew desvía la mirada, sonríe y menea la cabeza.

–Es mi padre. El deber me llama.

Por lo visto, toda la familia comparte los genes atractivos. Le da un último sorbo rápido a su copa de Martini y la coloca sobre la barra mientras se levanta. Me veo tentada a hacerle un placaje y no dejarlo ir nunca. Es como un sueño al que estoy intentando aferrarme, temerosa de despertarme y que se desvanezca para siempre.

Me coge la mano y la besa con sus perfectos labios. Se me pone la piel de gallina. Espero que no se dé cuenta.

–Hazel, ha sido un auténtico placer.

–Lo mismo digo –repongo con una risita de colegiala.

Tengo treinta años y todavía pierdo la cabeza si me habla un chico mono.

–Me encantaría que fuéramos a cenar alguna noche esta semana, si puedes.

–Ah, sí, por supuesto.

–Perfecto. Te llamaré.

Intercambiamos los números de teléfono y Andrew se marcha de la sala.

Capítulo 19

Esa noche entro trastabillando en mi sórdido piso, con la cabeza zumbando tras haber conocido a Andrew. Cuando abro la puerta, por poco se me sale el corazón del pecho. Kenny está sentado en nuestro sofá de segunda mano, en silencio. El televisor no está encendido ni se oyen sus videojuegos. Solo está en el sofá, con los brazos cruzados, bebiendo vino de un cartón negro que se parece a los zumos que me llevaba a la escuela cuando era niña.

Doy un respingo y dejo el bolso en el suelo.

—Joder, Kenny, qué susto me has dado. ¿Qué haces despierto? —pregunto.

—¿Cómo ha ido la gala? —me dice, haciendo el gesto de unas comillas con los dedos al pronunciar «gala».

—Ay, por favor. —Suelto una exhalación exasperada y me quito los tacones. Me desplomo en el sofá a su lado—. ¿Estás celoso? —lo chincho, y le doy un golpecito en el brazo.

Me mira de soslayo y pone los ojos en blanco.

—No, no estoy celoso. Solo estaba preocupado por ti.

—¿Preocupado? ¿Por qué estabas preocupado? ¿Qué me va a pasar en una gala benéfica?

Vuelve a cruzarse de brazos y aparta la mirada hacia la ventana.

—No lo sé. Por lo que me has contado, parece que alguien está secuestrando chicas en el Saint Agnes, así que que vayas a una recaudación de fondos precisamente para el Saint Agnes me parece peligroso.

Coloco una mano sobre su rodilla para calmarlo.

—Soy una mujer hecha y derecha. Sé sacarme las castañas del fuego. Este es mi trabajo, ya lo sabes.

Pasados unos segundos, Kenny asiente y me pasa un cartón de vino como ofrecimiento de paz. Ya me he tomado un par de copas de champán, pero ¡qué demonios! Es fin de semana, puedo permitirme levantarme con un poco de resaca. Agarro el cartón y empiezo a beber. El vino tiene un sabor barato y afrutado.

—¿Cómo ha ido? —pregunta Kenny.

Me acomodo en el sofá y noto cómo el calor del vino me sube a la cara y me embarga la sensación de bienestar tras haber conocido a Andrew.

—Ha sido… increíble.

—¿En serio? ¿Has encontrado alguna pista nueva?

—Ah. No. Desde ese punto de vista ha sido un auténtico desastre. Todo el mundo con quien he hablado sobre Mackenzie parecía creer que al hombre deberían beatificarlo. Y Goolsbee, el profesor de coro a quien tenía como objetivo, se ha marchado pronto, así que no he tenido oportunidad de hablar con él. Paver, el guardia de seguridad, ni siquiera estaba allí.

Kenny se rasca la cabeza.

—Entonces, ¿qué ha sido tan increíble?

—Andrew —respondo con un suspiro que soy incapaz de contener.

—¿Quién es Andrew?

Se le desencaja el rostro redondeado. No quiero herir sus sentimientos.

—Ah, nadie. Un tipo que he conocido en la gala.

Kenny le da un largo sorbo a su vino. Está intentando fingir que no le afecta, pero no está surtiendo efecto.

—¿Y qué tiene de interesante?

—No sé mucho de él todavía. Solo es un chico mono al que he conocido durante la fiesta y a quien el esmoquin le queda increíble.

Cómo odio haber dicho «increíble» dos veces en menos de cinco minutos.

Kenny se levanta del sofá, aplasta el cartón de vino con

una mano y lo lanza a la basura mientras niega con la cabeza.

—Espera... No estarás hablando de Andrew DuPont, ¿verdad?

—Sí, ¿por?

—Su familia es una de las más ricas de Nueva York. Cuando mi familia pasaba los veranos en Lake George, la suya era la propietaria de la mitad del pueblo. Él formaba parte de la cuadrilla de los niños populares, así que no me juntaba con él, pero siempre era muy amable.

—Mmm. Sí, me da la sensación de que prácticamente todos los asistentes a la fiesta pertenecían a algunas de las familias acaudaladas de Nueva York.

Me lanza una mirada que echa chispas.

—Hazel, ¿todo esto no te inquieta aunque sea un poco?

—¿El qué?

—Que todas estas familias poderosas hayan estado ayudando económicamente al Saint Agnes durante años, precisamente el sitio donde han desaparecido durante años todas esas chicas.

El champán y el vino se han apoderado por completo de mi cerebro y lo último que quiero es enzarzarme en una discusión con Kenny. Me tumbo en el sofá y cierro los ojos.

—Sí, es perturbador, pero ahora mismo no tengo demasiadas opciones. Necesito el dinero de forma urgente. Por si no te has dado cuenta, no hay demasiados clientes acudiendo a nuestra puerta. ¿Qué quieres que haga, que lo deje? Porque entonces no podré...

Kenny se percata de que me estoy adormilando, coge la vieja manta multicolor que mi abuela me tejió y me tapa con ella.

—No. Solo te digo que estás tratando con personas poderosas, Hazel.

Me arrebujo en la manta y me giro de lado.

—Ya, ya, ya.

–Prométeme que tendrás cuidado. Podrías estar delante de la persona que está secuestrando a esas niñas y ni siquiera te darías cuenta.

–Tendré cuidado –balbuceo con voz pastosa.

–Luego no digas que no te he advertido.

Apaga la luz y yo me hundo en el olvido ebrio.

Capítulo 20

Quedan seis días

A la mañana siguiente, me despierta un zumbido taladrante y un dolor de cabeza de mil demonios. Tardo unos segundos en orientarme. Estoy en el comedor, así que debo de haber dormido en el sofá toda la noche. La consola del aire acondicionado debe de estar fallando otra vez, porque en la habitación hay como mínimo veintiséis grados. El sudor me empapa las axilas. El zumbido sigue perforándome el cráneo. Es el timbre de la puerta del piso. Ha venido alguien.

Me levanto del sofá y las náuseas me estrujan el estómago. Pulso el botón del interfono.

–¿Quién es?

–Madeline Hemsley.

Me aparto del telefonillo como si me fuera a infectar con la peste. ¿Madeline? ¿Qué hace aquí? Me echo un vistazo en el espejo que tenemos al lado de la puerta. No es una visión bonita. El rímel se me ha corrido, formando unas manchas oscuras alrededor de los ojos al estilo de Rorschach. El pintalabios parece que esté pujando por escaparse de mi cara y tengo el pelo apelmazado. Parezco un payaso triste.

Más timbrazos.

Trago con dificultad para evitar que el champán de anoche me suba por la garganta y vuelvo a darle al botón del interfono.

–Buenos días, Madeline. No te esperaba aquí. ¿En qué puedo ayudarte?

—He pasado por tu despacho y no estabas. He venido para que me pongas al día sobre el estado de la investigación.

El aparato acentúa la estridencia de su voz.

—Sabes que es domingo, ¿verdad?

—Sí, soy plenamente consciente de que es domingo, pero, como solo te quedan seis días para encontrar a Mia antes de que me vea obligada a recurrir a otro detective privado, he dado por sentado que estarías trabajando. Déjame entrar.

Pongo los ojos en blanco y pulso el botón para abrir. Entorno la puerta del piso para que pase Madeline.

A una velocidad endiablada, recojo los cartones de vino, los tiro a la basura, doblo la manta del sofá, me recojo el pelo en una coleta alta y uso un trapo de cocina para quitarme lo más aberrante de lo que queda de mi maquillaje. Oigo los pasos de Madeline, que sube por las escaleras como si fuera la Parca. Antes de que entre, me echo un último vistazo en el espejo. He mejorado la apariencia, ahora solo soy una chica con resaca. Me sirve.

Madeline empuja la puerta y entra en el piso. Es una mujer cuya presencia se adueña de cualquier estancia, eso debo admitírselo. Lleva puesto un conjunto deportivo negro de yoga con una chaqueta de cuello alto que le cubre la firme silueta. Parece la capitana de una nave espacial. Tiene el pelo voluminoso y lleva la cara embadurnada de base y bronceador, lo que hace que me pregunte si de verdad hará yoga hoy.

Echa un vistazo alrededor del piso con una mueca de desprecio que no se digna a ocultar y aferra su bolso de lujo contra el cuerpo, como si mi hogar fuera a ensuciarlo por ósmosis.

—Bienvenida a mi humilde morada —le digo a Madeline en un intento de relajar el ambiente.

Madeline inhala y arruga la nariz. Sin preguntarme, se dirige a la ventana y tras varios intentos consigue abrirla. Debo admitir que el aire fresco me sienta bien.

–Sí, bastante humilde.

Con viento fresco o sin él, cuando Madeline me dice cosas de ese estilo, lo único que me gustaría hacer es mandarla a freír espárragos. Pero necesito el dinero o no tendré ningún piso del que echarla de una patada (ni a ella ni a nadie). La acompaño hasta la endeble mesa y voy a buscar una silla plegable para ella. Mientras la coloco, dirijo la mirada al pasillo que da a las habitaciones. La puerta de Kenny está cerrada y rezo para que no se despierte. No quiero ni pensar en la reacción de Madeline si se entera de que tengo un compañero de piso.

Madeline saca un paquete de toallitas desinfectantes del bolso y limpia el asiento. Una parte de mí no puede culparla: la silla está llena de migas de pan. Ambas nos sentamos.

–¿En qué te puedo ayudar, Madeline? –le pregunto entre dientes.

–Como te he dicho, me gustaría que me informaras sobre tus progresos.

Apoyo los codos sobre la mesa y la miro a los ojos.

–Me podrías haber llamado o podríamos haber agendado una reunión. Creo que presentarte en mi casa sin aviso previo no es lo más apropiado.

–Bueno, yo también creo que tu nivel de implicación en este caso no es el más apropiado y aquí estamos.

Es una mujer que sería capaz de iniciar una discusión en una habitación vacía. La cabeza me da pinchazos.

–¿Cómo has conseguido mi dirección?

–Tengo mis recursos.

Sus inquietantes ojos verdes me taladran, desafiándome a retarla. Decido dejarlo pasar. Encuentre o no a Mia, no tendré que ver más a esta mujer dentro de unos días, así que solo tengo que morderme la lengua y pasar por el aro. Cuando haya terminado, podré decirle todo lo que en realidad pienso de ella.

Madeline sigue presionando:

—Me han dicho que estuviste en la gala anoche. ¿Te lo pasaste bien? Por tu aliento, eso parece.

Reacciono a su pullita con una risa falsa.

—La gala fue entretenida, pero no especialmente fructífera. El profesor con el que tenía esperanzas de hablar se marchó pronto, así que no tuve la oportunidad de interrogarlo, y el resto de los invitados me repitieron todos la misma cantinela sobre Mackenzie: que es un hombre prodigioso.

—Maravilloso. Has tardado tres días en confirmar lo que ya sabía.

El tono que emplea Madeline refuerza lo que siempre he creído que es el mayor problema en las relaciones entre un comerciante y su cliente: desequilibra por completo la dinámica de poder. Permite que el cliente diga cosas que jamás diría en otras circunstancias solo porque sabe que la otra parte no puede hacer nada al respecto. Por eso necesito el dinero: con esa cantidad tendré la opción de rechazar a clientes como ella.

—Estoy haciendo progresos, Madeline. Ahora sabemos que no se trata de un incidente aislado. Quien anda detrás lo tiene planificado y actúa metódicamente. Sabemos que es alguien que está dentro del centro. De ningún modo esa persona podría tener acceso a tantas chicas sin ayuda interna. Sabemos que Mia se marchó por voluntad propia y lo más probable es que se la llevaran en un bote. Necesitamos más información de la gente que trabaja allí, pero, como Mackenzie me ha vetado el acceso al campus, va a ser peliagudo, sobre todo porque la mayoría de los sospechosos claves viven en las instalaciones. No soy policía; no puedo obligar a la gente a hablar conmigo.

Madeline se cruza de piernas y brazos y se reclina en la silla.

—Vamos, que lo que me estás diciendo es que no tienes nada.

Para mis adentros le respondo: «Exacto, no tengo nada»,

pero sé que si le digo esto ni siquiera me va a conceder los días que me quedan. Me levanto para ir a la nevera a buscar un Red Bull y aprovecho esos segundos para pensar. No le ofrezco nada a Madeline a propósito. Solo le daría otra oportunidad de insultarme en mi propia casa. Le doy un sorbo al Red Bull y decido jugar mi mejor baza:

—Sí tengo algo.

—¿El qué?

—El Teatro Dioniso.

Madeline pone unos ojos como platos. Descruza las piernas y se inclina hacia delante para colocar las manos sobre la mesa. Advierto que una de sus pulidas uñas tiene la manicura estropeada. Se la ha estado mordiendo.

—¿Qué es el Teatro Dioniso?

—Todavía no lo sé, pero ha aparecido el nombre de ese teatro en el caso de Mia y en el de otra chica como mínimo y, según parece, ambas chicas querían actuar allí. ¿Lo habías oído alguna vez?

—No, nunca. Y me conozco todos los teatros de Nueva York.

«¿Quieres un pin?», pienso.

—Yo tampoco, pero estoy segura de que si consigo descubrir qué es el Teatro Dioniso podré descubrir qué le ocurrió a Mia.

Durante un instante infinitesimal, la fachada de pretensión de Madeline se rompe y atisbo un brillo de esperanza en sus ojos. Se le acumula una lágrima, pero se levanta de la silla y se da la vuelta.

—Bien. Quiero que obtengas toda la información posible sobre ese teatro hoy mismo y me informes mañana a las ocho en punto de la mañana en tu despacho.

Madeline me da la orden como si hubiese sido idea suya y no una tarea que ya tenía planeado hacer. Supongo que le hace sentir que está haciendo algo, aunque en realidad no está siendo más que un obstáculo.

Asiento. Se encamina hacia la puerta del piso y la abre.

–Ah, y que no te vuelva a pillar bebiendo y yendo a fiestas con mi dinero, Hazel. No te contraté para eso. Si lo vuelves a hacer, estás despedida.

Entorno los ojos, pero no digo nada. Me digo que esta es la manera que tiene Madeline de decirme: «Buen trabajo».

Madeline cierra la puerta tras salir y yo paso la llave y me hago un ovillo en el sofá.

Capítulo 21

Durante los quince minutos siguientes, intento retomar el sueño, pero eso no va a ocurrir tras la visita sorpresa de Madeline. Me repito una y otra vez que no debo permitir que me afecte su impertinencia, pero algo en esa mujer hace que me suba por las paredes. Me duele la cabeza solo de pensar en ella.

Seis días. La maldigo mentalmente. Encontrar a una chica desaparecida ya es de por sí complicado como para encima añadirle un tiempo límite arbitrario que pesa como una losa sobre mis hombros. Pienso en Mia y en que se merece una madrina mucho mejor que esa amargada. Entonces pienso en lo que me decía mi madre en coreano cuando era pequeña: «Haneul –ese es mi nombre coreano–, es mejor que te azoten con el látigo primero». Con la perspectiva del tiempo, veo que era un frase extraña para una niña, pero significa que, si tienes que enfrentarte a algo doloroso, es mejor que lo encares cuanto antes. Afortunadamente, mi madre nunca me golpeó con un látigo; solo me propinó raciones constantes de culpabilidad y muestras evidentes de decepción.

Me sirvo lo que queda del *pajeon* de Kenny y abro el portátil sobre la mesa plegable. Con un poco de suerte, la tortita absorberá algo del alcohol que me está descomponiendo el estómago. Con la boca llena, tecleo «teatro dioniso» en el buscador. Las primeras treinta entradas de los resultados hablan del Teatro de Dioniso, un teatro antiguo en la Acrópolis de Atenas. Leo por encima la historia de las ruinas, similar a la de cualquier otro teatro de la época, hasta que veo tres palabras que me hacen estremecer: «Ritual de sacrificio». En el teatro se celebraban sacrificios cada año como parte del festival de primavera en honor al dios Dioniso.

Sé de sobra que ese no es el teatro que ando buscando, pero, cuanto más aprendo sobre Dioniso y las tradiciones que se relacionan con él (rituales de sacrificio, hedonismo, locura, frenesí, éxtasis), más segura estoy de que alguien atrajo a Mia hacia algo siniestro. Tras el tiempo que llevo dedicándome a mi profesión, he descubierto que los símbolos importan. El tipo de coche que elige la gente, sus contraseñas, sus nombres de usuario y las marcas que eligen constituyen una ventana desde la que podemos asomarnos a su verdadero ser.

Sigo navegando por los resultados de la búsqueda y me doy cuenta de que la persona que eligió este nombre para el teatro es alguien de mente brillante. En los resultados de búsqueda predomina el teatro de Atenas, así que, sea lo que sea ese Teatro Dioniso clandestino, puede existir prácticamente en el anonimato. En el decimocuarto resultado de búsqueda, encuentro algo distinto. Hay un grupo llamado Compañía de Teatro Dioniso de Connecticut. Mi corazón se acelera al pensar que al fin he encontrado algo, pero la decepción me embarga rápidamente cuando examino la página de Facebook del grupo, llena de imágenes de sus integrantes: personas de mediana edad en representaciones de *Hamlet*. No es más que una pequeña cuadrilla de teatro en Vernon. Dudo mucho que se dediquen al secuestro de niñas.

Sigo investigando y dando con callejones sin salida. Estoy a punto de tirar la toalla cuando encuentro un mensaje en un foro de Reddit titulado «¿Has estado en el Teatro Dioniso? ¿Has oído hablar de él? ¿Conoces a alguien de allí?». La publicación es de hace un mes y solo tiene una respuesta: una dirección.

Calle 38.º Oeste, 522.

Eso está en Manhattan. La posibilidad es remota, pero

podría ser lo que estoy buscando. Me levanto de la silla de un salto y la vuelco sin querer, lo que hace que golpee contra el suelo. Pongo una mueca –Kenny todavía duerme–, pero no puedo contener la emoción de haber encontrado al fin un hilo del que tirar. La publicación es lo bastante reciente como para que todavía pueda hallar algo allí.

Oigo ruidos en la habitación de Kenny y sale vestido con un bóxer de Yoda y una camiseta en la que pone ABRAZOS GRATIS. Tiene el pelo revuelto formando una cresta y se frota los ojos, que intentan absorber la luz del sol. Parece que se nieguen a abrirse.

–Hazel, ¿qué estás haciendo? Estaba durmiendo.

Recojo la silla del suelo y me encojo de hombros.

–Perdona por el alboroto, bello durmiente. Acabo de hacer un avance asombroso en el caso.

–Qué bien –dice, conteniendo un bostezo.

Me meto en mi habitación, cojo unos pantalones de chándal y un jersey y me los pongo en el comedor por encima del pantalón de pijama y los tirantes. Oigo el borboteo de la cafetera y me apresuro a la cocina.

–No tenemos tiempo para café, míster Special K. Vístete, vienes conmigo.

Kenny, que está con los ojos pegados a la cafetera y embobado, como si tuviera delante de las narices la fuente de la juventud, inclina la cabeza hacia atrás, se queda mirando el techo y se pasa las manos por el pelo. A estas alturas ya está acostumbrado a mis arrebatos, pero eso no significa que le gusten. No puedo evitar que se me escape una carcajada ante su visible muestra de exasperación.

–Joder, ¿en serio? Tengo mucha resaca. Tenía planeado holgazanear todo el día y jugar a mis videojuegos.

–Sí, en serio. Ya casi es la una de la tarde y siempre me dices que te gustaría ser mi compañero y ayudarme en algún caso. Pues mira por dónde ha llegado tu oportunidad.

Baja la mirada del techo al suelo al tiempo que rebusca

en su mente neblinosa alguna excusa, pero no se le ocurre nada.

–Está bien. Déjame que me ponga los pantalones.

Sonrío y regresa a su habitación arrastrando los pies para cambiarse.

Hoy va a ser un gran día.

Capítulo 22

Kenny y yo salimos escopeteados del piso, rebosantes de entusiasmo. Un entusiasmo que el clima se afana en enfriar. Unas nubes opacas se deslizan por el cielo y una neblina gélida pende en el aire. Toda la ciudad parece asfixiarse con la opresión deprimente del otoño. Las calles de Chinatown, que normalmente bullen de actividad, están desanimadas, abandonadas y vacías. Los residentes ancianos chinos que juegan al ajedrez en el parque se han quedado en casa. Los edificios que brillaban y relucían bajo los rayos del sol ahora se alzan imponentes y acechantes.

Nos apresuramos a través de la llovizna hacia la estación de metro. La humedad de fuera se filtra por el hormigón y deja el ambiente y a las personas ateridas mientras esperan el tren. Kenny da botecitos mientras tirita. Está de cuerpo presente, pero todavía no se ha despertado del todo.

Un hombre nos sigue hasta la estación. Una larga cicatriz le recorre la mandíbula y le baja hasta el cuello, salpicado de marcas de acné. Las marcadas entradas de su pelo forman un pico de viuda que me recuerda al Drácula de la versión en blanco y negro, otra de las favoritas de mi padre. Tiene la mirada puesta en su teléfono, donde escribe algo. Juraría que lo he visto antes, pero no sé dónde.

Kenny ni se da cuenta de su presencia.

—Bueno, ¿a dónde me estás arrastrando esta vez? —me dice en un tono más de queja que de pregunta.

—Al Teatro Dioniso.

—Vaaaale. ¿Dónde está eso?

Temía que me lo preguntara.

—No lo sé exactamente. Creo que es algún tipo de teatro

clandestino. Puede que Mia estuviese interesada en él y sé a ciencia cierta que otra de las chicas desaparecidas en el Saint Agnes lo estuvo buscando.

–Entonces, ¿es como una especie de teatro donde se representan obras?

–La verdad es que no tengo ni idea. Ni siquiera sé si a donde nos dirigimos es donde está el teatro. Encontré la dirección en una publicación de Reddit.

Kenny se mete las manos en los bolsillos de su forro polar naranja y mece el cuerpo adelante y atrás. Con ese color anaranjado, parece que haya salido a cazar.

–Me parece un plan horrible. Habría preferido que me llevaras a la gala de anoche.

Me mira, aprieta los labios y se gira. Está intentando decirme algo sin usar las palabras. Le resto importancia para aligerar el ambiente.

–Sí, claro, pero creo que tu colección de esmóquines no está a la altura. Además, creo que ese lugar tiene un cupo máximo de asiáticos: solo uno por fiesta.

Los dos nos reímos. Llega el convoy y frena con un chirrido, entramos y nos sentamos en los asientos de plástico de colorines. Es nuestro día de suerte: nos ha tocado un vagón de los nuevos.

Kenny aparta la mirada unos segundos para que la situación no sea tan incómoda y pega los ojos a la pantalla del móvil. Empieza a jugar al *Mario Kart*, así que desvío la vista para examinar el espacio. Me doy cuenta de que el hombre de la cicatriz se sube en el siguiente vagón y se queda de pie cogido a una de las barras de metal. Lo puedo ver a través de la ventanilla que hay entre los vagones; más bien, me ve él. El conductor vocifera algo indescifrable por los altavoces y el tren inicia la marcha.

–Para que lo sepas, no me puedo quedar mucho rato. Tengo Club del Coleccionista dentro de una hora –dice Kenny por encima de la sarta de pitidos y chasquidos que emite su teléfono.

El Club del Coleccionista es el grupo de coleccionistas de cuchillos antiguos en el que participa Kenny. Coleccionan diferentes cuchillos de la guerra civil o de la Segunda Guerra Mundial y luego los exhiben a sus compañeros. Cuando me lo contó por primera vez y me mostró su colección de cuchillos, se me pusieron los pelos de punta. Imaginarme a un puñado de hombres solitarios con cuchillos no me pareció que fuera un club de élite en el que me gustaría participar, pero ahora que sé más sobre lo que hacen me parecen inofensivos. Creo que no es más que una excusa para juntarse, beber cerveza y hablar, como un club de lectura para mujeres.

Le doy un golpecito a Kenny en el hombro.

—Sí, dudo que esto nos ocupe mucho tiempo. Es probable que esté dando palos de ciego. Ni siquiera estoy segura de que vayamos a encontrar algo. Puedes marcharte cuando quieras.

Asiente y regresa a su teléfono con aire decepcionado. ¿Qué quiere que le diga? «No, Kenny, no puedes ir al Club de Coleccionistas. Te necesito. No te vayas». Creo que vio demasiadas comedias románticas en su juventud.

Cinco minutos después, llegamos a nuestra parada en la calle 34.º con Hudson Yards. El hombre de la cicatriz se queda en el metro, pero no me quito de encima la sensación de que lo he visto antes. Salimos de la estación y andamos unos pocos bloques. No es lo que me esperaba. Esta parte de Manhattan ha experimentado una gran transformación en la pasada década. Los parques han brotado a lo largo del río y se han construido bloques de oficinas y apartamentos. Pero la calle en la que estamos parece ser la resistencia. Un sutil aroma a aguas residuales impregna el aire y hay unas obras paradas a un lado de la carretera. La lluvia cae sobre la tierra y la convierte en un barrizal. Al otro lado, aparcados en la acera, se ve una hilera de carruajes abandonados. Doy por sentado que son los que se usan para que los turistas se paseen por Central Park y que arrastran unos caballos. Deben de aparcarlos aquí porque no hay otro lugar donde dejarlos. A lo largo de la calle, una serie de edificios destartalados se alzan con aspecto vencido, como reclusos que esperan en el corredor de la muerte para abandonar este mundo.

Kenny y yo nos afanamos por la 38.º a través de la llovizna hasta que llegamos a un anodino edificio de dos plantas de color grisáceo. A primera vista, la estructura parece abandonada. Tiene las ventanas tapiadas y la pintura se descascarilla de la fachada. No hay ninguna señal colgada en el exterior y en general abunda el barro y poco más. Pero, cuando me acerco, reparo en indicios que revelan que algunas personas se han reunido aquí no hace mucho. Unos cuantos vasos vacíos esparcidos delante de la entrada y, aunque la puerta está cerrada, las huellas delatan dónde estaban esos individuos. Saco mi teléfono y grabo la escena.

–¿Para esto me has despertado? –se queja Kenny.

Se echa la capucha de la chaqueta y le da un puntapié al barro con las manos en las caderas. Cuando está enfadado, se abraza la espalda con ambas manos, como una mujer embarazada. Lo hace con la intención de expresar enojo, pero a mí me hace desternillarme.

Hago caso omiso de su pataleta y cojo uno de los vasos con la mano enguantada. Lo huelo.

–Contenía algún tipo de bebida alcohólica. Y tiene que ser reciente o el olor ya se habría disipado.

Kenny arquea una ceja. A pesar de la irritación, le está empezando a picar la curiosidad. Mientras sigo inspeccionando la parte frontal del edificio, él se dirige a la posterior. Mis ojos examinan el suelo en busca de cualquier indicio que pueda vincular este vertedero con el Teatro Dioniso, pero la lluvia ha borrado cualquier marca que pudiera haber aquí. Estoy a punto de perder toda esperanza cuando oigo un sonido que procede de detrás del edificio:

–¡Ven aquí! Vas a querer ver esto –grita Kenny.

Corro por el barro hacia la parte de atrás, anticipando encontrarme con algo dramático –un cadáver o una entrada secreta–, pero solo veo a Kenny quieto como un pasmarote.

–¿Qué pasa? –le pregunto, frunciendo el ceño, presa de la confusión.

Alza las mejillas redondeadas de su cara y señala la esquina derecha del edificio. Aunque está desgastada, la imagen del hombre barbudo de la tarjeta que me dio la compañera de cuarto de Mia me devuelve la mirada desde los ladrillos. Le doy a Kenny un abrazo bien fuerte y un beso en la mejilla.

–¡Eres la caña!

Su cara adquiere el mismo tono rojo que tenía tras las copas de anoche. Probablemente haya sido un error.

Saco del bolso mi kit de ganzúas para cambiar de tema. El rostro de Kenny palidece y pone los ojos como platos.

–¿Qué haces?

Me agacho, saco una llave maestra del kit y fuerzo la cerradura de la puerta trasera. Es una Schlage estándar, así que no debería llevarme demasiado trabajo.

–Voy a inspeccionar el interior del edificio. ¿Puedes vigilar por si viene alguien?

Kenny me agarra del brazo.

–No puedes hacer eso. Es un allanamiento en toda regla.

Dejo de mover la llave maestra un instante y me yergo para mirarlo directamente a los ojos. Él aparta la mirada, incapaz de mantenerla.

–No puedes decirlo en serio. Por eso nunca te pido que me acompañes cuando estoy con un caso.

–¿Qué quieres decir con eso?

–Ya lo sabes. A veces, como detective privada, tengo que hacer cosas que son un tanto… cuestionables.

Kenny se frota las palmas de las manos y mira a nuestro alrededor para cerciorarse de que nadie nos está observando.

–Sí, pero esto es ilegal. Si nos pillan, mi carrera como policía habrá terminado antes de empezar.

–Pues vete –le espeto–. Márchate a tu Club de Coleccionistas. Aquí no hay nadie, no me pasará nada.

Kenny suspira y parece a punto de decir algo, pero se lo piensa de nuevo.

–Vale, pues tú sabrás. Yo me voy, llámame si necesitas algo.

–No te preocupes, que no lo haré.

Kenny se larga enfurruñado y yo devuelvo la atención al cerrojo. Sé que a veces no lo trato del todo bien, pero sus comentarios pasivo-agresivos me sacan de mis casillas. Ya me disculparé cuando vuelva a casa. Ahora mismo tengo que descubrir qué premio se oculta detrás de la puerta número dos.

Meneo la llave maestra adelante y atrás hasta que noto que los seguros del cerrojo se acomodan en su posición. Giro la llave noventa grados y el bombín cede. Los goznes chirrían cuando la puerta se abre lentamente.

El interior del edificio no es para nada lo que me esperaba. A primera vista se parece a un club de *jazz* de la época de la ley seca. A la izquierda hay una vieja barra de bar de madera vacía. A la derecha se alza un pequeño escenario en el que a duras penas cabría un cuarteto. La alfombra está raída y manchada, pero en ella todavía se aprecian unos intrincados motivos florales en un tono borgoña que dejan entrever su gloria pasada. Aparte de eso, el lugar está desierto. Aun así, percibo que hay algo que no está bien.

Nada bien.

Aunque este lugar parece viejo y abandonado por fuera, hay algo vivo dentro. Puedo oler las reminiscencias de la mezcla de humo de tabaco y perfume. Tanto la barra como el escenario brillan y están libres de polvo. Casi puedo oír la música que se ha tocado aquí hace poco. El telón del escenario, de un tono intenso, está bajado, como si estuviera a punto de empezar una actuación. Este espacio ha estado ocupado recientemente y la energía de las personas que había aquí retumba por todo el edificio.

Veo una pequeña escalera a la derecha de la barra y la subo. Los escalones son estrechos y rechinan a cada paso que doy. Dios mío, espero que no haya nadie más aquí, porque de lo contrario me habrá oído seguro. A medida que asciendo, el aroma a perfume se hace más intenso, afrutado y empalagoso, casi como si alguien hubiese embadurnado las paredes con él. Una rata sale despavorida cuando llego al último peldaño y el corazón casi se me sale del pecho. En Nueva York viven un sinfín de ratas, pero jamás me acostumbraré a ellas. Me detengo y respiro hondo para calmar mis pulsaciones. Entonces prosigo ascendiendo hacia la siguiente planta.

El último piso parece estar desierto. Solo hay un largo pasillo con cinco despachos vacíos que se distribuyen a ambos lados, cuyos suelos grises están por terminar. Probablemente estaban destinados a los gerentes del antiguo club de *jazz*. Pero, cuando paso al lado del segundo despacho, mis ojos se fijan en algo. Hay dos rasguños en el suelo apenas perceptibles al lado una pequeña mancha del tamaño de una moneda. Me acerco con pies de plomo, con la esperanza de que no sea lo que creo que es.

La mancha se ha vuelto marrón con el paso del tiempo, pero está claro que se trata de sangre. Y, por el aspecto que tiene, creo que no puede hacer más de un mes que está ahí. Intento imaginarme qué ha podido ocurrir aquí. ¿Algún tipo de club de lucha? ¿Alguna intervención quirúrgica clandestina? Mi mente viaja a los lugares más oscuros. ¿Qué tipo de club de *jazz* tiene manchas de sangre en el suelo? Me agacho y saco una fotografía.

Un ruido procedente del piso de abajo trunca mi concentración.

Alguien está entrando por la puerta delantera del edificio.

Me escondo al lado del marco de la puerta. El pulso me palpita en las sienes.

Capto la voz de un hombre que me llega del piso inferior. El sonido vibra y salta desde el suelo para recorrerme toda la columna. Pienso de nuevo en el hombre de la cicatriz que he visto en el metro. ¿Me habrá seguido? ¿Habré caído en una trampa?

Saco la cabeza por la puerta. Estoy en la habitación de la mancha de sangre. Podría ser la mía la que ensucie el suelo si no salgo de aquí.

El pasillo parece desierto. Me llegan más palabras amortiguadas. Son dos hombres. Por cómo viaja el sonido de sus voces, sé que se están moviendo por la primera planta.

Están viniendo. Pronto habrán llegado a la escalera.

Me acerco con sumo sigilo a las escaleras para ver si atino a oír lo que están diciendo. El peldaño superior chirría.

Las voces se callan.

Me han oído.

El silencio se apodera de todo. Solo oigo los latidos de mi corazón.

Me quedo quieta como una estatua, preparándome para pelear, pero entonces me doy cuenta de que he me dejado el bolso en casa, con el táser dentro. Estoy yo sola. Pienso en escribir a Kenny, pero estará demasiado lejos para ayudarme. Mis ojos se desvían a toda prisa hacia la ventana del despacho. ¿Estará demasiado alta como para saltar?

Afortunadamente, las voces retoman la conversación. Deben de haber creído que ha sido cosa de la lluvia. Sus palabras aumentan de volumen y me inclino hacia la escalera para escuchar mientras mi mente se prepara para lo peor.

—Creo que te va a encantar este sitio, Tom.

—No sé qué decirte, Rick. Me da la sensación de que me voy a dejar más dinero en la reforma que en la compra del inmueble.

—¿De veras? Yo no lo veo tan mal. Solo necesita algunos ajustes por aquí y por allá y estará como nuevo.

No me lo puedo creer. Es un agente inmobiliario que está enseñando el espacio.

Suelto una larga exhalación y me seco el sudor de la frente. Bajo las escaleras a hurtadillas. Con un poco de suerte, podré escabullirme por la puerta sin que estos estúpidos se den cuenta. Si me ven, fingiré que soy otra inversora interesada en el inmueble. Saco la cabeza por la esquina.

El agente y su potencial cliente me dan la espalda, absortos con el escenario.

—Mira este trabajo de carpintería, Tom. ¿Cuándo fue la última vez que viste algo así? Imagínate tener una pequeña banda de *jazz* aquí. Haría que el restaurante destacara por encima de los demás.

Aprovecho la oportunidad cuando no miran en mi dirección y recorro la pared trasera hasta la salida. Cuando paso al lado de la barra, me fijo en una pequeña tarjeta que hay en la esquina. Se me ha debido de pasar por alto cuando he entrado. Ahora no tengo tiempo de inspeccionarla a conciencia, pero veo en ella una cara conocida, así que la cojo y salgo por la puerta.

Una vez fuera, respiro hondo y rodeo el edificio corriendo todo lo que dan de sí mis piernas. Los pies me patinan y resbalan por el barro. Paso como una exhalación por donde están aparcados los carros y pongo toda la distancia posible con quienquiera que estuviera dentro. Echo la vista atrás para comprobar si alguien me está siguiendo, pero ni rastro de hombres con cicatrices ni agentes inmobiliarios.

Una vez me he alejado a una distancia prudente, me cobijo bajo el toldo de un restaurante griego cerrado para huir de la llovizna y le echo un vistazo a la tarjeta. Se trata de una tarjeta gruesa blanca con un acabado brillante. En la parte delantera está la cara familiar, sonriente y barbuda de Dioniso, rodeada de racimos de uvas a lado y lado. La parte trasera muestra una simple URL y una frase que me pone los pelos de punta:

thyrsus.io
el vino y los niños siempre dicen la verdad

Capítulo 23

Durante los siguientes cuarenta y cinco minutos camino en dirección sur hacia mi piso. Quiero alejarme todo lo que pueda de ese sitio. Iría en metro, pero pensar en meterme bajo tierra me hiela la sangre. Hay un buen trecho hasta casa a pie, pero la lluvia ha amainado y necesito aire fresco. Cuanto más me alejo, más se me expande la ansiedad por el estómago. Me tiemblan las manos y tengo la respiración entrecortada. El cielo encapotado de color carbón da la sensación de que sea de noche y lo único que oigo son mis pasos sobre la sucia acera.

Los coches pasan por encima de los charcos de las calles y salpican. Cuando estás asustada, Nueva York te parece una ciudad solitaria. Todos los rostros, todos los sonidos, todas las sombras te resultan escalofriantes. Vuelvo a leer la tarjeta que tengo en la mano. Las palabras que aparecen en ella –«El vino y los niños siempre dicen la verdad»– y el hecho de que las chicas hayan desaparecido no me parecen una coincidencia. ¿La dejaron allí a propósito para que alguien la encontrara? ¿Y la sangre del suelo? Eso me causa más desconcierto todavía. En cierto sentido, habría sido más fácil haberme encontrado con un charco de sangre, el que se forma tras un disparo en la cabeza. Pero solo era una pequeña mancha. Es una metáfora para este caso: algo mundano con unas implicaciones siniestras que bullen bajo la superficie.

No paro de dar vueltas a las pruebas. El miedo se aferra a mí y echo un vistazo hacia atrás cada dos por tres para asegurarme de que nadie me está siguiendo. Ahora tengo claro que esto no es obra de un solo hombre. Todo este asunto apesta a algo más organizado y coordinado. A veces el lugar más seguro donde esconderse es a plena luz del día. Me recuerda a algunos encuentros que he tenido con la mafia, pero con un cariz más sofisticado. Ninguno de los mafiosos mencionó a Dioniso.

Pensar en el dios griego devuelve mi atención a la tarjeta. Cuando doblo hacia la calle Canal y me dirijo a casa, miro la URL que hay en la parte de abajo. Saco el teléfono mientras avanzo a grandes zancadas, con cuidado de no pisotear nada de los pocos vendedores ambulantes que han osado desafiar al tiempo. Tecleo la URL y me redirige a una página en blanco en la que aparece un único mensaje: «Estás en una web segura. Introduce tu código para continuar».

Pues claro que se necesita una contraseña para continuar. Nada en este caso es fácil. ¿Pueden darme un maldito respiro? Detengo mis pasos y levanto la cabeza hacia el cielo con la esperanza de que las nubes me revelen cuál podría ser la contraseña. Cuando me paro y alzo la vista, me percato de que dos hombres al otro lado de la calle, a unos diez metros por detrás de mí, también detienen sus pasos abruptamente. Finjo no saber exactamente dónde estoy y oteo las señales de la calle antes de dedicarles una mirada de reojo. El primer hombre es alto, con el pelo rapado, piel oscura y unos impresionantes ojos de un color azul grisáceo, como los de un zombi. Es la primera vez que lo veo. Me fijo en su compañero. Lo he visto antes. Es el tipo del metro, el del pelo con entradas y la cicatriz en la mandíbula.

Se me encoge el corazón.

Las náuseas que sentía antes vuelven a hacer subir la bilis por mi garganta.

Bajo la mirada a mi teléfono como si todo estuviera bien, pero me tiembla tanto la mano que a duras penas consigo ver la pantalla.

Acelero el paso.

Por el rabillo del ojo veo que retoman la marcha y cruzan la calle. Miro al frente y espero que esté Yanush, pero no trabaja los fines de semana. El encuentro con Gene Strauss resuena en mi mente. Debería echar a correr, pero vacilo. El último tipo del que hui acabó por darme un Tesla. El piso está a varios bloques de distancia, pero el despacho a solo un par de calles, así que acelero el ritmo y me dirijo hacia Cortlandt Alley. Oigo pasos apresurados detrás de mí: han echado a correr. Noto que me ganan terreno, pero el callejón está a solo unos metros de distancia.

Giro a la derecha hacia la callejuela y estoy a punto de esprintar cuando noto una mano que me agarra del cuello del abrigo y tira de mí hacia la pared de ladrillos. Abro la boca para gritar, pero el hombre de la cicatriz me la tapa con la mano mientras el otro lo oculta. Huele a humo de tabaco rancio y me acerca la punta de un cuchillo que sostiene en la otra mano. La hoja me arde en la piel y me deja petrificada en el sitio. Miro a su compañero, que me sonríe con los ojos enardecidos. Escruto el callejón en busca de cámaras, pero las paredes están desnudas.

Me viene a la mente el llavero de autodefensa en forma de gato en el que llevo las llaves. Si puedo sacarlas, podría pincharlo y hacer que se aparte de mí. Pero el cuchillo está demasiado cerca de mi cuello. Un paso en falso y estoy muerta.

El hombre de la cicatriz acerca su cara a la mía. Miro sus pequeños ojos marrones. En ellos no hay miedo ni entusiasmo ni vacilación. Lo noto en la estabilidad con la que empuña el cuchillo contra mi arteria. Este es su trabajo. Se gana la vida aterrorizando a la gente. El pánico me embarga.

—Tengo un mensaje para ti —me dice, con voz aguda pero cavernosa, en un leve susurro.

Asiento para mostrarle que le estoy escuchando. Tenso el cuello al notar la presión de la hoja del cuchillo sobre mi piel. Rezo para que no me transmita el mensaje con él.

—Deja de investigar el Teatro Dioniso. ¿Lo has entendido?

Vuelvo a asentir. Las lágrimas se derraman por mi cara.

—Solo te avisaré esta vez. ¿Lo has entendido?

Pestañeo, demasiado temerosa como para moverme.

—Si tengo que volver a hacerte una visita, seré la última persona que veas con vida. ¿Lo has entendido?

Pestañeo una última vez con la esperanza de que me suelte.

Me deja ir y su compañero y él se dan la vuelta y se incorporan al resto de los transeúntes de Canal como si no hubiese ocurrido nada. Solo han tardado treinta segundos en aterrarme y se han largado en un abrir y cerrar de ojos.

Me dejo caer al suelo.

Capítulo 24

Me siento sobre la acera húmeda del callejón. Los peatones pasan por mi lado y o bien no reparan en mí o no les importa. Las lágrimas forman regueros por mis mejillas, el cuerpo se me estremece y me doy cuenta de que todo lo que he estado recluyendo dentro de mí está intentando escapar ahora. En el día a día, me oculto tras un rostro valiente, pero en realidad no tengo ni idea de qué estoy haciendo. Cuando la hoja de ese cuchillo me ha tocado la piel del cuello, he visto en un mismo instante todo lo que soy y todo lo que no. Tengo treinta años, estoy arruinada y vivo en un piso destartalado y la única esperanza que tengo en estos instantes es una señora rica y narcisista cuyo caso puede que me lleve a la tumba. Pienso en la mirada de Ojos Zombis y algo se rompe en mi interior.

La vida que anhelaba se ha convertido en la vida de la que quiero escapar.

Por ridículo que sea, no puedo evitar culparme a mí misma. Debería haber pedido un Uber que me llevara a casa. Debería haber llevado el táser encima. Debería haberme metido en una tienda. Debería haber contraatacado. Repito en bucle la confrontación en mi mente y la rabia se va acumulando en mi interior.

Oigo la voz de mi madre diciéndome que lo deje. Que le dé la espalda a esta vida, a esta gente tóxica y peligrosa. No vale la pena morir por esto. No vale la pena morir por Madeline. Podría vivir en las afueras, con el doctor Lee, y dejar todo esto atrás.

Y entonces pienso en Mia. Sola, asustada, esperando que alguien vaya a salvarla. Pienso en cómo me siento ahora mismo en este callejón y en cómo me he sentido en otras ocasiones. Por eso me hice detective privada, para que las víctimas no tuvieran que sentirse solas. Si yo no la encuentro, nadie más lo hará. Estará perdida en el sistema, como lo estuve yo en su día. Si lo dejo ahora, ¿de qué habrá servido todo lo que he hecho hasta este momento? Perry siempre decía: «Puedes ansiar los buenos tiempos, pero son los momentos malos los que te forjan». Este es uno de esos momentos.

Mi teléfono suena, como diciéndome que deje de autocompadecerme. Miro la pantalla y espero encontrarme con la cara de mi madre, pero no hay ninguna imagen, solo un nombre: Andrew DuPont.

¿Ahora? ¿En serio?

En cualquier otra circunstancia, estaría eufórica por recibir esta llamada. Pero ahora mismo todo mi estómago es un nudo. Sin embargo, no quiero dejar pasar la oportunidad. Aspiro por la nariz y carraspeo para no sonar como una chica que está al borde del precipicio.

—¿Hola?

—Hola. ¿Hablo con la única e irrepetible Hazel Cho?

La voz de Andrew es como una brisa cálida en un día frío.

—Sí, soy yo. ¿Eres el único e irrepetible Andrew DuPont?

Las lágrimas de mis ojos se secan y me enjugo las que me quedan en la cara.

—Ese soy yo. Oye, ¿va todo bien? Suenas un poco... decaída.

Me aparto el teléfono de la oreja y me agacho para recuperar el aliento. No quiero que Andrew me oiga así.

—Estoy bien. Me falta un poco el aire, nada más. Estaba de paseo.

—Ah, genial. Solo quería asegurarme de que estuvieras bien. Te llamaba para saber qué estabas haciendo ahora mismo.

Miro a mi alrededor en busca de una mentira que suene mejor que lo que estoy haciendo en realidad, pero lo único que veo es una pared de ladrillos húmeda. Otra metáfora de mi vida.

—Ahora mismo estoy en el callejón de delante de mi despacho.

—¿Despacho? ¿Un domingo? No, no, no. Eso no puede ser. Voy a preparar una cena exquisita para esta noche y tengo más comida de la que me podría terminar, así que creo que deberías descartar la idea del despacho y venir a mi casa.

Me llega de fondo el sonido del agua y el ajetreo de sartenes y ollas. Una sonrisa involuntaria aparece en mi cara.

Andrew me da oxígeno.

Me trago el temblor que noto por dentro. Mi primer impulso es decirle que no, regresar a casa e intentar olvidar lo que me acaba de ocurrir. No podría haberme llamado en peor momento. Pero entonces pienso para mis adentros: «¿Qué distracción podría ser mejor que Andrew?». Me obligo a sonreír y aligero el tono de mi voz:

—Me parece una idea fantástica. ¿Quieres que lleve algo?

—No, solo que vengas con una actitud tolerante. Mis habilidades en la cocina son altamente cuestionables.

Qué envidia me da la gente rica como Andrew. Fluyen por la vida sin esfuerzo y se pasan el noventa por ciento del tiempo disfrutando mientras el resto de los mortales tenemos que deslomarnos.

—Sin problema. Tengo que pasar por casa un segundo para cambiarme y voy para allá. ¿Qué dirección es?

—Es la calle 68.º Este, el número 11. Cuando llegues, dile al portero que vienes a visitarme y te dejará subir.

Vive en el Upper East Side. Queda bastante lejos de Chinatown, pero lo necesito después del día que he tenido. Eso y un diazepam. Será mejor que holgazanear en mi habitación mientras Kenny llama a mi puerta para preguntarme qué me ocurre.

—Genial. Te veo en un periquete.

Cuelgo el teléfono y miro alrededor como si me hubiese

despertado de un trance. Andrew tiene ese efecto en mí. Cuando hablas con él, su desenfado hace que te olvides de cualquier neurosis que estés experimentando en ese momento. Pero acabo de regresar a la realidad y recuerdo lo cerca que he estado de la muerte. Observo cómo los neoyorquinos esquivan los charcos de las aceras, ajenos a mi presencia. Casi parece que haya soñado la agresión. Tengo que decidir si voy a seguir adelante con este caso, pero ahora no.

Ahora tengo que cambiarme y ponerme un conjunto decente.

Una hora y media más tarde, el taxi que he pagado con el dinero de Madeline se detiene delante del piso de Andrew. Las nubes se han esparcido y la lluvia ha limpiado la polución del aire. Las estrellas titilan con el brillante cielo nocturno de fondo. Me recuerda a un chiste que contaba mi padre sobre la gente rica: «Son tan ricos que ni siquiera les llueve encima». Salgo del taxi y tomo una buena bocanada de aire fresco de otoño. El nudo que tengo en el estómago desde la visita de Don Cicatriz y Ojos Zombis no se deshace, pero hago todo lo posible por ignorarlo. Me asaltan la mente las palabras de mi terapeuta cuando me decía que eso es lo peor que puedes hacer con los traumas, pero ahora mismo no tengo tiempo para prestarles atención.

La calle, flanqueada por viejos árboles y construcciones multimillonarias, está silenciosa. Dichosamente silenciosa. Vislumbro Central Park a solo una manzana de distancia. Debe de ser bonito.

Entro en el vestíbulo del edificio de ladrillos color crema y me da la bienvenida un portero de rostro amable y mejillas sonrojadas, vestido con un uniforme verde y una gorra, que según parece me ha estado esperando. El vestíbulo es pequeño y lo envuelve una luz cálida que se refleja en la madera clara. Me señala el ascensor. Le pregunto qué planta es, pero me hace un gesto con la mano y, cuando me subo, veo que ya me ha seleccionado el botón. Gracias a Dios, porque no me gustaría lesionarme un dedo por tener que pulsar un interruptor. El ascensor se detiene en la novena planta, pero, en vez de dar a un pasillo, sus puertas se abren directamente en el piso de Andrew.

Durante unos segundos creo que no estoy donde toca. Quiero decir, he visto pisos en películas en los que el ascensor se abre directamente en el recibidor, pero jamás en persona. Pero entonces oigo la voz de Andrew desde la cocina:

—¿Eso que oigo es la llegada triunfal de Hazel Cho?

—La misma —le contesto al tiempo que doy un paso por el suelo brillante de baldosas negras y blancas.

Cuando me estoy quitando los zapatos, Andrew aparece por la esquina, me da un abrazo bien fuerte y me besa en la mejilla. No sé qué colonia se ha puesto, pero se me sube directamente a la cabeza.

Estoy perdida.

Me coge de la mano con su palma suave como el algodón y me lleva hasta la cocina, que es la más bonita que he visto nunca. Una preciosa isla fabricada en madera oscura y mármol se alza en el centro, con cajones blancos de tiradores dorados. Unos ventanales proporcionan unas vistas sensacionales de la ciudad. El fregadero está lleno de un batiburrillo de cazuelas y sartenes, como si Andrew hubiese estado delante de los fogones durante horas. Hay una mesa de comedor compuesta por una única plancha de madera a unos metros de la isla, con dos platos llenos de salteado de bistec y verduras.

Andrew señala la mesa.

—Vienes en el momento justo. La cena está servida.

Nos sentamos a la mesa. Andrew ocupa el asiento de la punta y yo me pongo al lado. Abre una botella de vino que parece tener más años que yo. Todavía no he acabado de asimilar que estoy aquí. Pasar de sufrir un ataque a vivir una utopía en tan poco tiempo cuesta de asimilar.

Me obligo a sonreír.

–Esto es una maravilla. Gracias por cocinar.

Pero Andrew no se deja engañar y me pone una mano sobre el hombro.

–¿Va todo bien?

–Sí. Ha sido un día muy duro, nada más.

Me trago las lágrimas. No puedo permitir que me vea llorar en nuestra primera cita.

–¿Quieres hablar de ello?

Niego con la cabeza.

–Lo entiendo. Yo también he tenido días así.

«Lo dudo mucho», pienso para mis adentros.

Andrew alza el dedo índice en el aire y se levanta de la silla.

–Se me acaba de ocurrir una cosa. Ven conmigo.

Me lleva hasta el comedor, sorprendentemente más espectacular que la cocina, y señala un sofá marrón de terciopelo que parece suplicarte que te fusiones con él. Me fijo en las paredes, forradas con una opulenta seda de un tono azul eléctrico, y en las impactantes obras de arte que hay colgadas en ellas.

–Me parece que no te irá nada mal un sofá cómodo, así que te presento el sofá más cómodo de toda la ciudad.

–¿Y la cena?

–Podemos cenar aquí. Solo tienes que prometerme que no se te va a caer nada o no te volveré a invitar.

Me río, me dejo caer en el sofá y Andrew me echa una manta a rayas de Pendleton por encima. Tiene razón: es el sofá más cómodo de toda la ciudad. Mi cuerpo gime al notar el tacto mullido de los cojines de terciopelo. No me había dado cuenta de la cantidad de tensión que tenía acumulada y que ahora se está disipando. La fatiga se apodera de mí.

Unos minutos después, regresa con el vino y el salteado

servido en dos boles para que podamos comer en el sofá sin tirárnoslo todo por encima. El aroma a bistec y soja hace que mi estómago vuelva a la vida con un rugido. Brindamos con las copas de vino. Noto cómo el miedo del día se va evaporando y regresa mi fuerza paulatinamente.

–Dime qué te parece el salteado. Me he estado empleando a fondo con mis habilidades culinarias; incluso he ido a talleres de cocina y esas cosas –alardea Andrew.

Miro con más detenimiento mi cuenco. Las verduras están quemadas y la carne parece cruda. Puede que se tenga que apuntar a dos o tres talleres más. Pruebo un bocado con cautela y Andrew me observa mientras mastico.

–Mmm –musito, y me obligo a pasar la porción de carne demasiado sazonada por la garganta.

Sabe como si me acabara de tomar un chupito de salsa de soja.

–¿Te gusta? –me pregunta, arrugando la frente con esperanza.

Asiento. Acto seguido cojo la copa de vino de la mesa para ahogar el sabor. Es nauseabundo, pero está tan emocionado que le rompería el corazón si le dijera la verdad.

Andrew entorna los ojos y las comisuras de sus labios se elevan. Da un bocado a su cuenco decidido y masca durante unos segundos. Su sonrisa se evapora de repente.

–Puf, está asqueroso –se queja.

Dejo de fingir.

–Sí, está bastante malo.

Andrew y yo compartimos una carcajada por su desastre culinario. Da otro bocado y niega con la cabeza.

–Jopé, esta vez creía que había dado en el clavo. Bueno, seguiré con los talleres.

Sonrío y le paso la mano por la espalda.

–No te preocupes. Me como lo que sea. Además, el vino es increíble. –Me meto otra porción en la boca y la hago bajar con el cabernet–. Por cierto, tienes un piso precioso.

Andrew deja su cuenco sobre la mesa y da un sorbo al vino.

–Gracias. Hace décadas que le pertenece a mi familia. Mis padres lo usaban cuando querían pasar unos días en la ciudad, antes de que muriera mi madre. Después de eso, mi padre no quería venir aquí, pero creo que no tuvo el valor de venderlo. Para mí era un lugar lleno de recuerdos maravillosos, así que me quedé con él.

Coloco la mano sobre la suya. Veo una vulnerabilidad en él que no había visto antes.

–Ay, lo siento mucho. No sabía que tu madre había muerto.

Andrew toma otra porción del salteado y se la traga, pero está claro que la comida no es lo único que se está tragando.

–No pasa nada. De eso hace mucho tiempo. Desde entonces hemos estado mi padre y yo.

–¿Cómo murió tu madre? Si no te importa que pregunte.

Andrew deja el tenedor y desvía la mirada hacia la ventana.

–Se suicidó.

–Ay, Andrew, lo siento mucho.

Me coloca la mano sobre el hombro y aprieta. Sus ojos azul cielo se encuentran con los míos y veo el dolor y la rabia que hay en sus profundidades.

–Te lo agradezco. Sí, fue una época muy difícil, sobre todo porque no mostró en ningún momento que no estuviera bien. Era una madre increíble, siempre alegre, siempre jugando a juegos bobos conmigo. Y de la noche a la mañana desapareció de mi vida. Pero ya han pasado más de veinte años, así que ya me he hecho a la idea. Y me siento agradecido por el tiempo que pasamos juntos. Hizo que mi padre y yo estrecháramos mucho los lazos.

–¿Tu padre y tú trabajáis juntos? –pregunto, intentando descubrir a qué se dedica exactamente Andrew sin preguntárselo directamente.

No quiero que se piense que soy una sacacuartos.

–Qué va. Yo me dedico a ser parado de larga duración.

Se ríe.

–¿Qué significa eso?

–Significa que no tengo un trabajo como tal. Todavía estoy intentando descubrir cuál es mi vocación. Creía que podía ser la cocina, pero, visto el resultado de esta noche, creo que no van a ir por ahí los tiros.

Y así se diluye el espejismo. Estoy teniendo una cita con un niño de papá que no da un palo al agua. Era demasiado bueno para ser verdad. Lo mejor sería que me fuera a casa ahora, pero al echarle otro vistazo a Andrew vuelvo a caer en sus encantos.

Se gira en el sofá y se sienta con las piernas cruzadas para poder mirarme de frente.

–Ya basta de hablar de mí. ¿Tú qué? ¿Cuál es tu historia?

Dejo el cuenco sobre la mesita y me cruzo de piernas para mirarlo.

–No hay demasiado que contar. Crecí en Palisades Park, en un hogar coreano bastante estricto. Soy la hija pequeña, tengo una hermana. Fui a la Union College, al norte del estado, y luego a la Facultad de Derecho de la Universidad de Nueva York. No me he casado nunca.

–Menos mal –suelta Andrew con una sonrisa.

Me ruborizo y me recoloco un mechón detrás de la oreja.

–¿Cómo llevas la investigación de ese importante caso? ¿Has encontrado a la chica desaparecida en el Saint Agnes? Es un suceso terrible.

–No te puedo contar los detalles, pero estoy haciendo progresos. Progresos de una lentitud exasperante.

–Ay, qué pena. ¿Qué opinión tiene Mackenzie de todo esto?

–Sé que lo adoras, pero, si te soy sincera, no me ha ayudado en nada.

Las cejas de Andrew se juntan y se rasca la barba del mentón.

–No me digas… –musita, y deja la mirada fija en una de las obras de arte de valor incalculable que tiene en la pared. Es una pintura impresionista de unos niños que juegan en la orilla de un lago. Casi puedo oír cómo giran los engranajes de su cerebro–. Llamaré mañana a mi padre, que está en la junta directiva, y le pediré que dé a Mackenzie una patada en el trasero.

Le doy unas palmaditas en la rodilla.

–Para el carro. Te agradezco la intención, pero puedo encargarme yo sola de Mackenzie. No necesito que tu padre y tú pongáis a todo el mundo en guardia.

Andrew se recuesta en el sofá y le da un sorbo al vino.

–Tienes razón. Disculpa. Está claro que no necesitas ayuda, si tenemos en cuenta todo lo que has conseguido. Lo único que he hecho hoy ha sido ver el fútbol y recuperarme de la resaca de anoche. A todo esto, ¿por qué te hiciste detective privada?

Me quedo callada. No estoy segura de querer contarle la historia tan pronto.

–Esa es una historia que te contaré otro día, pero digamos que, cuando estaba en la Facultad de Derecho, ocurrió algo malo, mi abogado fue un completo inútil y mis padres no ayudaron mucho más. La única persona que de verdad me protegió fue un detective privado. A partir de ese momento, supe que me quería dedicar a esto. Ahora no lo tengo tan claro.

–¿Qué quieres decir?

–Nada. Solo que es un negocio duro y peligroso y no estoy segura de poder soportarlo más.

Andrew coloca una mano sobre mi pierna.

–Hazel, te conozco de hace unas pocas horas y estoy convencido al cien por cien de que puedes soportar lo que sea que te propongas. Cuando hablé contigo y me dijiste que eras detective privada, pensé: «Esta chica es diferente», y quise saberlo todo de ti. Creo que es una pasada lo que has conseguido. Iniciaste tu propio negocio, has resuelto misterios y te has encargado de los tipos malos. Eres distinta a las demás mujeres que he conocido.

–Exageras, pero gracias –le digo, y le doy un beso en la mejilla, que se desliza hasta convertirse en un beso en los labios.

Sus labios son perfectos y no me cabe duda de que sabe lo que está haciendo. A diferencia de la mayoría de los chicos, cuya desesperación por el sexo emana de sus cuerpos como un espray, Andrew me besa como si fuera lo único que necesitara.

Cuando hemos terminado la cena, pone *La proposición*, que no es más que una excusa para seguir enrollándonos. Lo único en lo que puedo pensar es en pasar la noche con él, pero no es el momento adecuado y Andrew lo sabe. Nos besamos y nos damos arrumacos en los brazos del otro en el sofá hasta que finalmente caemos en un duermevela envueltos de una perfecta felicidad. El último pensamiento que tengo antes de desconectarme del todo es que nunca me he sentido tan a salvo.

Capítulo 25

Quedan cinco días

Me despierto en el sofá de Andrew bajo un amanecer cegador. Los dos nos quedamos dormidos sin bajar las persianas, así que los rayos del sol atraviesan los cristales sin obstáculos. Me froto los ojos para liberarme del sopor del sueño y miro a Andrew. Joder. Es tan ridículamente guapo que incluso sus ronquidos son atractivos. Parece parte de un anuncio de una empresa de colchones de esos en los que el actor está durmiendo pero no tiene ni un solo mechón fuera de su sitio. Su mandíbula fuerte y redondeada dibuja los ángulos perfectos y la pequeña constelación de pecas que le salpica la cara es la imperfección que hace la perfección. Casi es suficiente para que me olvide de que se pasa los días tumbado a la bartola. Capto mi reflejo en la ventana y veo que tengo mis propios problemas. El rímel se me ha corrido y mi pelo exhibe un trágico brillo grasiento. Tengo que salir pitando de aquí antes de que se despierte o se preguntará quién es este espíritu maligno al que ha dejado entrar en su casa. Además, tengo que ponerme a trabajar. Solo me quedan cinco días antes de que Madeline me dé la patada y el caso dista mucho de estar resuelto.

Recojo mis cosas con sigilo y le dejo una nota en la que le doy las gracias por la maravillosa noche. Cuando me estoy yendo, se remueve un segundo y dice las tres palabras que esperas oír después de haber pasado la noche con alguien:

—¿Quedamos esta semana?

Asiento con una sonrisa y salgo de puntillas de la habitación. Cuando abandono el edificio, me siento como si hubiese viajado en el tiempo. ¿De verdad estaba con ese modelo masculino en su prístino ático? ¿Es demasiado tarde para regresar y decirle adiós a mi vida anterior?

Me suena el teléfono y el tono me proporciona una dura dosis de realidad. Miro la pantalla, aunque no hace falta: ya sé quién es.

Madeline.

–Hola, Madeline –la saludo entre dientes, como si estuviera esperando su llamada a las seis y media de la mañana de un lunes.

–Hazel, estás despierta.

Jamás pierde la oportunidad de meter cizaña.

–Eso es. ¿En qué puedo ayudarte?

–Solo llamaba para confirmar la reunión de esta mañana a las ocho para que me comentes cómo va la investigación.

Mierda. La obsesión con Andrew ha hecho que me olvide de la reunión.

–Sí, claro. Nos vemos en mi despacho a las ocho.

–Maravilloso.

Madeline cuelga. Sin despedirse.

Salgo disparada hacia mi piso, me ducho, me cambio y enfilo Cortlandt Alley hacia las siete y media. Ni de coña voy a dejar que me gane Madeline. Pero, cuando doblo la esquina, veo el sitio donde me atacó Don Cicatriz y me vuelven a atenazar de repente los sentimientos: el miedo a que me maten y la vergüenza de que lo único que hiciera fuera llorar como una niña pequeña. La bilis me sube por la garganta.

Subo a toda prisa las dos plantas del edificio y abro la puerta del baño de un tirón. Llego a arrodillarme en el váter justo a tiempo. Vomito y me sube el olor del vino de anoche. Por extraño que parezca, me sienta bien; es como si estuviera purgando la ansiedad que ha estado sobrevolándome desde ayer. Tras unos minutos y múltiples arcadas, estoy lista para encarar el día. Me meto un chicle en la boca y me echo agua en la cara.

Cuando abro la puerta del baño y salgo al pasillo, oigo la voz grave e imperiosa de Madeline:

—¿Has vuelto a confundir el día con la noche, Hazel?

De verdad, esta mujer es una auténtica pesadilla. Siempre que estoy en lo más profundo del pozo, ella está ahí. Es como si tuviera un rastreador emocional y cuando estoy en lo más bajo le suena una alarma y hace acto de presencia. Como un genio, pero en vez de frotar una lámpara aparece solo cuando estás en la mierda.

Le dedico una sonrisa condescendiente.

—No. Algo que he comido no me ha sentado bien.

Madeline arquea las cejas y se le arrugaría la frente si el bótox no lo impidiera.

Abro la puerta de mi despacho, en la otra punta del pasillo, y dejo pasar a Madeline. Ambas nos sentamos en silencio mientras cargo el archivo del caso en el ordenador. Todavía no estoy segura de si debería contarle a Madeline la visita que me hicieron ayer Don Cicatriz y Ojos Zombis. Por una parte, quiero que sepa por lo que estoy pasando para resolver este caso; por otra, estoy bastante segura de que le va a importar un rábano.

—Bueno, ¿qué? ¿Has encontrado algo más sobre el Teatro Dioniso? —exige saber Madeline.

Enarca una ceja escéptica. Espera que no haya descubierto nada.

—De hecho, sí.

Yergue la espalda en la silla y se recoloca el pelo rubio detrás de la oreja.

—¿En serio?

—Sí. He encontrado lo que parece ser la antigua localización del teatro en el Distrito Garment.

—¿La antigua localización? ¿Y de qué diantres nos sirve eso?

Para todas las soluciones, Madeline tiene un problema.

—Nos sirve de mucho, porque he encontrado la página web del teatro.

—¿Y?

—Y espero que nos indique el lugar donde está el teatro ahora.

Madeline resopla y agita las manos.

—¿Esperas? ¿A qué esperas? ¿Tan difícil es acceder a una página web?

Me pregunto si Madeline cree que todo el mundo es así de estúpido o solo lo piensa de mí.

—No es difícil acceder a una página web, a menos que sea una dirección protegida con una contraseña, como es el caso. A no ser que seas una *hacker* prodigiosa y no me hayas dicho nada.

Tecleo la URL de la tarjeta y giro la pantalla de mi ordenador para que pueda verla. Su rostro se ruboriza y golpetea con las puntas de sus delgados dedos sobre la mesa.

—¿Y bien? ¿Cuál es la contraseña? —pregunta.

Sus gestos se hacen más violentos.

—Todavía no lo sé, Madeline.

Pronuncio su nombre como si fuera una palabrota.

Una vena le palpita en la sien, se levanta y empieza a deambular por la sala. Sus tacones resuenan contra el suelo. Pasados unos segundos de resoplidos, se gira hacia mí y me apunta con el dedo.

—Mira lo que te voy a decir, Hazel: eres tan inútil como los demás.

Hasta aquí hemos llegado. Llevo demasiado tiempo tragándome la mierda de esta mujer.

—¿Qué puto problema tienes? —le replico, y me levanto del escritorio.

—¿Qué me has dicho?

—Ya me has oído. ¿Qué puto problema tienes, Madeline? Desde que te conozco, no has parado de menospreciarme. Sin embargo, por lo que sé, soy la única detective que has contratado que te ha traído algún resultado. ¿Y qué recibo a cambio de mis esfuerzos? Desaires por tu parte y amenazas de unos desconocidos.

Madeline resopla.

–¿Amenazas? ¿Qué amenazas?

–Ah, ¿me estás diciendo que no lo sabes? Creía que lo sabías todo, pero supongo que no. Sí, ayer, justo delante de la oficina, se me acercaron dos hombres, me amenazaron colocándome un cuchillo en el cuello y me dijeron que dejara de investigar este caso. ¿Tienes alguna idea de por qué pudo ocurrir algo así?

Se lleva una mano a la boca y da un paso atrás y, durante una décima de segundo, atisbo otra grieta en su fachada. Pero no es rabia ni sorpresa lo que entreveo, sino tristeza. Quiero sentirme mal por ella, pero estoy tan enfadada que no hay manera de morderme la lengua.

–¿Por qué te importa Mia, de todos modos? Solo es tu ahijada. Ni siquiera tuviste la decencia de acogerla cuando sus padres murieron, pero ahora estás muy interesada en saber lo que le ocurrió. Aparentemente. Quizá si te hubieses preocupado por ella, digamos… en cualquier otro instante de su vida, ahora no estaría en paradero desconocido.

Le doy un manotazo a la mesa.

Madeline aprieta las manos en puños, se levanta y durante un instante creo que me va a dar una bofetada como mínimo. Entonces tuerce el gesto y las lágrimas brotan de sus ojos. No son lágrimas controladas fruto de la tristeza, sino un llanto a moco tendido producto de un corazón roto. Me conmociona tanto esta inesperada muestra de humanidad que en un primer momento me quedo paralizada, pero tengo el buen juicio de coger varios pañuelos de la caja que hay sobre el escritorio. Lo rodeo para ofrecérselos y Madeline me vuelve a sorprender: levanta los brazos para abrazarme.

Le devuelvo el abrazo. Su cuerpo esquelético se estremece con cada sollozo que se escapa de sus labios. Derrama tantas lágrimas en mi hombro que noto cómo se humedece mi blusa. Pasado un minuto, Madeline me suelta y regresa a su asiento. El maquillaje de su rostro, cuidado al milímetro, se ha ido al traste y unas líneas negras le recorren la cara. Por primera vez parece humana.

Regreso a mi silla y le paso más pañuelos. Se seca las mejillas y se suena la nariz antes de mirarme a los ojos. La Madeline que se da aires ha desaparecido y puedo visualizar cómo debía de ser antes de esconderse tras esa falsa fachada.

—Lamento que te haya ocurrido esto, Hazel. ¿Por qué crees que te atacaron esos hombres?

—Te iba a hacer la misma pregunta. Solo sé que no querían que siguiera indagando sobre el Teatro Dioniso. ¿Seguro que no sabes nada más?

—Te lo juro. No había oído nunca mencionar el teatro ese hasta que me lo dijiste tú. —Se queda callada en lo que se limpia el rímel con uno de los pañuelos—. Pero hay algo que deberías saber.

Le da vueltas al anillo de zafiro que tiene en la mano.

—Vale… —respondo, temerosa por lo que me pueda soltar.

—Mia no es mi ahijada. Es mi hija.

La noticia me sienta como si me cayera encima una tonelada de ladrillos. Echo hacia atrás la silla con tanto ímpetu que me golpeo la cabeza contra la pared.

—¿¡Qué!?

—Cuando estaba en la universidad, jugaba al tenis. Había un chico en el club…, un jugador…

Su rostro se ilumina al recordarlo.

—Era muy apuesto. Alto, fuerte y un tenista fabuloso. Todas las chicas del equipo, incluida yo, estábamos obsesionadas con él. Justo un día antes de acabar el último curso, me preguntó si quería ir a la playa y una cosa llevó a la otra… El curso terminó. Regresé a casa para pasar el verano y unas semanas después empecé a sentir náuseas por la mañana.

Debería anotar todo esto, pero lo que estoy oyendo me tiene en *shock*. Definitivamente esta no es la Madeline que conozco.

–¿Se lo dijiste a tus padres?

Madeline se muerde el labio inferior.

–No me quedó otra. Las náuseas matutinas eran horribles y mi madre acabó atando cabos.

–¿Cómo reaccionó?

–Para ella fue una deshonra. Me sermoneó por haber sido tan estúpida. Me dijo que iba a arruinar el apellido de nuestra familia.

Pienso en cómo reaccionaría mi madre. No sería una situación agradable tampoco. Supongo que no cometer un desliz y quedarme embarazada es de las pocas cosas que he hecho bien, según sus estándares.

–¿Qué pasó después?

–Estuve confinada en casa de mis padres durante los siguientes ocho meses. Eran muy católicos, así que abortar no estaba sobre la mesa. Mi madre me insistió en tener el bebé y mi padre trabajaba a todas horas, así que aceptaba todo lo que ella dijera. En un primer momento, mis padres tuvieron la intención de quedarse el bebé y decirle a la gente que era suyo. Fue entonces cuando tuve que soltar la bomba.

Me cubro las mejillas con las palmas de la mano.

–¿Que el compañero de la universidad era negro?

–Eso es.

La imagen que tenía de Madeline se ha hecho añicos en cuestión de cinco minutos. Esta mujer ha tenido una vida mucho más complicada de lo que me había imaginado.

–Algo me dice que tus padres no eran las personas más progresistas del mundo.

–Eso sería describirlos de una manera muy benévola. Mi madre es una racista rematada. Que hubiera un niño negro en la familia era algo inconcebible para ella.

–Entonces, ¿qué hiciste?

–Pensé en tener el bebé y huir, pero no tuve agallas suficientes. Mis padres me amenazaron con cortar cualquier lazo conmigo si lo hacía. Acababa de graduarme en la universidad y había estado bajo su amparo toda la vida, así que no sabía cómo apañármelas sola. Mi madre me dijo que ella se encargaría de todo y yo, como una idiota, se lo permití. Thomas y ella eran viejos amigos y él se ofreció a ayudarla.

—¿Thomas?

—Mackenzie.

—¿Thomas Mackenzie le dijo a tu madre que podía acoger a Mia y fingir que era una huérfana más?

Madeline agacha la cabeza y se le desgarra la voz:

—Sí. Cada vez que iba a visitarla era una agonía. Bajábamos al pueblo a tomarnos un helado y cuando veía su dulce sonrisa me recordaba a la niña que había sido yo. Me mataba no contárselo, no sacarla de ese terrible lugar, pero le había estado mintiendo durante tanto tiempo que temía que si le contaba la verdad no me lo perdonaría jamás. Cuando desapareció, fue como si Dios me estuviera castigando, como si me estuviera diciendo: «La abandonaste y ahora ella te abandona a ti». Esta es mi oportunidad de cambiar las cosas. De enmendarlas.

—Espera, no lo entiendo. Os investigué a Mia y a ti y no encontré ninguna partida de nacimiento. ¿Solicitaste un certificado de nacimiento confidencial?

—Sí. Podrá acceder a él cuando cumpla los dieciocho años, pero hasta entonces podemos mantenerlo en secreto.

—Pero ¿y el Saint Agnes? Normalmente, cuando la tutela de un menor cambia de manos, se requiere una serie de trámites burocráticos. Ya sabes: entran en juego los asistentes sociales y demás.

Se aclara la garganta y se retira el pelo de la cara.

—Te sorprendería. En realidad es más fácil de lo que crees. Cuando Mia era una recién nacida, mi madre vio en el periódico que una pareja de apellido Ross había muerto en un accidente de tráfico en la carretera I-87, así que cambió el apellido de Mia a Ross. De esa manera, la asociación no sería obvia y, si alguien preguntaba por los padres, tendríamos una explicación. Entonces Thomas la inscribió en el Saint Agnes bajo el nombre de Ross y les dijo tanto al personal como a Mia que era huérfana. Fue parecido a matricular a mi hija en un internado, pero lo hicimos a una edad tan temprana que jamás recordó a sus padres. Legalmente, nunca la declaramos huérfana o cambiamos la tutela, así que no hubo ningún tipo de burocracia ni papeleo con los servicios sociales. Simplemente la apartamos de nuestras vidas. Por triste que sea, si nadie se queja, a nadie le importa lo que le ocurra a una niña.

–Voy a necesitar que me envíes la partida de nacimiento.

–Por supuesto.

–¿Por qué no me dijiste nada de esto?

Madeline levanta la cabeza y retorna la mirada testaruda.

–Es una vergüenza para la familia. No les podía hacer eso a mi padre y a mi madre. Nadie puede saberlo.

–¿Y el padre de Mia? ¿Se lo dijiste?

–No, ni siquiera lo sabe. Mi madre no quería verlo cerca.

Me atraviesa una punzada de compasión. He juzgado mal a Madeline. Consideraba su arrogancia un reflejo de su superficialidad –la señal de una mujer que solo se preocupa por sí misma y el estatus que ostenta en su grupito de la élite social–, pero en realidad se trata de un mecanismo de defensa que protege una parte más tierna de ella que siempre ha quedado por detrás de la necesidades de su familia. Nadie se ha alzado nunca en su defensa. Tal vez haya llegado el momento de que eso cambie.

Me levanto de un salto de la silla y empiezo a prepararme la mochila.

Madeline me imita mientras examina todos mis movimientos.

–¿Qué haces?

Me echo la mochila al hombro.

–Me voy a casa. Tengo algunos cabos sueltos por atar y mañana voy a subir a Lake George y aporrear la puerta de Mackenzie hasta que me deje pasar. Sé que crees que es un santo, pero no me cabe duda de que sabe más de lo que nos ha contado.

Coloco una mano en su espalda y la guío hacia fuera del despacho.

–Vamos a terminar con esto.

Capítulo 26

Quedan cuatro días

La mañana siguiente me subo al Tesla y me dirijo al norte hacia Lake George. Mientras conduzco, mi mente divaga por todas las pistas que tengo sobre este caso. Pasé el resto del lunes investigando y trabajando en los registros telefónicos para ver si podía descubrir cómo navegó Mia por el lago. Cuanto más preparada esté antes de enfrentarme a Mackenzie, mejor. He usado Google Maps para señalar todas las propiedades que circundan el lago a un radio de diez kilómetros del Saint Agnes. Luego he usado una herramienta de búsqueda inversa para hallar a los residentes de esas propiedades y sus números de contacto. Cuando he obtenido la lista entera, he analizado los teléfonos para ver si alguno de los residentes tiene cámaras que enfoquen al lago y, de ser así, si grabaron algún barco que cruzara las aguas la noche de la desaparición de Mia. Me ha ido tan bien como con las demás indagaciones que he hecho. La mayoría de la gente no me ha respondido al teléfono; por eso me enfurece tanto la fecha límite de Madeline: si tuviera más tiempo, podría pasarme semanas llamando a la puerta de las distintas casas a las que todavía no he acudido, revisar el metraje de sus cámaras y a lo mejor captar la imagen del bote que se llevó a Mia. Pero, en vez de eso, analizo los teléfonos esperando que ocurra un milagro.

Las pocas personas que han respondido a mi llamada no tienen cámaras instaladas en sus propiedades. Alguna suelta sí, claro, pero no enfocan al lago porque los ladrones no vienen en barco. Si tuvieran dinero para poseer su propia embarcación, no necesitarían robar. He encontrado a un tipo --con un nombre increíble, Benjamin Smylie III-- que sí tiene una cámara que cubre la zona del lago, pero ahora mismo está «navegando por la costa italiana», así que no puede comprobar las grabaciones. Me ha asegurado que revisará el metraje de sus cámaras cuando llegue a tierra, pero lo dudo. Así que, por recapitular, como lo básico en el trabajo de un detective es tachar cosas de la lista, oficialmente he hecho eso con las grabaciones: tacharlas de la lista. Tal vez Benjamin Smylie III me sorprenda, pero no cuento con ello. Las respuestas que busco se encuentran en el Saint Agnes y el Teatro Dioniso.

Mientras conduzco, noto cómo la frustración se me va acumulando. Thomas Mackenzie va a hablar conmigo, le guste o no. Me incorporo a la I-87 y aprieto el acelerador. Unas nubes opacas se congregan en el cielo y empieza a caer una cortina de lluvia. Incluso el tiempo hace lo posible por mantenerme lejos del centro tutelado. Las afueras de Nueva York son un lugar espantoso cuando llueve, un viejo erial industrial congelado en el tiempo.

Es martes por la mañana, así que el tráfico es denso. Hago todo lo posible por sortear la masa de conductores que se dirigen al trabajo, pero el tiempo que puedo ganar es limitado. Pongo a todo trapo mi mejor mezcla de música electrónica en Spotify para despejarme la mente, pero mis pensamientos regresan una y otra vez al caso. Madeline me contrató para que obtuviera respuestas, pero lo único que he desvelado han sido más preguntas. ¿Qué es el Teatro Dioniso? ¿Qué oculta Mackenzie? ¿Qué más me está escondiendo Madeline? ¿Quién más está involucrado? Mi cerebro traquetea como un motor en punto muerto, atascado sin moverse, como la hilera de coches que se extiende delante de mí.

Afortunadamente, después de treinta minutos de obsesión, suena mi teléfono y veo que se trata del detective

Riether: una distracción bienvenida. Siguiendo sus instrucciones, no lo he llamado desde que estuve por última vez en Lake George. Quería tenerlo de buenas, por si acaso necesitaba pedirle algún favor. Antes de responder, entono una pequeña plegaria para que sean buenas noticias.

—Bobby Riether, por favor, dime que me vas a contar algo bueno.

Se oye una risita nerviosa al otro lado de la línea.

—¿Ni un «Hola, ¿cómo estás?» ni nada?

—Perdona. Hola, ¿cómo estás?

—Ya no vale. Pero sí es verdad que traigo buenas noticias. Aunque sería mejor que lo habláramos en persona. ¿Qué planes tienes esta semana?

Su voz rasposa desprende un deje tenso.

—Supongo que es mi día de suerte, porque precisamente estoy de camino ahora mismo.

—¿En serio? ¿Para qué?

La voz se le rompe un poco y noto cómo una sonrisa aflora en mis labios.

—Te lo diré cuando te vea.

—Está bien, lo espero con ansias. ¿A qué hora tienes previsto llegar?

—Sobre la una.

—Vale, te esperaré delante de la comisaría. Será mejor que hablemos dentro.

Bobby Riether irradia algo adorable. Cuando hablo con él, recuerdo la época de mi vida en la que creía que ser detective sería divertido. Creía que tal vez conocería a un poli apuesto y resolveríamos misterios juntos. Lo sé, es una cursilada, pero a veces los sueños de los espíritus jóvenes lo son.

Es mediodía cuando estaciono enfrente de la comisaría, aunque parece que esté rayando el anochecer. Las nubes todavía no han vertido sus aguas, pero les falta poco. El viento arrastra un frío desgarrador que me atraviesa y Bobby se pasea por delante de la puerta, fumando uno de su cigarrillos con filtro blanco, ajeno al frío. Camina con una mano sobre las lumbares y su pequeña barriga sobresale por encima del cinturón. Cuando me ve, hace un gesto con la mano con la que sostiene el cigarrillo. Al más puro estilo James Dean.

—Nos has traído otra vez un clima maravilloso —dice Bobby al tiempo que señala el cielo encapotado sobre nuestras cabezas.

Le estrecho la mano y me doy cuenta de lo áspera que es, a diferencia de la de Andrew. Es la mano de un hombre.

—Sí, parece seguirme allá donde vaya. ¿Entramos?

—Ahora vamos. Paseemos un rato. Quiero hablar contigo.

—No vamos a ir a aquel restaurante otra vez, ¿verdad? No creo que pueda soportar más miraditas de la camarera. Me sentí como si estuviera en una cita y mi madre fuera la carabina.

Bobby se ríe por la nariz.

—Nada de restaurantes. Podemos dar una vuelta alrededor de la manzana.

Me cruzo de brazos. Parece ser algo serio. Caminamos y me fijo en nuestro alrededor. El barrio que rodea la comisaría lo conforma un continuo de casitas humildes y cercas de madera, mucho más modestas que las opulentas mansiones a la orilla del lago. El otoño está dando paso rápidamente al invierno y las coloridas hojas de los árboles se aferran a las ramas con todas las fuerzas que les quedan. Las calles están vacías debido a la inminente tormenta, así que Bobby y yo nos paseamos por en medio de la calzada. El vecindario está envuelto en el silencio, con la excepción del suave crujido de nuestros pies al pisar las hojas.

—Vale, ¿qué pasa? —pregunto.

—No creo que sea una buena idea que sigas investigando este caso.

Me mira fijamente con sus profundos ojos marrones y me percato de que los tiene rojos y se le marcan dos profusas ojeras.

–¿Por qué?

Le da otra calada al cigarrillo y patea el suelo con cada paso que da, buscando las palabras adecuadas. Se pasa la lengua por la zona rota de su incisivo.

–Ojalá pudiera darte una respuesta sencilla, pero no la hay. Todo en este caso me dice que puede que estés en peligro.

Desvía la mirada hacia el cielo mientras caminamos. El olorcillo del humo de una chimenea me acaricia la nariz. Le coloco una mano sobre el hombro, intentando que me mire. Es huesudo. Está más delgado de lo que parece.

–¿Qué quieres decir con eso?

–He llegado a la conclusión de que nadie parece querer que este caso se resuelva. Cada vez que he pedido más recursos para proseguir con la investigación, la respuesta del *sheriff* ha sido negativa. Cualquier persona a la que he intentado interrogar o bien se niega a hablar conmigo o me evade. He revisado los otros casos de chicas desaparecidas, incluso los que todavía no están archivados, y siempre es lo mismo: una investigación obligatoria a la que no se le da seguimiento. Ayer me estaba quejando de esto a un par de colegas y me dijeron que debería centrarme en mis otros casos.

–¿Me estás diciendo que el departamento del *sheriff* está involucrado en esto?

Bobby le da otra calada al cigarrillo y exhala el humo por la boca como si estuviera apagando una vela. Pasamos al lado de una pequeña casita amarilla con un *golden retriever* en la ventana que parece tan confundido como yo.

–Ya no sé qué creer. Lo que complica las cosas es que todo lo que me dicen es verdad. Tenemos recursos limitados, así que no es una locura afirmar que no deberíamos malgastarlos en encontrar a una chica que, según todos los indicios, simplemente se fugó. Y el Saint Agnes es una institución en esta comunidad que ha hecho mucho bien, así que nadie quiere que una búsqueda policial manche su nombre. Pero no me puedo quitar de encima la sensación de que todo el mundo se lleva de maravilla con el director y nadie parece querer que nada de esto salga a la luz. No lo sé. Lo único que tengo claro es que no pego ojo por la noche.

El director.

Mackenzie levita sobre esta investigación como un fantasma. Ahora veo lo solo que está Bobby. Es un poli bueno intentando encontrar a Mia, pero está varado en una isla. No sabe en quién confiar y lo más espeluznante es que yo tampoco. Doblamos a la derecha en la siguiente calle. El olor a humo que he captado antes sale de la chimenea de una casa al final de la calle estilo Tudor con la fachada color arena.

—Ya, sé lo que es. Desde que empecé esta investigación me siento como si peleara maniatada a la espalda. Ni Madeline Hemsley, la persona que me contrató, me contó la verdad.

Bobby se detiene en seco. Las hojas se arremolinan a unos metros de nosotros.

—¿Cómo que Madeline no te contó toda la verdad?

Me debato entre si puedo confiar en Bobby o no. Hasta ahora solo se ha mostrado cooperador, pero aprendí hace mucho tiempo que en esta profesión no puedes confiar en nadie. Sin embargo, me queda poco tiempo para resolver este enigma, así que necesito toda la ayuda que pueda obtener. A veces la única opción que tienes es confiar y esperar no acabar escaldada.

—Está bien. Pero lo que te voy a decir no sale de aquí, ¿vale? No puedes añadirlo al archivo del caso ni se lo puedes contar a tus colegas.

Bobby levanta la mano derecha y por primera vez veo que su nariz aguileña se arruga y su boca se quiebra en una sonrisa genuina.

—Te lo juro —me asegura.

Le devuelvo la sonrisa y, durante unos segundos, me olvido de Andrew.

–Madeline no es la madrina de Mia. Es su madre.

Bobby empieza a toser humo al instante.

–¿Qué? ¿Cómo?

Cambia el peso de un pie al otro y mira alrededor como si esperara que la explicación fuera a saltar de detrás de un seto.

–Se quedó embarazada cuando era joven y fue una vergüenza para la familia Hemsley. Por lo visto, Mackenzie le dijo que acogería a Mia en el Saint Agnes y le guardaría el secreto.

Bobby se pasa la mano adelante y atrás por su pelo pincho, procesando lo que acaba de oír. Pasados unos segundos, me agarra de los hombros y me zarandea con suavidad.

–Hazel, eres un genio. Esto explica muchas cosas.

Reanuda la marcha, dejándome atrás. Me apresuro para mantener su ritmo, preguntándome qué exactamente de todo esto es lo que me convierte en un genio.

–¿Qué explica? –le pregunto.

Acelera el paso y mueve las manos mientras habla. Permanezco a una distancia prudente para que no me apuñale la cara con el cigarrillo encendido.

–Cuando inicié la investigación, hice las indagaciones iniciales estándar sobre la familia Hemsley, puesto que muchos de los raptos de menores los comete un miembro de la familia o alguien que conocía a la víctima. Al principio no esperaba encontrar demasiadas pistas en ese campo. La familia Hemsley hace generaciones que está en Lake George. No hay ningún antecedente, registro de maltrato, juicio ni disputas de custodia de ningún tipo.

–Ya. Según los rumores, amasaron su fortuna con alcohol de estraperlo durante la ley seca. Pero ¿por qué eso es relevante?

Volvemos a doblar a la derecha y regresamos a la comisaría. Un anciano vestido con un chubasquero camina hacia nosotros acompañado de un *bulldog* de aspecto amistoso.

Bobby lo saluda con la mano, pero baja la voz para que no nos oiga.

—Los Hemsley han sido durante años de los donantes más generosos que han invertido en el Saint Agnes, pero, como la gente rica dona para obras benéficas cada dos por tres, no le di mayor importancia. Sin embargo, si Mackenzie les está guardando este secreto, entonces tiene a la familia entre la espada y la pared. Podría estar extorsionándolos a cambio de su silencio.

—Supongo que podría ser una posibilidad, pero no veo cómo eso nos ayuda a encontrar a Mia.

Bobby me dedica una sonrisa clavada a la del gato de Cheshire.

—Por eso te he llamado. La otra cosa que he descubierto mientras husmeaba es que la familia Hemsley tiene una cuenta de fideicomiso para Mia. Cuando lo descubrí, pensé que era un poco raro guardar un fondo para una ahijada, pero he visto a la gente rica hacer cosas más extravagantes. Si de verdad Mia es la hija de Madeline, entonces tiene mucho más sentido.

—Tienes razón, pero sigo sin ver en qué nos ayuda todo esto.

Bobby me menea un dedo delante de la cara.

—No tienes nada de paciencia. Lo otro que he descubierto es que, si Mia muere, Madeline heredaría su parte correspondiente del fideicomiso.

Ahora me toca a mí pararme en seco. En mi mente se agolpan todas las posibilidades. Si Madeline se beneficia de la muerte de Mia, entonces pasa a ser la sospechosa principal. Pero…

Bobby detiene mis cávalas.

—Así que lo que pienso es que Madeline es sospechosa. Pero, si Madeline mató a Mia por el dinero, ¿por qué iba a contrataros a ti y a los demás investigadores?

Cojo una ramita húmeda del suelo. Tener algo en las manos me ayuda a pensar. Ambos seguimos andando al tiempo que nuestros engranajes giran a toda velocidad. Una completa locura me cruza la mente, pero si no la verbalizo reviento:

—¿Podría ser porque mató a Mia pero lo ocultó demasiado bien?

Bobby tuerce el gesto.

—¿Qué quieres decir?

—Imagínate esto: mata a Mia y oculta el cuerpo. Pero lo esconde demasiado bien, así que ni tú ni ninguno de los detectives privados a los que ha contratado sois capaces de dar con él. Por ende, no hay ninguna prueba de que Mia haya muerto y finalmente las autoridades deciden que es otra muchacha más que ha huido. Mientras se considere que se ha fugado, Madeline no recibe el dinero.

Bobby apaga el cigarrillo en la acera y se lo mete en el bolsillo. Supongo que es mejor que ensuciar la calle. Niega con la cabeza mientras piensa y clava la mirada en la comisaría al final de la calle.

—No sé. Me parece una jugada temeraria. No se puede decir que Madeline tuviera problemas para llegar a fin de mes antes de la muerte de Mia, precisamente. Y, por el amor de Dios, estamos hablando de su hija.

—Sí, una hija que le dio a Thomas Mackenzie a la primera de cambio. ¿No estarán cooperando?

Bobby asiente, pero no dice nada. Hemos llegado al aparcamiento que hay enfrente de la comisaría. Avanza sorteando los coches y le da una palmadita a un todoterreno aparcado justo delante de la puerta, dándome a entender que regresa a la comisaría, de vuelta al trabajo. Lo agarro del brazo. No quiero que este hallazgo de información se me escape de las manos. Le lanzo la mirada más dulce de la que soy capaz.

—¿Crees que hay alguna posibilidad de que pudieras hacer una copia de lo que has encontrado sobre Madeline y la familia Hemsley?

Pone los ojos en blanco y se muerde el labio inferior.

—Sabía que me lo pedirías.

—Por favor. Te prometo que será lo último que te pida.

Está claro que le pediré un sinfín de cosas más.

Bobby se ríe como si estuviera pensando lo mismo que yo y hace un gesto hacia la entrada.

—¿Qué te parece si entras y te calientas y te hago una copia en un periquete?

—Eres muy bueno, Bobby Riether.

Entramos en la comisaría y Bobby señala una de las sillas de la sala de espera. La apática ayudante levanta la vista de su teléfono y me dedica una sonrisa muerta. Me pregunto cómo diantres consiguió un trabajo de cara al público.

—Ahora mismo vuelvo —me informa Bobby.

Mientras espero en el vestíbulo, trato de poner en orden mi mente, donde se revuelven todas estas novedades. ¿Podría ser Madeline Hemsley una asesina? No me hago a la idea. Las neuronas me ametrallan con diferentes posibilidades. ¿Lo hizo sola? No. Alguien de dentro tuvo que ayudarla. No me imagino a Madeline asesinando y deshaciéndose del cadáver ella sola. A duras penas es capaz de sentarse en una silla sucia de mi cocina. ¿Acaso el plan era que Mackenzie la ayudara y que se repartieran el dinero? Es posible, pero hay algo que no me acaba de encajar. Por más que Madeline no sea santo de mi devoción, la preocupación por su hija parecía genuina y no la veo capaz de cometer un asesinato. Y Mackenzie es un hombre de setenta y tantos años. Me cuesta visualizarlo merodeando por ahí deshaciéndose del cuerpo de una niña. Y nada de todo esto daría explicación a las demás chicas desaparecidas. Tiene que haber algo más. El reloj del vestíbulo va marcando los segundos que pasan y se me echa encima la fecha límite que me ha impuesto Madeline.

Mientras sigo meditando sobre el caso, mis ojos vagan por la sala de espera. En las paredes hay fotografías de los agentes del departamento del *sheriff*. También está él, con su gran rostro redondeado, bigote y mejillas sonrojadas.

Es el aspecto que tendría Papá Noel si se afeitara la barba. También está Bobby, que aparece sorprendentemente guapo, vestido con el uniforme completo. Solo a mí me puede pasar encontrarme con dos hombres apuestos la misma semana tras haberme pasado años deambulando por una vida amorosa desértica. Cuando llueve, diluvia. Mis ojos recorren las imágenes de los demás agentes, a los que no he visto nunca, y de golpe se detienen en una cara conocida.

Una cara malvada.

Don Cicatriz. El hombre que me abordó en el callejón. Jamás olvidaré esa marca que le recorre el pómulo y le baja hasta el cuello. Jamás olvidaré el cuchillo pegado a mi piel.

Es policía.

Trabaja con Bobby.

Y justo al lado está la fotografía de Ojos Zombis.

Los pulmones se me quedan sin aire. No puedo respirar. Me aferro a los reposabrazos de la silla. Miro a mi alrededor para ver si alguien se ha percatado de mi estado de pánico, pero la comisaría sigue con su trajín habitual.

Tengo que salir de aquí.

Me levanto de la silla y la ayudante me mira con los ojos entornados.

—Me he dejado una cosa en el coche. Vuelvo en un minuto —le digo.

Me escruta de arriba abajo, como si no me creyera, pero pasado un segundo devuelve la atención a su teléfono.

Salgo de la comisaría y tomo una buena bocanada de aire frío intentando tranquilizarme, pero el terror me atenaza. Echo a correr hacia el coche. No miro atrás; simplemente sigo avanzando. Me subo al asiento del conductor y aprieto el acelerador. Los neumáticos chirrían sobre el asfalto húmedo antes de salir disparada del aparcamiento.

No sé a dónde voy, pero no me puedo quedar aquí.

Capítulo 27

Conduzco hacia el lago. Algo en la fría agua azul rodeada de montes me hace sentir a salvo. Enfilo East Shore Drive y miro por la ventanilla cómo la tormenta se congrega por encima del agua. Aferro el volante como si me fuera la vida en ello, bajo la ventanilla para que entre algo de aire fresco e inhalo la fría brisa del norte. Mis pulsaciones se tranquilizan y mi mente se despeja.

Nada tiene sentido.

¿Por qué me están acosando y amenazando esos policías? ¿Qué papel juegan en la desaparición de Mia y qué provecho sacan ellos? ¿Están compinchados con alguien más? ¿Forma Bobby parte de esto, adoptando el rol de poli bueno y ellos el de poli malo? ¿Y qué pasa con Madeline? La muerte de Mia la beneficia, pero ¿para qué contratarme a mí y a los demás detectives privados? ¿Solo para confirmar la muerte de la niña y así cobrar el dinero? Me parece arriesgarse mucho, sobre todo porque, si Mia de verdad está muerta, probablemente alguien acabe por encontrar su cuerpo.

Un relámpago hiende el cielo y unos segundos después restalla un trueno. El viento arrecia y el lago se encrespa. El paseo que he dado con Bobby me ha dejado aterida y siento que este caso está haciendo lo mismo con mi espíritu. Nada me gustaría más que regresar a mi casa en Manhattan, abrir una botella de vino en compañía de Andrew y hacernos un ovillo en el sofá.

Entonces oigo la melodiosa voz de Mia en la mente y recuerdo por qué he venido aquí.

Pienso en cuando Mackenzie dijo que su desaparición no

le preocupaba, sino que le decepcionaba. Bueno, pues a mí sí que me preocupa. Desde el día en que lo conocí, he sospechado que él es la clave para resolver este enigma. Pero, cada vez que he dado un paso en una dirección, he encontrado migas de pan que me llevaban hacia otra distinta: el profesor de coro, el guardia de seguridad, el Teatro Dioniso, Madeline, los policías. Cada uno más confuso que el anterior. Pero todos tienen algo en común: su conexión con Mackenzie. Él contrató a Goolsbee y a Paver. Tiene una pintura de Dioniso colgada en su despacho. Acogió a Mia cuando la madre de Madeline quiso darla en adopción y parecía ser muy amigo del *sheriff* en la gala. ¿Puede ser que estén todos involucrados en la desaparición de Mia y Mackenzie simplemente se haya quedado en un segundo plano, tirando de los hilos? Por no mencionar que Mia no es la única chica que ha desaparecido. Hay otras. Muchas más. Y Mackenzie ha sido el director del Saint Agnes todo el tiempo que han tenido lugar esos sucesos.

En un caso normal, invertiría más tiempo en investigar al hombre. Lo seguiría en su día a día. Hablaría con sus conocidos. Indagaría en su huella digital. Lo que viene siendo el kit básico de herramientas de un detective privado. Pero no me queda tiempo. Ya es martes, así que cuando acabe el día solo me quedarán tres más para descubrir qué le ocurrió a Mia. Tengo que confrontarlo.

Hago un cambio de sentido. Los neumáticos chirrían cuando giro bruscamente para dirigirme al campus. Cruzo el pueblo, donde todos los restaurantes están guardando las mesas y sillas y todo el mundo se apresura a resguardarse para prepararse para la tormenta. Me recuerda al Lejano Oeste cuando estaba a punto de haber un tiroteo y todos los lugareños lo sabían.

Pasados unos minutos, enfilo Scholar's Way, la carretera donde me dijo Neil que viven el director y algunos de los profesores del Saint Agnes. Por suerte, está fuera de la verja, así que no tengo que pasar ningún control de seguridad. El viento revuelve las hojas caídas de los árboles y las esparce por la calle. Todavía no llueve, pero una espesa niebla repta por el suelo. Las decoraciones de Halloween atestan los jardines: fantasmas en los árboles, lámparas de calabaza en las escaleras de entrada y lápidas mortuorias en el césped. Las casas históricas que forman la manzana, que deben de ofrecer una imagen preciosa y pintoresca en un día soleado, ahora parecen más bien mansiones encantadas. En todas ellas destella una única luz dentro, lo suficientemente brillante como para atraerte, pero lo bastante oscura como para atraparte.

Aparco delante de la casa de Mackenzie. El sol ha quemado la pintura azul y las molduras amarillas hasta conferirles un tono desgastado. Un porche blanco circunda la fachada de la casa y un balancín cruje mientras el viento lo mece adelante y atrás. Por encima se elevan un tejado inclinado y un ático en cuya ventana se atisba una luz tenue. El corazón me martillea en el pecho y noto cómo el sudor se acumula bajo mi jersey.

Compruebo el reloj en el salpicadero: las cuatro de la tarde, aunque parezcan las ocho. Hay luz en el comedor. Mackenzie ya debería haber regresado del Saint Agnes. Las chicas terminan sus actividades diarias a las tres. Se agolpan en mi mente los motivos por los que no debería estar aquí, por los que debería meterme en el coche, poner la marcha atrás y alejarme como alma que lleva el diablo.

Cierro los ojos y respiro hondo mientras busco un lugar de paz mental. Normalmente no tengo miedo a las confrontaciones. Van de la mano con este trabajo. Pero este hombre tiene algo, no sé si es su altura o que lleva décadas dándoles órdenes a las mujeres jóvenes que han trabajado para él, que hace que me sienta minúscula en su presencia. No solo físicamente pequeña, sino tímida e insegura. Me retrotrae a la chica que era en el instituto, no a la mujer que soy en el presente. Pensar en los horrores que viví en la secundaria me recuerda que mi vida quizá no sea tan mala ahora. Si pude superar las burlas de la pandilla de chicas malas del instituto, debería ser capaz de lidiar con Thomas Mackenzie.

Cojo el bolso y compruebo dos veces que mi táser esté dentro y cargado. Todavía tengo gravados en la retina los incidentes con Gene Strauss y Don Cicatriz, que hacen que me recorra la espalda un escalofrío cuando menos me lo espero. La violencia deja huella.

Salgo del coche y, como si Dios estuviera lanzando una última advertencia, un relámpago retumba y empieza a llover. Puedo oír cómo viene por detrás, como si fuera una estampida. Entonces se me echa encima, golpeándome la cabeza y la chaqueta. Subo trotando las escaleras de la entrada de la casa de Mackenzie y me detengo bajo el porche. Está lloviendo a mares. Miro la casa. Mackenzie está sentado en un sillón de cuero, leyendo un libro. Tiene al lado un posavasos dorado sobre el que hay un vaso de cristal lleno de lo que parece ser *whisky* con un hielo enorme. Si no supiera todo lo que sé, diría que es un adorable abuelo relajándose tras un día duro.

Toco el timbre y me recuerdo que las apariencias engañan.

Mackenzie se levanta del asiento, desconcertado, y se dirige a la puerta. La abre con una sonrisa afable que se transforma en una mueca al reconocerme.

—Señorita Cho, qué sorpresa tan agradable —me dice.

Sus labios se tuercen en un mohín de decepción. Tiene que inclinarse para hablar conmigo.

Intento noquearlo con un golpe de amabilidad:

—Disculpe que le moleste, doctor Mackenzie, pero tengo algunas preguntas que necesito hacerle. Sé por las llamadas que he hecho que no quiere hablar conmigo, pero pasaba por aquí y he pensado que quizá podría dedicarme quince minutos de su tiempo en persona.

Le regalo mi sonrisa más dulce e inocente. Se mete la mano en el bolsillo de la chaqueta de punto verde que lleva puesta, inhala profundamente y suspira.

—¿Pasaba por aquí? ¿Desde Manhattan?

—Eso es.

Mira por encima de mi hombro hacia la lluvia y percibo cómo discurren sus pensamientos. ¿Lo mandará Dios al infierno si rechaza a esta mujer bajita y la manda de nuevo al aguacero? Se decanta por el sí.

—Está bien, señorita Cho. Entre para secarse.

Se aparta del umbral y me hace un gesto para que pase al interior de su casa, que desprende un distintivo aroma masculino a cuero, humo y *whisky*. En la chimenea los troncos arden y chisporrotean. El comedor es precioso y está lleno de luz, pero el resto de la casa está envuelto en sombras. La voz de mi madre resuena en mi mente: «Es lo que no podemos ver lo que nos atemoriza».

Mackenzie cruza la alfombra color mostaza y burdeos que se extiende por el centro de la habitación y regresa a su sillón antes de hacerme un gesto para que tome asiento. Las coloridas armonías de Chopin distienden el ambiente. Estoy sedienta debido al sudor tras los episodios de pánico que he vivido hoy, así que me fijo en que no me ofrece nada para beber. Quiere que me largue de aquí. Es algo a lo que terminas acostumbrándote cuando trabajas como detective privada. La mayoría de las personas con las que hablas quieren que te esfumes cuanto antes.

Me siento en un antigua silla forrada de terciopelo rojo que parece que vaya a ceder bajo mi peso. A mi derecha hay un elegante juego de ajedrez de mármol con las piezas talladas a mano en jade. El sitio te hace viajar a otra época. Un reloj antiguo situado sobre la repisa de la chimenea marca los segundos detrás de mí, como si me estuviera recordando que mi tiempo se agota.

Mackenzie se cruza de piernas.

—¿Me ha dicho que tenía algunas preguntas que hacerme?

Cojo del bolso mi cuaderno y un bolígrafo y los aprieto con firmeza contra mi regazo para que no vea que me están temblando las manos.

–¿Se acuerda de cómo terminó Mia en el Saint Agnes?

Mackenzie aprieta los dientes y coloca las manos una sobre la otra en su regazo.

–Por supuesto que no.

Sé que miente, pero la seguridad con la que embellece sus mentiras es toda una maravilla.

–¿Qué quiere decir?

–Quiero decir que he tenido a miles de chicas bajo mi cargo todos estos años y soy una persona mayor. No puede pretender que recuerde cómo terminó cada una de ellas en el Saint Agnes.

–Mmm, qué interesante, porque Madeline sí lo sabe.

Mackenzie descruza una pierna y cruza la otra.

–¿En serio?

–En serio. Según ella, Mia es su hija y, cuando la familia no pudo soportar el escándalo que supondría tener una hija negra nacida fuera del matrimonio, usted se ofreció a acogerla en el centro.

Mackenzie sonríe y sus dientes amarillos y torcidos sobresalen como colmillos. Le da un sorbo a su *whisky* y hace un mohín con los labios.

–Está usted obsesionada con incriminarme, señorita Cho.

Noto que las ganas de gritar me suben por la garganta. Soy incapaz de ocultar la exasperación que me producen sus evasivas.

–No estoy intentando incriminarle, doctor Mackenzie. Solo intento descubrir qué le ocurrió a Mia.

Le da otro sorbo a la bebida y mueve el vaso para que el hielo golpee contra el cristal. Carraspea para aclararse la garganta.

–Bueno, supongo que, si Madeline se lo ha contado, no hace falta que siga con esta pantomima. Sí, los que vivimos en Lake George tenemos una relación muy cercana, así que hacía años que conocía a los Hemsley cuando Madeline se quedó embarazada. Su madre no sentía un especial… afecto por la gente negra. Cuando descubrió que el padre era negro, se puso en contacto conmigo para ver qué podía hacer yo. Obviamente me dejó consternado que la familia le diera la espalda a una criatura solo por su color de piel. Intenté convencerla de que estaban obrando mal, pero algunas personas simplemente no dan para más. Cuando la madre se negó a dejar que Madeline se quedara el bebé, entré en cólera. Pero también sabía que nadie cuidaría a la pequeña Mia mejor que en el Saint Agnes, así que le ofrecí acogerla. Aceptó y me pidió que lo mantuviera estrictamente en secreto.

—¿Se ofreció algún tipo de compensación monetaria por el favor que les hizo a los Hemsley?

Mackenzie entorna los ojos y endereza la espalda en la silla.

—¿A qué se refiere?

—Me refiero a que, después de que Mia entrara en el Saint Agnes, la familia hizo unas donaciones cuantiosas para el centro. Cuando estaba dando una vuelta por el campus, me fijé que estaban en el círculo de platino de donantes.

Mackenzie resopla y le da otro trago al *whisky*. Pone una expresión amarga, pero no sé decir si es por la bebida o por la conversación. El reloj sigue marcando. Tic tac. Tic tac.

—Por favor, ahórrese las acusaciones. Aunque es verdad que los Hemsley fueron agradecidos y han sido muy generosos todos estos años, no hubo ningún tipo de *quid pro quo*. Señorita Cho, olvida que en el Saint Agnes nos dedicamos a esto. Esa es nuestra misión.

Hasta la coronilla me tiene con toda esa mierda santurrona. Me inclino hacia delante para acortar el espacio que nos separa. Tengo que incomodarlo. Es la regla básica de todo interrogatorio.

—¿También es parte de su misión que sus chicas desaparezcan?

—¿Cómo dice?

—Porque, según mis cálculos, más de cincuenta muchachas han desaparecido desde que ocupa usted el cargo de director y no parece importarle demasiado.

Mackenzie se levanta de la silla y proyecta toda la fuerza de su alta estatura como un árbol por encima de mí. Juro que podría tapar el sol. Me señala a la cara con un dedo huesudo. No se siente intimidado: es él quien intimida.

—¿De qué me está acusando exactamente?

—Dígamelo usted. Me mintió sobre Mia. Me mintió sobre Madeline. Hay chicas que han desaparecido. La policía no se digna a investigar. ¿Cómo explica todo eso?

—¿La policía? ¿Qué tiene que ver con todo esto?

—Ay, venga ya, no se haga el tonto. En la gala vi cómo trataba al *sheriff* como si fuera su colega de toda la vida. Qué curioso que unos días después me agredieran un par de sus hombres en un callejón.

Mackenzie se queda con la boca abierta y la frente se le llena de arrugas.

—¿Qué? ¿Quién la agredió?

—Dos agentes.

Una vena le palpita en la sien y el vaso de *whisky* le tiembla en la mano.

—¿De la comisaría del *sheriff*?

—Eso es.

—Debe de estar equivocada.

Me levanto de la silla y tiro del cuello de mi abrigo para mostrarle la marca que me dejó el cuchillo. Noto que mi voz se eleva a un tono estridente:

—No estoy equivocada. Aquí es donde me apretó con un puto cuchillo. ¿Por qué no deja de proteger a esa gente y me ayuda?

Un rubor le surca el rostro y sus ojos azul claro se anegan con lágrimas cargadas de dolor y rabia. Sale con paso decidido de la habitación hacia el pasillo y me hace gestos para que lo acompañe.

—Sígame —me indica.

Avanzo algunos pasos con cautela y observo cómo abre la puerta de lo que parece una escalera hacia el sótano.

Oigo un trueno retumbar sobre nuestras cabezas y me percato de que la luz se va apagando en el exterior. Me parece que la casa se está aislando más del mundo a cada segundo que pasa.

—¿Por qué?

—Me ha dicho que quiere saber a qué gente estoy protegiendo. Están aquí abajo.

Capítulo 28

¿Sabes cuando en las pelis de terror ves la escena en la que la mujer desciende hacia un sótano oscuro y tú estás en plan «Serás idiota. No bajes ahí»?

Bueno, pues esta es una de esas escenas.

Y yo soy la idiota.

Sé que no debería seguir a Mackenzie por unos escalones de madera que crujen y descienden hacia las entrañas de esta antigua casa. Pero la detective que reside en mi interior no puede resistirse a la tentación de descubrir al fin cuál fue el destino de Mia. Además, intento calmar los nervios aduciendo que es un anciano, tengo un táser en la mochila y domino varias técnicas de autodefensa. Me pregunto si esto lo habrán pensado otras mujeres antes. La inquietud se arremolina en mi interior cuando bajo el primer escalón.

Mackenzie abre un poco más la puerta y, cuando creía que la sensación de pavor no podía aumentar más, los goznes sueltan un chirrido largo y triste. Por suerte, él baja la escalera primero, lo que hace que me sienta algo mejor. Su figura cubierta en sombras se encorva y la escasa luz apenas ilumina el hueco. Me quedo parada, imaginándome que uno de sus compinches me espera para encerrarme en esta tumba. Pero parece que estamos solos, ya sea para bien o para mal.

Mientras desciendo, un aire viciado me colma la nariz. Es esa combinación única de moho, polvo y años que habita en los sótanos de las casas antiguas como esta. Una bombilla solitaria cuelga de una cuerda en el centro de la habitación y hay goteras que caen de las paredes de hormigón, probablemente fruto del diluvio que se desata fuera. Pero a mí me suenan como el sonido constante de un reloj que me recuerda que se me acaba el tiempo para encontrar a Mia.

Cuando Mackenzie llega al final de las escaleras, arrastra los pies hasta el centro de la estancia. Salto el último escalón y las paredes me llaman la atención al instante.

Están cubiertas de fotografías de chicas.

Cientos –no, miles– de chicas colgadas de ella formando hileras rectas.

Sonrisas radiantes y anchas que enmascaran destinos inciertos.

Se me hiela la sangre. Todos mis instintos me gritan que eche a correr escaleras arriba, pero una curiosidad morbosa hace que me quede en el sitio. No puedo desviar la mirada de este santuario perturbador.

Mackenzie abarca con un gesto orgulloso la colección de imágenes.

–Todas las chicas que han estado en el Saint Agnes durante mi tiempo como director –me informa. Se tiene que agachar para caber bajo el opresivo techo achatado–. Es una colección impresionante, ¿no cree?

Le echo otro vistazo a las imágenes. Son fotografías de clase, que avanzan cronológicamente de izquierda a derecha. Se puede ver por la resolución y los peinados anticuados que llevaban las alumnas cuando les tomaron la foto. Miro las caras sonrientes de todas esas niñas y me pregunto cuántas de ellas compartieron el mismo destino que Mia. Este pensamiento culebrea en mi interior. Devuelvo la atención a Mackenzie. Sus ojos gélidos cargan con una mezcla de orgullo y pesadumbre.

–¿Por qué me enseña esto? –pregunto.

Hace un mohín con los labios y hunde los hombros.

–Porque quiero que sepa que esto para mí es más que un trabajo, señorita Cho. Esto es mi vida. Aquí está hasta la última chica que me han confiado en el Saint Agnes. Cada una de estas jóvenes es importante para mí. Perdí a mi mujer por un cáncer hace veinte años y desde que murió he dado todo lo que tengo para levantar esta institución y a las mujeres que se hospedan en ella en su honor. No puedo permitir que destruya todo lo que hemos construido.

Avanza unos pasos hacia mí y veo sus rasgos contraídos por la agonía. Doy marcha atrás hasta que golpeo el primer escalón con las pantorrillas.

—No estoy intentando destruir lo que ha construido. Estoy intentando descubrir qué le pasó a Mia y a todas las demás chicas que desaparecieron.

Mackenzie da otra zancada en mi dirección y me agarra de los hombros con sus largas manos huesudas. Noto en la cara su aliento caliente y rancio con aroma a *whisky*. En el piso de arriba suena un teléfono, pero no hace ningún ademán de ir a responder.

Alargo la mano en busca del táser que tengo en el bolso, pero me detengo cuando oigo lo que dice a continuación:

—¿Cree que no quiero descubrir qué le pasó a Mia? ¿Cree que no quiero descubrir qué les pasó a las demás chicas? ¿Quién cree que puso esa verja? ¿Quién cree que instaló ese sistema de seguridad de última generación que me aseguraron que evitaría que algo así volviera a ocurrir? ¿Por qué cree que estaba atosigando al *sheriff* en la gala? Pero, por más que lo intente, siguen desapareciendo.

Mientras habla, me zarandea los hombros como si pudiera liberarme físicamente de mis convicciones. Mackenzie ve el terror en mis ojos, baja la mirada hacia sus manos, que me aferran, y se da cuenta de lo que está haciendo.

Da un paso atrás y levanta las manos, recobrando la compostura.

—Discúlpeme, señorita Cho. No… no sé qué me ha pasado.

Subo un escalón para que medie más espacio entre los dos y para asegurarme una vía de escape.

—Si tantas ganas tiene de encontrar a Mia y a las demás

chicas, entonces, ¿por qué lo está encubriendo? ¿Por qué todas esas mentiras?

Mackenzie percibe mi miedo y da otro paso atrás. Su cara se retuerce, llena de angustia, mientras busca qué decir.

—Porque este lugar soy yo. Estas chicas. Este es mi legado. Y me niego a que se me recuerde como el director que permitió que las niñas desaparecieran.

Las lágrimas se acumulan en sus ojos y vislumbro la fragilidad que radica en su interior.

—Doctor Mackenzie, si me ayuda a encontrar a Mia, me aseguraré de que sea recordado como el director que no solo les proporcionó una educación a cientos de chicas desfavorecidas, sino que también salvó a las que huyeron.

Bajo el escalón y coloco la mano izquierda sobre su hombro, pero agarro el táser como precaución. Mackenzie se seca las lágrimas de los ojos. Escruto su rostro. Todavía no estoy del todo convencida de que no tenga nada que ver con todo esto, pero sí tengo claro que no es el autor intelectual del secuestro. Muestra demasiada confusión, demasiado dolor.

—Pero ¿cómo, señorita Cho? Piense en la cantidad de personas que han investigado este asunto y han terminado con las manos vacías.

—Ya, pero yo no soy como ellas.

Le dedico una sonrisa para aligerar el ambiente. Las comisuras de sus labios se curvan. Me preguntaba si este anciano era capaz de sonreír. La expresión dura una décima de segundo.

—Querida, hablo en serio. ¿Qué le hace pensar que puede encontrar a Mia?

Me aparto de él e inspecciono las imágenes de las chicas de la pared. Localizo a Olivia Blankenship. Reconocería su pelo rubio platino en cualquier lugar. Recuerdo lo que me dijo Sarah Blankenship y me giro hacia él.

—Doctor Mackenzie, ¿sabe algo del Teatro Dioniso?

Se le arruga la frente.

–¿El Teatro Dioniso? ¿El de Grecia?

–No, el que está en los Estados Unidos.

–Es la primera vez que lo oigo. ¿Por qué me lo pregunta?

Mackenzie se encoge de hombros. No sé discernir si es sincero. Opto por ir de farol y lo taladro con la mirada.

–Ay, venga ya. Sé que sabe de qué hablo.

Recula un paso y me fulmina con una severa mirada de director.

–Señorita Cho, no tengo la más remota idea de qué me está hablando.

–¿Me está diciendo que tiene una pintura de Dioniso en el centro de su despacho y no sabe qué es el Teatro Dioniso?

Mackenzie se ríe por la nariz y durante un instante creo que va a confesar.

–Sé quién es Dioniso. Simplemente desconozco qué es el Teatro Dioniso. Aunque carece de importancia, ese cuadro no es mío. El señor Goolsbee me lo regaló para celebrar que llevábamos veinte años trabajando juntos. Le diría que fuera a hablar directamente con él, pero ha llamado para decir que está enfermo.

Esta noticia hace que mi mente empiece a dar vueltas analizando todas las posibilidades.

Goolsbee.

Las chicas empezaron a desaparecer cuando empezó a trabajar allí, no cuando llegó Mackenzie.

Capítulo 29

Salgo disparada de la casa de Mackenzie y corro bajo el chaparrón hacia mi coche. La cortina de agua cae a intervalos y puedo ver mi vaho mientras me apresuro. Tras la conversación que hemos mantenido, me inclino a pensar que Mackenzie es inocente, pero no siento la necesidad de tentar a la suerte. No después de ver ese sótano.

Giro a la derecha al final de Scholar's Way y pongo rumbo al campus. Debo encontrar a Gregory Goolsbee. Esa pintura no puede ser una coincidencia. Visualizo el momento cuando lo interrogué en la sala del coro. Me iba a decir algo. Quería decirme algo.

Me detengo delante de la verja de hierro del Saint Agnes, que se me antoja todavía más amenazadora con la tormenta. Neil Paver está en la caseta de seguridad con expresión preocupada. Cuando me ve, se obliga a esbozar una sonrisa falsa, con los ojos muertos. Bajo la ventanilla un par de dedos, lo suficiente para poder oírlo sin que entre la lluvia.

–Señorita Hazel, no esperaba verla aquí.

–Hola, Neil. Sí, estaba por el barrio y he pensado en pasar a saludar.

–Un gesto muy amable por su parte. ¿Qué puedo hacer por usted?

No abre la verja. Es un detalle que no paso por alto.

–En realidad quería hablar con el señor Goolsbee. ¿Está disponible?

Neil esboza una mueca y desvía los ojos hacia el suelo. Se rasca la cabeza y me lanza una mirada cohibida.

–Lamento ser yo quien le diga esto, señora… señorita Hazel, pero el señor Goolsbee ya no está con nosotros.

Bajo la ventanilla del todo. Creo que le he oído mal.

–¿Acabas de decirme que ya no está con nosotros? ¿Se ha ido del pueblo?

Me dedica una sonrisa torcida.

–No, señora. Está muerto.

Me quedo boquiabierta. ¿Goolsbee está muerto? No puede ser una coincidencia.

–¿Cuándo?

Se relame los labios rojos y agrietados.

–Lo acaban de encontrar. Por lo visto, hoy no se encontraba bien, así que uno de los miembros del claustro fue a ver cómo estaba y lo encontró muerto. Justo ahora estaba intentando llamar al doctor Mackenzie, pero no responde al teléfono. Todo el mundo en el Saint Agnes está devastado por la noticia.

–¿Sabes cómo ha muerto Goolsbee?

–Estoy bastante seguro de que se ha suicidado.

–¿Cómo lo sabes?

–Se ha cortado las venas, señora.

Escruto el rostro de Neil. Aunque contrae las mejillas y los labios, sus ojos permanecen congelados. Una sensación de pavor trepa por mi interior. Desvío la mirada hacia el retrovisor, preparada para salir marcha atrás a toda pastilla.

–¿Ha dejado alguna nota?

–No, señora.

Solo en una cuarta parte de los suicidios se deja una nota, así que no me sorprende, pero es otro cabo suelto de un caso que se va deshilachando a cada segundo que pasa.

Neil sale de la caseta de seguridad y coloca la mano sobre el techo del coche. La lluvia le salpica la cabeza, pero no parece darse cuenta.

–La policía está de camino. Tengo el carrito de golf en el taller, pero, si me deja subir, puedo llevarla dentro y esperar juntos hasta que lleguen.

Algo en la manera en la que lo dice hace que se me erice el vello de la nuca. Su piel amarilla se acomoda en una sonrisa, pero sus ojos siguen fijos en los míos. No me apetece lo más mínimo encontrarme con la policía y parece que Neil lo sabe.

Meto la marcha atrás en el Tesla, pero no me muevo.

—Gracias, Neil, pero no puedo quedarme. Solo quería pasarme un segundo para ver al señor Goolsbee, pero tengo que volver a la ciudad. Por favor, comunícale mi pésame a todo el mundo.

Se acerca un poco más y se pasa la mano por el pelo, al que le sobra un kilo de gomina.

—Ah, es verdad. Siempre me olvido de que vive en la ciudad. ¿En qué parte era?

—En Manhattan —respondo, sin querer darle más detalles.

—La jungla de asfalto no está hecha para mí. Espere, le abriré la verja para que pueda dar la vuelta.

—No hace falta. Daré marcha atrás.

Atisbo durante una fracción de segundo la frustración en su semblante, pero se oculta rápidamente bajo la sonrisa postiza.

—Está bien, como quiera. Ha sido un placer volver a verla, señorita Hazel. Ojalá fuera en mejores circunstancias.

—Sí, yo también. Cuídate.

Aprieto el acelerador y doy marcha atrás por el camino. Suena un claxon y un coche me esquiva por los pelos. Estaba tan centrada en Neil que por poco se me llevan por delante. Me quedo parada un momento para tranquilizarme y luego acelero por la carretera. Tengo que alejarme todo lo posible de Neil Paver.

Emprendo el camino de regreso a la ciudad. Durante los primeros cinco minutos, apenas soy consciente de lo que estoy haciendo. Simplemente me quedo con la mirada clavada en la carretera, intentando absorber todo lo que he visto y oído en las últimas horas. Las palabras de Neil me resuenan en los oídos: «Se ha suicidado». Pero ¿por qué? ¿Era Goolsbee quien estaba detrás de la desaparición de las chicas y la culpa o el miedo de que lo descubrieran al final ha podido con él? ¿Sabía demasiadas cosas y se ha quitado la vida antes de que alguien pudiera segársela? ¿O lo ha matado alguien y lo ha hecho pasar por un suicidio?

Lo que me ha dicho Mackenzie sobre Goolsbee me tiene trastornada y su muerte me perturba más si cabe. Tengo que saber qué encuentran Bobby y la policía en el piso de Goolsbee. El problema es que la comisaría está involucrada en esto de algún modo y no sé si Bobby forma parte de ello. El instinto me dice que no. Desde el día en que lo conocí, Bobby se ha dedicado a este caso con diligencia y responsabilidad, a pesar de los escasos recursos que le han facilitado. Y creo que el *sheriff* no quiere destinarle demasiados medios porque en realidad no desea que este caso se resuelva. Salto de un escenario a otro en mi mente hasta que llego a la conclusión de que solo hay una manera de saberlo. No me queda otra. Me quedan pocos días para resolver este caso, así que, si Bobby está metido en el ajo, en breve no tendrá importancia, de todos modos.

Pulso en la pantalla táctil para llamarlo cuando me incorporo a la autovía. La lluvia bombardea el cristal, pero los limpiaparabrisas automáticos del Tesla no lo perciben. Mientras suenan los tonos de llamada, pierdo el tiempo con los ajustes de los limpiaparabrisas hasta que finalmente suben y bajan a toda mecha. Con todo, la lluvia está ganando la batalla. Va a ser un viaje de vuelta a casa aterrador.

—Por un momento, he pensado que iba a tener que iniciar otra investigación por desaparición —me recrimina Bobby cuando responde al teléfono.

Sonrío. Este hombre es el poli perfecto. Todo en él es sincero, verdadero y hace que te sientas a salvo. Solo espero que no sea todo una artimaña.

—Sí, siento haberme marchado así.

—¿Estás bien?

—Estoy bien. ¿Este teléfono es el tuyo personal o del trabajo?

—El mío personal. ¿Por qué? ¿Estás a punto de darme información jugosa?

Noto la emoción a través de la línea. Es un adicto a los crímenes, como yo.

—Sí, pero no te va a gustar ni un pelo.

—Miedo me das.

Será mejor desembuchar cuanto antes.

—Creo que hay agentes de la comisaría del *sheriff* involucrados en esto.

Espero que Bobby se ponga como loco y proteja a sus compañeros y a la institución, pero hace justo lo contrario. Simplemente suspira.

—Bobby, ¿me has oído?

Su voz rasgada parece desgarrarse un poco más cuando habla:

—Sí, te he oído. Si te soy sincero, yo también lo sospechaba, pero no quería creerlo. ¿Qué te hace llegar a esa conclusión?

Trago con dificultad. El recuerdo del callejón y el cuchillo acariciándome el cuello me forma un nudo en el estómago. A duras penas puedo verbalizarlo:

—Que hace unas noches, cuando estaba caminando de vuelta a casa, dos hombres me amenazaron con un cuchillo y me dijeron que dejara el caso.

—¡¿Qué me dices?! Hazel, lo siento mucho. ¿Estás bien?

Me llama la atención su reacción. Su primer instinto es saber cómo estoy. Si de verdad está fingiendo, le pueden dar un Oscar.

—Sí, estoy bien.

—Pero no lo entiendo. ¿Qué tiene que ver eso con la comisaría del *sheriff*?

Noto que se me contrae el pecho cuando el recuerdo se materializa en mi mente.

—Uno de los hombres tenía una cicatriz que le llegaba hasta el cuello. El otro, los ojos de un color azul grisáceo, como los de un zombi. La misma cicatriz y los mismos ojos azules que he visto en las fotografías de los agentes de vuestro vestíbulo.

Bobby baja el tono de voz una octava. Su frustración vibra al otro lado de la línea.

—Serán DeGrom y Hanley. Los voy a matar. ¿Qué te dijeron?

—Me dijeron que dejara de investigar el Teatro Dioniso.

—¿Qué es eso?

—Es una larga historia que ya te contaré, pero de momento no les puedes decir nada de todo esto. Solo necesitaba que lo supieras.

—Vale. Mantendré el pico cerrado de momento. Gracias por decírmelo, porque esto me cuadra con lo que he estado viendo. DeGrom y Hanley son los agentes que te dije que me estaban alentando a dedicar mis esfuerzos a otros casos.

—Tiene sentido.

—Sí, pero no pueden haber llevado a cabo los secuestros ellos solos, créeme. Son más cortos que las mangas de un chaleco. Deben de tener a alguien dentro del Saint Agnes. Además, hace décadas que desaparecen chicas y ellos no llevan tanto tiempo en el departamento policial.

—Es verdad. Claramente no son la mente pensante, pero forman parte de algún modo. Yo creo que los contrataron como fuerza física.

—¿Quién crees que es la mente pensante?

Fuerzo la vista para distinguir las líneas de los carriles de la carretera.

—No lo sé, pero acaban de encontrar a Gregory Goolsbee muerto.

—¿El profesor de coro?

—El mismo. Por lo que sé, algunos de tus compañeros están de camino. ¿No te parece curioso que no te hayan avisado a ti? Necesito que descubras si Goolsbee ha dejado alguna pista.

—Yo me encargo.

—¿Y podrías vigilar con discreción los movimientos de

DeGrom y Hanley para ver si nos llevan a algún lado y de paso asegurarte de que no me maten?

Bobby suelta una risita triste.

–Sin problema. Ahora han salido, probablemente hayan ido al Saint Agnes, pero seré su sombra cuando regresen.

–Gracias, Bobby. Hablamos mañana, ¿te parece?

–Perfecto. Ten cuidado.

Cuelgo la llamada y miro por el parabrisas. Los árboles, borrosos por la lluvia, flanquean la carretera como soldados en posición en firmes. El aguacero aumenta la intensidad, lo que me dificulta distinguir el coche que tengo delante. Retiro el pie del acelerador, pongo las luces de emergencia y compruebo por el retrovisor que el conductor que va detrás de mí pille el mensaje.

Es entonces cuando me doy cuenta.

El todoterreno que estaba aparcado en el *parking* de la comisaría. El de color verde oscuro al que Bobby le ha dado unas palmaditas antes de entrar.

Lo tengo detrás.

Tienen que ser DeGrom y Hanley.

Me están persiguiendo.

Suena mi teléfono y, sin pensarlo, le doy al botón verde con la esperanza de que sea Bobby.

–¿Hola?

Pero no se trata de Bobby. Solo oigo una respiración siniestra.

Inhala y exhala.

Inhala y exhala.

El terror me paraliza y durante un instante regreso a la Facultad de Derecho. Al instante en el que mi vida cambió para siempre.

Pero esto no es la universidad.

Esto es el presente.

Y en el presente soy una persona muy distinta.

Quito las luces, aprieto el acelerador, doy un volantazo para invadir el carril contrario y adelanto a toda velocidad el coche que tengo delante. Miro al hombre del vehículo, que me devuelve la mirada como si fuera una psicópata por hacer semejante maniobra con este tiempo. No lo culpo.

Compruebo el retrovisor y el coche verde también está adelantando, aunque a menos velocidad. Un todoterreno no puede seguirle el ritmo a un Tesla. Sigo apretando el pedal. El agua salpica en todas direcciones, la lluvia es tan intensa que tengo poca visión.

La buena noticia es que ellos están en las mismas.

He conducido por esta carretera suficientes veces como para saber que a unos trescientos metros hay una curva cerrada que aparece de la nada. Hay una señal minúscula que te avisa, pero, si no le prestas atención o está cayendo el diluvio universal, puedes pasarla por alto.

Espero que no la vean. Solo Dios sabe quién más va con ellos.

Doscientos metros.

Acelero para alejarme un poco más y obligarlos a aumentar la velocidad. Los neumáticos de mi coche patinan sobre la superficie resbaladiza y el sudor me cubre las palmas mientras me aferro al volante cada vez con más fuerza. Casi puedo oír mis latidos.

Cien metros.

Miro atrás. Me están ganando terreno. Deben de estar yendo como mínimo a ciento sesenta kilómetros por hora. Apago las luces del coche. Tal vez alcancen a distinguir los faros de freno, pero quizá con esta lluvia no se percaten. Y para entonces ya será demasiado tarde.

Cincuenta metros.

Piso el freno y doy un volantazo a la derecha. Noto cómo los neumáticos resbalan por la superficie escurridiza y me arrojan fuera de la calzada, hacia la cuneta.

No lo voy a lograr.

En el último segundo, la banda de rodadura del neumático se adhiere a la carretera y el coche se lanza hacia delante, sorteando la curva y enfilando la siguiente recta.

Miro por el retrovisor.

Está funcionando.

Toman la curva a demasiada velocidad.

Mientras giran con el motor rugiendo, veo que intentan enderezar el vehículo, pero es demasiado tarde. Oigo el rabioso chirrido de los neumáticos y contemplo cómo el todoterreno patina por el asfalto y se precipita hacia la cuneta. El sonido del metal chocando contra la roca resuena por todo el valle y el vehículo se desvanece por mi retrovisor tras la cortina de lluvia.

Sigo conduciendo como si no hubiese pasado nada y limpio el vaho que ha formado mi respiración agitada en el parabrisas.

Capítulo 30

Cuando regreso a Manhattan, estoy completamente agotada. Es como si mi mente y mi cuerpo hubiesen consumido todo su suministro de miedo, ansiedad y adrenalina y ahora trabajaran bajo mínimos. Tras pasarme veinte minutos buscando un lugar donde aparcar, encuentro un hueco en la calle Mulberry, a un par de manzanas de mi piso.

Salgo del coche hacia el húmedo aire nocturno. La lluvia ha amainado y ha dejado las calles en silencio, con la excepción de algún coche ocasional. Sé que esos dos policías no me podrán haber perseguido después de despeñarse por el barranco. Aun así, siento que en cualquier momento va a aparecer alguien de un salto por una esquina y me va a atacar. El miedo es como un cáncer: empieza en un momento concreto, pero luego se multiplica y se aferra a ti hasta que doblega la percepción que tienes de todo lo que te rodea.

Me echo la mochila al hombro y recorro la calle empapada hasta mi piso. Mis botas hacen salpicar los pequeños charcos y el olor a petricor que se eleva del asfalto de algún modo consigue calmarme. Llego a la puerta del bloque y miro a mi alrededor con cautela. No hay ni un alma, aparte de un hombre que está sacando a pasear a su perro bajo la luz amarillenta de las farolas.

Estoy en casa.

Estoy a salvo.

De momento.

O eso creo hasta que abro la puerta del piso y veo lo que hay en la pantalla del ordenador de Kenny.

Está sentado en nuestro sillón de los ochenta con el portátil sobre los muslos, pero en su pantalla, en vez de proyectar la usual guía de estudio policial o algún videojuego, solo veo la imagen de Mia. Su pelo marrón encrespado y su sonrisa con hoyuelos son inconfundibles.

Kenny da un respingo, minimiza la ventana del portátil y se gira hacia mí con las mejillas ruborizadas. Sus finas cejas negras se arquean en una expresión de sorpresa.

Dejo la mochila sobre el duro suelo de madera con un golpe sordo, como una madre que llega a casa del trabajo y se encuentra con que su hijo no está haciendo los deberes. Sé que probablemente sea algo inofensivo, pero ahora mismo no puedo lidiar con esto. Se supone que mi piso tiene que ser un refugio de todos los personajes perturbadores con los que me cruzo a diario. No necesito a otro durmiendo a dos metros de mí.

–Kenny, ¿por qué tienes una imagen de Mia en el portátil? –exijo saber con voz tajante.

Kenny gira el sillón en mi dirección, pero mantiene los ojos pegados al suelo.

–Por nada –musita.

–¿Cómo que «Por nada»? Me estás asustando.

Aprieto las manos en los costados.

–Lo siento, Hazel. Solo estaba investigando un poco. He pensado que podría ayudarte con el caso.

Esa explicación me tranquiliza al tiempo que me encoleriza más. Me alegra que Kenny no sea un pervertido que mira fotos de niñas, pero me molesta que esté metiendo las narices en mi investigación sin preguntarme.

–Kenny, ¿cuándo lo vas a entender? No necesito tu ayuda. Me las apaño solita. Ni siquiera eres poli todavía. Pásate cinco años en el cuerpo y entonces me llamas.

Kenny sigue mostrando un profundo interés por los agujeros del suelo. Veo que aprieta los puños y, durante un segundo, pienso que me va a atacar. Pero me recuerdo que estoy hablando de Kenny. Del inofensivo y amable Kenny.

—¿Sabes, Hazel? Siempre me estás subestimando. Algún día te enseñaré que te equivocas.

Vuelve a arrellanarse en el sillón y sigue trabajando con su ordenador.

Estoy famélica y de un humor de perros después del día que he tenido, así que ni siquiera me tomo la molestia de responder a su comentario. Veo una caja de *pizza* abandonada sobre la encimera y me dirijo hacia ella como una polilla atraída por un halo de luz. A cada paso que doy, rezo para que no se la haya comido entera. Por fortuna, quedan dos porciones enormes dentro. El olor a queso caliente, tomate y orégano mejora mi mal humor. Le doy un par de mordiscos enormes y placenteros y dejo que Kenny se cueza en la culpabilidad mientras mastico.

Cuando me trago el último bocado del primer trozo, me giro hacia Kenny, que tiene el aspecto de un perrito abandonado, encorvado en el sillón. Arranco otro enorme pedazo, me lleno el carrillo hasta los topes y musito mientras saboreo la masa:

—Lo siento, Kenny. He sido muy injusta. Fui yo la que te pidió que me ayudaras con la investigación. He tenido un día de mierda.

—¿Qué ha pasado? —pregunta Kenny, inclinándose hacia delante, desesperado por que estemos de buenas de nuevo.

—Ah, poca cosa —respondo frívolamente—. El director del Saint Agnes me ha pedido que le acompañe a su espeluznante sótano, uno de mis principales sospechosos se ha suicidado y luego un par de policías corruptos de Lake George han intentado que me estampara en la carretera de vuelta a casa. Un día más como otro cualquiera, ¿no te parece?

Kenny pone unos ojos como platos y se levanta del sillón de un salto. Se acerca a mí y me coloca la mano sobre el brazo.

—Madre mía, lo siento mucho, Hazel. Qué barbaridad.

Esta pequeña muestra de amabilidad humana deshace

los restos que quedan de mi rabia. Se me anegan los ojos, me doy la vuelta rápidamente y fijo la mirada en la nevera para ocultarlo.

–Gracias, Kenny. No pasa nada.

Cojo una botella de agua y la última porción de *pizza* tibia. Me desplomo en el sofá hundido antes de obligarme a sonreír. Será mejor que cambiemos de tema antes de que me derrumbe del todo.

Kenny regresa a su silla y me mira con cautela.

–¿Qué has encontrado exactamente en esa… mmm… investigación? –le pregunto entre bocados de queso frío.

Las comisuras de la boca de Kenny se levantan ligeramente.

–Ah, poca cosa.

–¡Venga ya! ¡Dímelo! Te prometo que esta vez no me voy a enfadar –insisto.

Kenny mira a izquierda y derecha, como si se estuviera debatiendo entre divulgar o no sus hallazgos. Fijo mis ojos cansados en los suyos hasta que cede con un suspiro.

–Vale, tú ganas. Pero tienes que prometerme que no te vas a enfadar otra vez.

–Te lo prometo, de corazón.

Kenny respira hondo.

–Creo que el padre de Andrew, Preston, puede estar involucrado en las desapariciones.

Por poco me atraganto con la *pizza*. Tantas promesas para nada. Me obligo a tragar y dejo la porción a medio terminar.

–¿Estás de coña?

La voz me sale más estridente de lo que pretendía.

–Escúchame primero –me frena Kenny, con las manos en el aire para calmarme.

Expone los datos de sus pesquisas, según los cuales existe una conexión entre los repuntes en las donaciones por parte de los DuPont con el intervalo en el que las chicas empezaron a desaparecer. Para cuando termina, se me estremece el cuerpo entero. Andrew es la única vía de escape que tengo de este maldito caso. Me niego a creer que su familia tenga nada que ver con todo esto.

—Son pruebas circunstanciales, poco más —replico, y me levanto para tirar a la basura lo que queda de mi cena. El apetito se me ha evaporado cuando Kenny ha mencionado al padre de Andrew—. Estoy segura de que, si analizáramos a cualquier otro donante rico, encontraríamos otra coincidencia parecida.

Kenny también se levanta, con el portátil aferrado al pecho como un escudo.

—Ya, pero ¿no crees que vale la vena ahondar en esto? Sé que es tu novio, pero…

—No vayas por ahí, Kenny —lo corto, tajante—. No es mi… El problema no es Andrew. Es que metas las narices donde no te llaman.

Todo el rostro de Kenny adopta un tono escarlata.

—¡Oye, solo estoy intentando ayudarte! —protesta, pero paso por su lado en dirección a mi habitación haciéndole caso omiso, harta de esta conversación.

Doy dos pasos antes de que me interpele otra vez:

—¡Espera! ¿Puedo darte al menos una cosa antes de que te marches?

Me detengo en seco y me medio giro.

—¿Darme algo?

—Sí, es… Ven. Lo tengo en mi habitación.

Lanzo un suspiro de resignación y lo sigo.

Kenny está al lado de su mesita de noche, donde hay un enorme maletín de cuero negro. Desabrocha los cierres y lo abre. Se me ponen los pelos de punta cuando veo el contenido: hileras e hileras de cuchillos de caza, cada uno acomodado con mimo en su propio espacio. Su colección se ha multiplicado desde la última vez que la vi. Kenny está evolucionando de coleccionista aficionado a adicto patológico a una velocidad pasmosa.

Reculo un paso inconscientemente.

—Kenny, ¿qué cojones es eso?

Ajeno a mi terror, Kenny saca una navaja de muelle y me la pasa con cautela.

—Es de madera de avellano, del mismo color que tus ojos —me explica con una sonrisa ladeada—. He pensado que no te iría mal algo de protección extra, aparte del táser. Me preocupa tu bienestar con todo lo que está pasando.

Me tiembla la mano cuando cojo el arma. Me están saltando todas las alarmas. Entre la colección de cuchillos y la obsesión que tiene conmigo, me empiezo a preguntar si de verdad conozco a la persona con la que comparto mi hogar.

—Ah… Gracias —consigo decir con un hilo de voz, retrocediendo hacia la puerta—. Estoy hecha polvo, así que me voy a meter en el sobre.

—Claro, descansa. Que duermas bien, Hazel.

Cierro la puerta con firmeza y me apoyo contra ella antes de soltar una exhalación entrecortada. ¿Todo el mundo a mi alrededor está mal de la chaveta? Entre la guarida del director, los policías que intentan matarme y ahora el trastornado de mi compañero de piso, siento que estoy rodeada de psicópatas.

Echo el pestillo de la puerta de mi habitación.

El cansancio pesa sobre mí como una losa, pero me tomo un minuto para meter el cuchillo bajo el colchón. Mañana decidiré qué hacer con él y con Kenny. Ahora mismo solo quiero dormir.

Pongo en el teléfono la grabación de Mia cantando «Time After Time» y dejo que su voz dulce e inocente me acune. Me transporta a tiempos más fáciles, antes de que mi vida se convirtiera en un laberinto lleno de monstruos del que no puedo escapar. La letra de la canción se distorsiona en mis oídos cuando finalmente caigo en un sueño irregular.

Capítulo 31

Quedan tres días

Me paso el miércoles dedicándome a la parte aburrida del trabajo de detective. Es esa tarea que nunca se ve en las películas. Hablo con Sonia, que me informa de que la policía –sorpresa, sorpresa– no encontró nada inusual en el piso de Goolsbee. Ni nota de suicidio ni indicios de violencia. Si tengo que descubrir qué papel tenía Goolsbee en todo esto, voy a tener que asomar la cabeza por la puerta de atrás. Alguien lo sabe, pero la pregunta es quién.

Recabo toda la información que tengo sobre Goolsbee, Thomas Mackenzie, Madeline Hemsley, el personal del Saint Agnes, los policías corruptos e incluso de Preston DuPont en el programa informático. He creado perfiles para cada uno de ellos y ninguno es favorecedor. Hemos llegado al punto en el que tener cualquier tipo de asociación con el Saint Agnes es una mancha en tu reputación. Culpa por asociación. He comprobado los historiales de todos ellos y he investigado dónde estaban la noche que desapareció Mia. Nada. Incluso revisé los registros de Andrew. No hay ni una mísera multa, aunque tampoco importa. Las chicas empezaron a desaparecer del Saint Agnes casi antes de que él naciera.

Hoy he quedado con él para cenar. En otras circunstancias, estaría emocionada, pero ahora el miedo me embota los sentidos. Tengo que preguntarle por su padre, pero no sé cómo hacerlo sin ofenderle. Siento la tentación de dejarlo pasar, pero el discurso de Kenny fue muy convincente.

Tengo que saberlo.

Durante los años que hace que me dedico a la investigación privada, he aprendido a hacer preguntas sin que la persona en cuestión sea consciente de que la estoy interrogando. Pero no quiero hacerle eso a Andrew. Me gusta demasiado. Mi madre me dijo una vez que una relación construida sobre los cimientos de una mentira está destinada a desmoronarse y es de las pocas cosas en las que estamos de acuerdo. Además, temo que Andrew se percate de lo que estoy haciendo y piense que solo lo estoy usando para obtener información.

Cuando llego al Polo Bar, en el centro de la ciudad, hay un mequetrefe con un portapapeles en la puerta que parece estar haciendo una audición para ser modelo de pasarela de Ralph Lauren. Lleva unos pantalones color caqui y una chaqueta azul marino de lana con un emblema indescifrable. Yo llevo puesto un vestido de punto negro con cuello alto que, combinado con mi pelo oscuro y el rímel, me hace parecer una asesina misteriosa (o eso quiero pensar). Me echa un desdeñoso vistazo de arriba abajo, pero nada más pronuncio el nombre de Andrew su cara se ilumina y me invita a pasar al restaurante. Dentro la luz tenue proyecta suaves sombras sobre los sofás de cuero color caramelo. Examino la estancia fijándome en las personas despampanantes que se ríen entre sorbos de vino y que encajan aquí a la perfección. No como yo. Jugueteo con el borde del vestido.

Andrew me saluda con la mano mientras su cautivadora sonrisa ilumina toda la habitación. Lleva puesta una camisa a cuadros rosa y una chaqueta deportiva gris de estambre. Parece estar en su salsa en este lugar, como si estuviera en el salón de su casa. Como me sentiría yo en una buena barbacoa coreana. Dejo a un lado los miedos y me acerco a él.

—Estás radiante —me adula, con los ojos azules fijos en los míos.

¿«Radiante»? Eso no me lo dicen a menudo. «Mona».

«Valiente». «Extravagante». «Irreverente». «Grano en el culo». Eso sí. Las mejillas me arden por el cumplido, pero recuerdo que esta cena es algo más que una simple cita.

–Gracias. Tú tampoco estás nada mal –bromeo, intentando aflojar la tensión que me constriñe la garganta.

Me envuelve en un abrazo estrecho, su pecho se aprieta contra el mío y recuerdo el poder que se oculta bajo su camisa. Hace que me den ganas de protagonizar la típica escena en la que le abro la camisa de un tirón y los botones salen volando por todos lados. No lo he hecho nunca, pero siempre he pensado que tiene su morbo.

Me siento, hablamos de cosas banales y compartimos risas cordiales con los ojos fijos el uno en el otro. Una parte de mí quiere perderse en este mundo en el que el dinero no es un obstáculo y mi Príncipe Encantador me halaga con regalos y citas lujosas, pero otra parte, la detective privada que reside dentro de mí, se obceca por saber más sobre las donaciones que ha hecho su padre a Saint Agnes.

Echo un vistazo alrededor y me doy cuenta de que probablemente seamos la pareja más joven de todos los clientes que hay.

–Bueno, ¿y alguna vez fuiste un niño pequeño? ¿O ya venías al Polo Bar a los cinco años vestido con americana y te pedías un cuenco de cereales con leche? –le chincho.

Mi voz se sobrepone al tintineo de las copas y las risas que llenan la sala. Necesito saber más cosas sobre él, sobre su familia, aunque solo sean trivialidades, por ahora.

Enarca las cejas y adopta una fingida expresión dolida.

–Por supuesto que fui un niño pequeño. En Lake George fui un niño de lo más común. Iba a nadar al lago y daba paseos en canoa con mi madre. Era un fan acérrimo del béisbol. Durante el verano, me imaginaba partidos enteros en el patio yo solo con mi bate de plástico. Bebía litros de Seven Up. ¿Todavía lo fabrican? Mi padre siempre estaba ocupado con el trabajo, así que me pasaba la mayor parte del tiempo con mi madre.

Sus ojos se enturbian un segundo y puedo ver un destello de dolor oculto detrás de su encantadora sonrisa. Se queda callado.

No puedo evitar sentir una punzada de compasión por él. Perder a una madre debe de ser devastador, pero que además sea por suicidio tiene que ser insoportable. Admiro lo bien que parece haber procesado el dolor.

–Fue una época difícil, pero mi padre y yo nos teníamos el uno al otro, ¿sabes?

–Sí, menos mal. Cuando estaba visitando el Saint Agnes, se me rompió el corazón al ver a todas esas huérfanas. No me puedo imaginar qué sería de mí si perdiera a mis padres. Tu madre debía de ser joven. Si no te importa que te lo pregunte, ¿cómo se suicidó?

Andrew entorna los ojos y le aparecen unas sutiles patas de gallo.

–No me importa. Cuanto más hablo de ello, menos me duele. Fue algo completamente inesperado. Se tomó un montón de pastillas y mi padre la encontró en la cama.

Asiento con empatía. Aunque me sabe mal por Andrew, la muerte de su madre es otro aspecto más que añade sospechas a la posible implicación de su padre con el Saint Agnes y las chicas desaparecidas.

El camarero nos trae las bebidas y Andrew aprovecha el momento para cambiar de tema.

–Ya basta de hablar de mi pasado –me dice, esbozando una sonrisa forzada–. Háblame de ti. Supongo que tus padres siguen vivos.

–Sí, ambos están vivitos y coleando. Siguen juntos. Mi padre se pasa el día entero jugando al golf y a las cartas y a mi madre le encanta cocinar y quejarse de sus hijas.

–¿De qué se queja?

–Ah, nada importante. Solo le gustaría que dejara mi carrera de detective privada, me casara y tuviera hijos.

–¿Por qué iba a querer que dejaras de ser detective privada? Es una de las cosas que te hacen especial. Cualquiera podría hacer lo que hago yo cada día. Tú, en cambio, te dedicas a algo muy interesante. Es uno de los muchos aspectos que me llamaron la atención de ti.

«Uno de los muchos aspectos», repito mentalmente. Vamos a tener que ahondar en eso más tarde.

–Es un tema delicado. En la comunidad coreana, los trabajos que tienen tus hijos reflejan el éxito que has tenido como padre. Quieres que tus hijos trabajen como médicos, abogados o en el mundo de las finanzas. Que yo sea detective privada hace quedar mal a mi familia. Creen que no he logrado nada y la verdad es que a veces creo que tienen razón.

Mientras pronuncio las palabras, me sorprende lo mucho que me escuecen.

Andrew alarga el brazo por encima del mantel blanco y pone su mano sobre la mía.

–Bueno, pues yo pienso que es imposible que hagas quedar mal a nadie. Hay una cita genial que leí una vez que dice: «Ser tú mismo en un mundo que está constantemente intentando que seas algo distinto es el mayor de los logros». Así que, a mi parecer, has conseguido mucho.

Le aprieto la mano con la mía.

–Gracias. Te lo agradezco mucho.

–Tienes que decirme qué te impulsó a dedicarte a esto. La última vez que hablamos me dijiste que era una historia para otro momento. Bueno, pues este es otro momento.

Me mira con tanta inocencia y franqueza que las palabras se escapan de mis labios por voluntad propia:

–Me violaron.

Durante un instante, siento que el restaurante se ha quedado paralizado, pero no tardo en darme cuenta de que solo somos Andrew y yo. Se lo conté al novio que tenía en aquel entonces, pero me culpó a mí. Creo que mi corazón no soportaría que Andrew hiciera lo mismo. Observo su cara con la esperanza de que reaccione de la manera adecuada.

Pasados los cinco segundos más largos de mi vida, cumple mi deseo.

Se desliza del sofá, se sienta a mi lado y me envuelve en un gran abrazo.

—Lamento mucho que te ocurriera algo así, Hazel.

No digo nada y simplemente me regocijo en su calor y amabilidad. Me suelta y le doy un sorbo al champán. Me reacomodo en el asiento y subo una pierna para poder mirarlo de frente. Andrew me envuelve ambas manos con las suyas.

—Comprendo que no quieras hablar de ello.

—No, no pasa nada. Probablemente tengas razón: cuanto más hable de estas cosas, más fácil es digerirlas. Tampoco es que haya demasiado que contar. Estudiaba en la Facultad de Derecho y había salido a un bar de la calle Bleecker. Justo habíamos terminado los exámenes finales y toda mi clase estaba en modo celebración, yo incluida. Rompí la norma sagrada y acepté una bebida de un tipo al que acababa de conocer. Solo recuerdo imágenes borrosas de él llevándome a mi casa en taxi y, cuando recobré la lucidez, estaba desnuda en mi cama y ese cretino había desaparecido.

—¿Usó Rohypnol o alguna compuesto similar?

—Sí.

—¿Qué hiciste luego?

Un camarero nos deja un cuenco lleno de galletitas saladas. Sin pensármelo dos veces, cojo una y me la zampo. Me ayuda a contener el dolor que me está subiendo por el estómago.

—Primero se lo dije a mi hermana y a mi madre. Se mostraron comprensivas, pero me recordaron que no debería haber aceptado una bebida de un desconocido. Como si una violación fuera el castigo que se obtiene por quebrantar esa regla.

—Uf, qué horror.

—Sí. También perdí a mis dos mejores amigas. Le restaron

importancia y me dijeron que no debería haber bebido tanto. Cuando corrió la voz, los demás alumnos de la facultad también empezaron a mirarme distinto. Me sentí como la mujer de *La letra escarlata*. La policía y el fiscal fueron incluso peores. Interrogaron a mis compañeros de clase para ver si habían visto al tipo con el que me había marchado, pero no sacaron nada en claro. Todos los que estaban en el bar iban bastante ciegos. Al final me dijeron que, si no sabían quién era el sospechoso, no había nada que hacer.

—¿Y ya está? ¿Archivaron el caso sin más?

—Tal cual. Básicamente me había resignado a aceptar que el cabrón que me había violado se iba a ir de rositas. Hasta que conocí a Perry.

—¿Quién es Perry?

Hay un deje de celos en la pregunta de Andrew.

—Perry era un detective privado que había subcontratado la fiscalía. Había podido dedicarle poco tiempo al caso y creía que los demás se habían rendido demasiado rápido, así que, en su tiempo libre y sin remunerar, examinó las grabaciones de algunas cámaras de seguridad en las que salía el sospechoso y fue a llamar a algunas puertas para ver si alguien lo reconocía. Dio con su nombre, cosa que le permitió a la policía obtener su ADN, y el resto es historia. Acabó en prisión.

—Por lo que dices, Perry es todo un fenómeno.

—Lo era. Murió, pero era todo un personaje. Llevaba el pelo a lo afro, clavado al estilo de los setenta, fumaba cigarrillos mentolados y tenía una risa que podía despertar a los muertos. Provenía de la Georgia rural y utilizaba un montón de expresiones graciosas sureñas. Me dejó que lo acompañara en algunos de sus casos y, siempre que yo lanzaba al aire alguna teoría que hacía agua por todos lados, me respondía: «Hazel, esa liebre no hay perro que la cace».

Andrew sonríe.

—Y por eso decidiste hacerte detective privada.

–Exactamente. Vi lo que alguien con inteligencia y perseverancia, fuera del sistema, era capaz de hacer y pensé que quizá podría llegar a ayudar a alguien, igual que Perry me había ayudado a mí.

–¿Alguien como Mia?

Le doy un sorbo al champán y trago con dificultad. No tengo claro que vaya a ser capaz de ayudarla.

–Sí, como Mia.

–Lamento mucho que tuvieras que pasar por algo así, Hazel, pero me alegra que pudieras sacar algo bueno de ello. A todo esto, ¿cómo va la investigación? –me pregunta.

La pregunta me pilla a contrapié después de la breve sesión de terapia, pero decido que ha llegado el momento de ser sincera con él. La luz de las velas proyecta unas sombras titilantes en mi cara que espero que oculten mi preocupación.

–Ahora que lo preguntas, hay algo de lo que quiero hablar contigo –le digo en un tono apenas audible–. Estaba investigando mientras llevaba a cabo las debidas diligencias y descubrí que tu padre empezó a donar sumas considerables de dinero al Saint Agnes hace unos veinticinco años.

Andrew arruga la frente, confundido.

–Creo que sí, pero no veo el problema.

Lo miro con una ceja enarcada.

–Es más o menos cuando empezaron a desaparecer las chicas del Saint Agnes.

Me quedo callada para que asimile el significado de mis palabras.

La expresión de Andrew se ensombrece y durante una décima de segundo veo en sus rasgos que se pone a la defensiva. Pero, con la misma rapidez, se recompone y suelta una risita.

–Mmm, entiendo que eso te haya hecho saltar las alarmas, pero estoy seguro de que se trata de una mera coincidencia.

Le sonrío para que no sienta que lo estoy interrogando, pero no digo nada para que siga hablando. Regresa a su asiento, se reclina sobre el mullido sofá de cuero y pasa un brazo por detrás del cojín trasero. Fija la mirada por encima de mi hombro, en una de las pinturas descomunales de caballos que cuelgan en las paredes.

—Mi padre es un bonachón y, como mi tatarabuelo, siente pasión por las causas benéficas, de siempre. Mi abuelo, por el contrario, era tacaño hasta la médula y creía que la caridad era malgastar el dinero. Decía: «Lo único que se le debe dar a un hombre son un trabajo y una patada en el culo». Muchas veces me recordaba al Tío Gilito. —Andrew se ríe al pensar en su abuelo y le da un sorbo a su Martini—. De todos modos, hace unos veinticinco años, mi abuelo murió y mi padre pudo acceder al control de los fondos, lo que le brindó la oportunidad de incrementar sustancialmente las donaciones de la familia. Así lo hizo y ha estado enamorado del Saint Agnes desde entonces. Estoy seguro de que mi abuelo se está revolviendo en la tumba. De hecho, mi padre estaba en París cuando Mia desapareció. Puedes comprobarlo en el informe policial; creo que lo interrogaron.

—¿Por qué lo interrogaron?

—Forma parte de la junta directiva del Saint Agnes y creo que simplemente querían obtener información genérica. Interrogaron a todos los miembros de la dirección.

—Claro. ¿Me disculpas un momento? Tengo que ir al baño.

—Por supuesto.

Me deslizo por el sofá y me dirijo al servicio. Me meto en una de las cabinas, cierro la puerta, saco mi teléfono y le mando un mensaje a Bobby Riether. Odio tener que hacer esto, pero cuando eres detective privada estás en la obligación de verificarlo todo. Todo.

Oye, ¿interrogaste a Preston DuPont?

Doy golpecitos en el suelo con el pie, impaciente.

—Por favor, no me falles —musito.

Una frase de lo más habitual en la cabina de un baño. Por suerte, Bobby está conectado.

> Sí, lo interrogué yo. ¿Por?

Lo sabía.

> Solo estaba comprobando la información. ¿Estaba en París la noche en la que desapareció Mia?

Bobby me responde de inmediato:

> Sí.

Siento que me quito un peso de encima. Aun así, no puedo evitar dudar:

> ¿Está confirmado?

Él es tajante:

> Confirmadísimo.

Le hago una última pregunta antes de volver con Andrew:

> ¿Te dijo algo que te llamara la atención?

Aparecen tres puntos en el chat. Está escribiendo.

> Nada.

Devuelvo el teléfono al bolso. Una oleada de alivio me recorre el cuerpo. Que el padre de Andrew fuera un secuestrador en serie habría mermado seriamente nuestra relación. Por supuesto, que Preston estuviera en el extranjero no significa que no pueda estar involucrado en esto de algún modo, pero sí que deja claro que no se llevó a Mia. Tomo nota mental para estrangular a Kenny cuando vuelva a casa.

Regreso a nuestra mesa y suelto un suspiro. Andrew está mirando el menú, ajeno a mis tribulaciones.

–¿Quieres que pidamos algo de comer? –me propone–. Te prometo que no tengo nada que ver con la cocina de aquí.

Me río, alargo la mano por encima de la mesa y cojo la suya.

–Te agradezco que hayas respondido a mis preguntas. Sé que no es la mejor conversación para una cita.

Sonríe y le resta importancia con un gesto.

–Por favor, no le des más vueltas. Dadas las circunstancias, yo habría hecho lo mismo. Puedes preguntarme todo lo que quieras, Hazel. Siempre. Soy un libro abierto. Los DuPont tendremos nuestros fallos, pero secuestrar niñas claramente no es uno de ellos.

Asiento y entrelazo los dedos con los suyos. Las dudas que me han estado invadiendo todo el día por fin se están desvaneciendo. Le doy un sorbo al champán para calmarme.

–Lo sé. Es este trabajo; siempre estás sospechando…

Mis palabras se apagan y niego con la cabeza.

Andrew me aprieta la mano.

–Me imagino, pero me gusta que me hayas sacado el tema. Estoy seguro de que también hablo en nombre de mi padre cuando digo que haremos todo lo que podamos por ayudar.

–Te creo.

Seguimos charlando mientras tomamos la cena. La conversación fluye sin interrupciones ahora que hemos abordado el elefante de la habitación. Le cuento a Andrew mi predilección por la música electrónica de los ochenta y él me habla sobre su pasión por el golf, el tenis, el *squash* y otros deportes desconocidos a los que juegan los ricos. Nos metemos el uno con el otro y me regocijo con el hecho de que no solo es guapo, sino también divertido. Es muy consciente de la persona que es y tiene la suficiente seguridad en sí mismo como para reírse de sus propios defectos. Incluso me estoy acostumbrando a que la gente se lo quede mirando cuando pasa por su lado, incapaz de quitarle los ojos de encima. No los culpo. Yo tampoco puedo despegar los míos. Normalmente, que los demás me ignoren puede llegar a molestarme, pero Andrew me dedica una atención tan plena que no necesito la validación de nadie más. Es como tener un foco que me proyecta su luz permanentemente. Con él soy la persona más importante del mundo.

Cuando estamos saliendo del restaurante, Andrew tira de mí y me envuelve en un abrazo cálido. Quiero perderme en este instante, pero no puedo ignorar la insistente inquietud que no se va de mi mente.

Mia sigue ahí fuera, en algún lugar.

Capítulo 32

Nos vamos al piso de Andrew, en el Upper East Side. Cuando llegamos, el portero nos saluda con alegría, subimos al ascensor y pulsamos el botón del último piso. Las puertas se abren en la planta de Andrew. Jamás me acostumbraré a esto.

–Ponte cómoda –me dice con una sonrisa cálida, haciendo un gesto hacia el mullido sofá modular, el más cómodo de todo Manhattan.

Se quita la chaqueta, la arroja sobre uno de los taburetes de la cocina y se arremanga, con lo que me proporciona una imagen clara de sus trabajados y morenos brazos. El aroma a sándalo me llena la nariz cuando cruzo la habitación. Su mesita está llena a rebosar de libros, la mayoría de magnates empresariales, como Vanderbilt, Rockefeller y Carnegie. Me pregunto cuántas veces al día piensa Andrew en el Imperio romano.

Cojo un libro sobre Rockefeller titulado *Titán* antes de dejarme caer sobre los suaves cojines. Nunca me han apasionado las biografías. Mientras paso las páginas, le lanzo miradas furtivas a Andrew, que está sirviendo dos copas de vino tinto con movimientos fluidos y seguros. Mi intención es llegar a ser así de fantástica algún día. Me pasa una de las copas y se sienta a mi lado, lo suficientemente cerca como para que nuestros muslos se rocen. Noto un hormigueo que me recorre la pierna. Estoy perdida.

Le damos sorbos al vino en silencio durante unos segundos. Hemos abordado muchos temas esta noche: mi incidente, su familia, la muerte, la violencia. Creo que ambos queremos solamente estar el uno con el otro en paz. Pasado un instante, Andrew se inclina hacia mí y nuestros labios se encuentran. El beso empieza siendo tierno y evoluciona a algo más apasionado. Nuestros cuerpos se arriman el uno al otro instintivamente. Mi mente se aquieta a medida que me pierdo en las sensaciones, olvidándome por un momento del caso y de mis demás preocupaciones. Nuestras bocas se separan y nos quedamos tumbados en el sofá, envueltos en los brazos del otro.

–¿Te quedas a dormir? –me pregunta con una voz que es un leve susurro.

Asiento, incapaz de resistir la atracción de su abrazo. Nos desplazamos al dormitorio y Andrew se quita la camisa y los pantalones, revelando un cuerpo escultural que hace que reflexione sobre si debería quitarme el vestido. Intento no devorarlo con la mirada, pero me siento como si me hubiesen metido en un anuncio de Versace. Si espera que mi cuerpo esté a su altura, se va a llevar una buena decepción. Pero me sorprende una vez más. Saca una camiseta y unos pantalones cortos de su cómoda y me los pasa. Me cambio y nos metemos bajo sus sedosas sábanas. Espero que sea él quien tome la iniciativa --una parte de mí ansía que tome la iniciativa–, pero no lo hace. Solo me abraza. Probablemente piense que no es el momento adecuado, teniendo en cuenta la conversación que hemos mantenido esta noche. Supongo que cuando te desean todas las mujeres puedes permitirte el lujo de tomarte tu tiempo.

Cuando nos adormilamos, la respiración de Andrew se ralentiza y se hace más profunda, pero mis pensamientos se niegan a descansar. Aunque esta noche me ha ofrecido una explicación perfectamente válida para las donaciones de su padre, las palabras de Kenny resuenan en mi mente: «Creo que el padre de Andrew puede estar involucrado en las desapariciones». Esa es la maldición de ser una detective privada: no te sientes en paz hasta que lo has comprobado y revisado todo.

A regañadientes, me aparto de los brazos de Andrew, haciendo todo lo posible por no despertarlo, salgo de puntillas de la habitación y cierro con cuidado la puerta tras de mí. La culpa me corroe. Odio traicionar su confianza e invadir su privacidad, pero tengo que saber a ciencia cierta que su familia no está implicada en esto. Primero registro el comedor, fisgoneando por los cajones y las estanterías. Nada me llama la atención. Me aventuro a las habitaciones más alejadas del piso y me adentro con sumo sigilo en su despacho.

Aparto la silla de su escritorio, que parece un mueble que podrían haber usado los Kennedy. Abro los antiguos cajones de madera y saco las carpetas que hay dentro. Veo registros de propiedad de vehículos, catastros y declaraciones de la renta con números con tantos ceros que me mareo, pero nada sobre Saint Agnes. Cojo el ratón y hago clic para sacar el ordenador del modo hibernación. Suena una melodía de tres notas cuando se enciende.

Se me hiela la sangre.

Lo último que necesito es que se despierte Andrew y me pille cotilleando en su ordenador. En mi mente se agolpan las excusas de por qué he encendido su portátil. Estoy haciendo investigaciones para el trabajo o necesitaba mirar el correo electrónico o tenía que pagar una factura.

Pero la casa permanece en silencio.

Afortunadamente, se ha dejado el ordenador abierto, así que no me solicita ninguna contraseña. Exploro las carpetas –ordenadas con una meticulosidad inquietante– en busca de cualquier mención a Preston o al Saint Agnes. No hay nada. Fotos familiares, películas y juegos es todo cuanto encuentro. Compruebo el historial de su navegador, pero incluso los resultados que obtengo de ahí son mundanos. Páginas web de noticias y blogs de deportes: las cosas típicas de un hombre. Siempre me deja atónita la cantidad ingente de información deportiva que pueden llegar a consumir algunos hombres. Pero supongo que si no tienes trabajo en algo tienes que ocupar el tiempo. No sé por qué me molesta.

Miro la pantalla del ordenador con los ojos entornados y medito. Mis dedos se tensan cuando agarro el ratón. En un último intento desesperado, busco cualquier información sobre el Teatro Dioniso. Si hallo una conexión entre ese teatro y las chicas desaparecidas, podría ser la clave para resolver esta pesadilla. El reloj de la pared suena más alto a cada segundo que pasa: un recordatorio de que el tiempo se me escapa.

La búsqueda no da ningún resultado. Giro su silla de escritorio y me quedo mirando la oscuridad del piso. Aquí no hay nada, aparte de mi paranoia. Es un callejón sin salida, como todos los demás indicios que he explorado. Suspiro, satisfecha de que Andrew y su padre sean lo que parecen ser, pero me resigno a la idea de que la resolución de este caso está cada vez más lejos. Noto una opresión en el pecho. ¿Qué le voy a decir a Madeline?

Apago el ordenador y regreso al dormitorio, asegurándome de no despertar a Andrew. No quiero que se piense que soy una acosadora que hurga hasta en su botiquín. ¿Debería registrar su botiquín? «Ya vale, Hazel». Me vuelvo a meter en la cama y, en un acto reflejo, Andrew gira el cuerpo, me pone un brazo encima y me arrima a su cuerpo.

¿Qué diantres me pasa? Tengo a este hombre increíble a mi lado y me dedico a deambular por ahí cotilleando lo que hay en su piso. Supongo que eso es lo que haces cuando estás desesperada. Todavía me llegan los sonidos del reloj del despacho de Andrew. A partir de mañana, me quedarán dos días para encontrar a Mia o Madeline cogerá su dinero y se largará. Pero no se trata solo del dinero. Hay algo en esa niña que me ha calado hondo. Vuelvo a reproducir la voz de Mia en mi mente antes de caer en el sueño, con la esperanza de que me dé inspiración.

Tumbada en la cama, oigo los segundos del reloj y pienso en ella.

Capítulo 33

Quedan dos días

Me despierto a la mañana siguiente con una sonrisa de oreja a oreja. Llevo tanto tiempo soltera que había olvidado lo bien que sienta dormir con el brazo de un hombre rodeándome el cuerpo. Llevo tanto tiempo siendo pobre que había olvidado lo que se siente tras dormir en una cama doble extragrande y arropada con unas sábanas de mil hilos. Llevo tanto tiempo asustada que había olvidado lo que era sentirse a salvo. Podría quedarme aquí para siempre.

La felicidad es la muerte de la motivación.

Los rayos de sol se cuelan a través de las cortinas verdes, proyectando su brillo dentro del ático de Andrew, y suelto un improperio. Tenía la esperanza de levantarme pronto para que Andrew no tuviera que ver la hecatombe que es mi pelo revuelto y el maquillaje de payaso que luzco por la mañana. Bueno, si lo nuestro tiene que funcionar, va a tener que verlo en algún momento.

Me doy la vuelta esperando ver el apuesto rostro de Andrew a mi lado, pero me encuentro una cama vacía. Durante un instante me pregunto por enésima vez en mi vida si he sido víctima de un ligue de una noche en el que el hombre se escabulle antes de que salga el sol y me deja en la soledad más absoluta. Acto seguido recuerdo que estoy en su casa, así que no se va a escabullir a ninguna parte. Entonces pienso en algo peor. ¿No le habrá pasado algo? ¿No habrán salido a rastras de la cuneta Don Cicatriz y Ojos Zombis y me habrán encontrado?

—Andrew —lo llamo, primero en voz baja y luego a voz en grito.

No obtengo respuesta.

Vale, ahora sí que estoy preocupada. «No es nada», me repito a mí misma. Probablemente haya salido a buscar unos bollos, un café o algo.

Un barullo de sartenes y cazos me saca de mis pensamientos. Me encojo y se me corta la respiración. ¿Quién cojones anda aquí y dónde está Andrew? Salgo de la cama de un salto y avanzo con pies de plomo por la mullida moqueta color crema hasta la cocina, preparada para enfrentarme al intruso.

El miedo me recorre las venas.

Asomo la cabeza por la esquina y el terror se desvanece. Una sonrisa se abre paso por mi boca.

Andrew está sentado en el suelo de la cocina, vestido con una camiseta blanca que se ajusta a sus bíceps, con el pelo revuelto, los labios torcidos a un lado y los auriculares puestos, mientras saca y reorganiza toda la batería de cocina que se ha precipitado fuera del armario. El aroma a café recién hecho y beicon tostado impregna el aire y mi estómago protesta.

—¿Qué te parece si dejas el concierto para otro momento? Hay gente que intenta dormir —le digo.

Andrew levanta la vista hacia mí y estalla en una carcajada. Me encanta su risa. Es una risotada grave y ronca, despojada de cualquier tipo de vergüenza.

—Buenos días —me saluda, y se quita los auriculares antes de rascarse la barba incipiente. ¿Cabe la posibilidad de que esté todavía más guapo esta mañana? Es como cuando las estrellas de Hollywood van a buscar un café y fingen que acaban de salir de la cama, pero sabes que se han pasado horas acicalándose para tener el aspecto perfecto. Con la diferencia de que a Andrew le sale de manera natural—. Te pido perdón. Se suponía que tenía que ser un desayuno sorpresa, no una orquestra de ollas y sartenes.

Miro la isla de la cocina. Es lo que supondría que serviría un hotel de cinco estrellas a sus huéspedes. Dos platos de porcelana con los bordes verdes están puestos sobre la superficie de mármol junto a unas servilletas con monograma y unos cubiertos. En el centro hay un cuenco lleno de fruta cortada que forma un arcoíris, rodeado de cruasanes, tortitas de arándanos, beicon y salchichas. La boca se me hace agua ante tal mezcla de aromas dulces y salados.

–Esto es una pasada. No hacía falta.

Andrew guarda la última olla que se le había caído y regresa a los fogones, donde unos huevos se fríen en una sartén. No puedo evitar quedarme mirando su maravilloso trasero respingón, tapado por unos pantalones de chándal grises de diseño.

–Lo sé, pero he pensado que estaría bien mimarte un poco, ya que has estado trabajando duro en el caso. ¿Cómo prefieres los huevos?

–Con la yema hecha, por favor.

Intenta darles la vuelta a los huevos, pero aterrizan descentrados y la yema se rompe y chorrea por toda la sartén. Se golpea la frente con la palma.

–Venga ya, si lo estaba haciendo muy bien –se queja.

Es oficial: jamás será un chef de renombre. Me acerco a él y le doy un abrazo y un beso.

A Andrew le titilan los ojos.

–¿Y esto?

–Por intentarlo.

Se le pone la cara roja como un tomate y desvía la mirada al suelo; es su manera de aceptar un cumplido.

–Ven, siéntate –me indica con un gesto hacia uno de los taburetes de cuero que hay arrimados a la isla de la cocina.

Me subo e intento ocultar el hecho de que tengo tanta hambre que probablemente podría engullir todo este banquete yo sola. Sirve los huevos destrozados en mi plato, me da un beso en la mejilla y se sienta a mi lado. Coge una cafetera de plata de ley y me la ofrece.

—¿Quieres café?

—Ah, no me gusta el café. Prefiero zumo de naranja, gracias.

Decido guardarme para mis adentros de momento la adicción que tengo con el Red Bull. Creo que mis pintas mañaneras ya son suficientes verdades para un mismo día.

—Vale, pues adelante —me insta, y le da un bocado al beicon.

Nos ponemos las botas con el desayuno, aunque el sabor no es tan increíble como la presentación. Las tortitas son densas y secas. El beicon está quemado. No obstante, estar aquí sentada en esta preciosa cocina con él es una maravilla. Vuelvo a cuestionarme si debería dedicarme a esta vida para siempre, convertirme en una diletante como Andrew y dejar atrás mi cruel trabajo y el pequeño piso ruinoso. Pero la imagen de Mia me sigue carcomiendo.

—¿Estás bien? —me pregunta.

—Sí, estoy bien. Estaba pensando en el caso.

—¿En eso trabajabas anoche en mi despacho?

Se me revuelve el estómago al oír la pregunta. Creía que Andrew estaba dormido.

—Mmm —musito en lo que me suben los colores—. Lo siento, creía que estabas durmiendo; si no te lo habría preguntado.

Andrew coloca una mano con suavidad sobre mi muñeca y niega con la cabeza. Una sonrisa que deja ver su hoyuelo se dibuja en su cara.

—No, si no pasa nada. Mi casa es tu casa. Solo me picó la curiosidad qué estabas haciendo. Yo soy mucho más vago que tú. Si estoy en la cama, estoy en la cama. No me voy a levantar para trabajar si ya me he acostado.

Suspiro y miro al techo, avergonzada por haber fisgoneado y por la falta de avances en mi investigación. Entonces caigo en que tengo que enfrentarme a Madeline Hemsley y no tengo ninguna novedad de la que informarla.

—Ah, no fue nada —miento—. Estaba buscando en internet

información sobre ese club clandestino que puede tener alguna más que improbable relación con la desaparición de Mia. Lo más seguro es que sea otro callejón sin salida que me mine la moral, como todo en este estúpido caso.

Andrew enarca una ceja y le da un bocado al beicon.

–Parece interesante. ¿Cómo se llama ese club?

–El Teatro Dioniso.

Pronunciarlo en voz alta hace que suene todavía más ridículo, si cabe.

–Ah, he oído hablar de ese lugar –dice como quien no quiere la cosa mientras unta con mantequilla un cruasán duro como una roca.

Pongo los ojos como platos y lo agarro del hombro, sobresaltándolo.

–¿Qué? ¿Sabes qué es el Teatro Dioniso?

Andrew le da un mordisco al cruasán y mastica lentamente. Estoy tan ansiosa por oír lo que sabe sobre ese dichoso lugar que me veo tentada a sacarle la comida de la boca de un manotazo. Pasados cinco segundos interminables, termina de mascar.

–No estoy del todo seguro, pero creo que es uno de esos clubes donde van los capullos de finanzas y los sacacuartos. Muchos de mis amigos son capullos de finanzas, así que probablemente hayan estado. Creo que organizan un evento cada fin de semana en una localización distinta de la ciudad. Es bastante exclusivo, según tengo entendido. Pero ¿qué tiene que ver con tu caso?

–No lo sé con exactitud, pero creo que Mia quería ir.

–Mmm –musita, y le da otro bocado al cruasán.

–¿Tú has ido? –pregunto.

Mira a derecha e izquierda, como si estuviera intentando recordarlo.

–No, no he ido nunca. No es mi ambiente. Prefiero quedarme en casa y ponerme una peli. ¿Por qué? ¿Quieres ir?

–¿En serio? Sí, me encantaría ir. Podría ser un punto de inflexión.

Me ha dado un tic en la pierna. Por fin un avance real en este caso. Y, cómo no, viene de parte de Andrew, la única cosa buena que he sacado de todo este embrollo.

–Vale. Voy a escribir a un amigo –me dice, divertido.

Creo que todavía no se acaba de hacer a la idea de cómo un club nocturno clandestino puede guardar algún tipo de relación con la niña desaparecida de un centro tutelado al norte del estado.

Mientras Andrew escribe el mensaje, bajo la vista hacia la pantalla resquebrajada de mi teléfono. Ya son las nueve y media y tengo tres llamadas perdidas de Madeline Hemsley y otra de Bobby Riether. Al menos esta vez iré al encuentro de Madeline con buenas noticias.

Tengo que irme al despacho. El teléfono de Andrew suena y mira la pantalla.

–Hala, ya está, estamos en la lista. Mañana por la noche en el Teatro Dioniso.

Se llena la boca de beicon, triunfante. Estrecho a Andrew en un abrazo.

–Muchas gracias. Esto podría ser exactamente lo que necesito para rastrear a Mia.

–Es todo un placer. Me alegra poder ayudarte. Me estaba sintiendo un tanto inútil.

–Para nada. Haber podido hablar con alguien de todo esto que no sea el metomentodo de mi compañero de piso me ha sido de gran ayuda.

Claro que nada de esto servirá si Madeline vuelve a cabrearse conmigo por ignorar sus llamadas y me cierra el grifo. Me obligo a ingerir unos bocados más de huevos gomosos y un par de tragos de zumo de naranja recién exprimido y cojo un cruasán.

Andrew me mira, lleno de confusión.

–¿A dónde vas?

–Lo siento, ojalá pudiera quedarme todo el día, pero tengo que ir al trabajo. De todos modos, nos vemos mañana por la noche.

Me inclino y le doy un beso largo. Sus suaves labios me envían un hormigueo por el cuello.

—Solo me estás usando para desayunar gratis, ¿verdad?

—Me has pillado —respondo, y le doy otro beso.

Me apresuro al dormitorio, me pongo el vestido de anoche, cojo mi bolso y salgo a toda prisa calzada con los tacones hacia el ascensor del vestíbulo. Me siento como una universitaria haciendo el paseo de la vergüenza, solo que en este caso no hay absolutamente nada de lo que avergonzarse.

—¡Muchas gracias por el desayuno y por todo, Andrew! —le grito.

—¡De nada! —me responde también a gritos desde la cocina—. Pasaré a recogerte mañana por la noche.

Capítulo 34

Salgo a la calle 68.° y el brillante cielo azul y el aire seco me sacan del trance en el que me ha sumido Andrew. Puedo decir con el corazón en la mano que estar en ese piso con él es como adentrarse en algún tipo de vórtice en el que el mundo exterior deja de existir. Estaba tan inmersa en él que por poco me olvido de que me quedan menos de cuarenta y ocho horas para resolver este caso y que me paguen, según las condiciones de Madeline.

Mientras camino hacia la estación de metro, la realidad invade mi conciencia. Si el tiempo que paso con Andrew es un sueño, entonces mi vida real es una pesadilla. Me pasarán el cargo de las facturas y las tarjetas de crédito dentro de dos semanas y, si no resuelvo este caso, mis ingresos serán exactamente nulos. He logrado frenar la ansiedad hasta ahora, pero a medida que se acerca la fecha límite vuelve a treparme por el estómago y me sube hasta el pecho. No les puedo pedir dinero ni a mis amigos ni a mi familia; sería humillante. No le puedo mostrar a nadie que he fallado. Confirmaría todo lo que mis padres predijeron cuando decidí hacerme detective privada. No me queda otra que resolver este caso, pero ¿cómo? Hay demasiadas piezas por encajar y no dispongo de tiempo suficiente.

Bajo al metro en la estación de Hunter College y me dirijo al sur, de vuelta a mi despacho. Soy incapaz de quitarme el hábito de mirar por encima del hombro por si me están siguiendo. Casi espero toparme con Don Cicatriz y Ojos Zombis. Miro a mi alrededor. Estoy rodeada de personas que se dirigen a sus trabajos ataviadas con trajes de oficinista y caras largas. Me recuerda por qué elegí esta vida, a pesar del peligro que conlleva. Creo que no puedo regresar al mundo normal.

Cuando llego a mi despacho, toda la emoción que llevo acumulada languidece bajo la mirada de Madeline, que está esperándome en el callejón delante de la entrada del edificio. Lleva una falta de tubo negra y una blusa blanca para cuya fabricación seguramente tuvieron que morir diez mil gusanos de seda. Espera tiesa como un palo, con su bolso Birkin sujeto bajo el brazo. Su expresión destila decepción.

Qué no daría por reunirme con Madeline un día que me haya podido adecentar.

—¿Otra noche de parranda, Hazel? —me pregunta cuando paso por su lado y abro la puerta de la oficina.

Por lo visto, Madeline ha elegido olvidar el instante «terapia de abrazos» de su visita previa y se ha decantado por adoptar el rol más cómodo de arpía condescendiente.

—Tú siempre tan bromista, Madeline. Disculpa, ¿habíamos quedado?

Masculla algo, pero la ignoro.

Subimos las escaleras. Madeline pone los pies enfundados en altos tacones de lado, con todo el dramatismo posible, como si estuviera subiendo el Kilimanjaro.

—No, pero he pensado que estaría bien pasarme para ver los progresos… Como el contrato se termina mañana y no me devolvías las llamadas… Francamente, me ha sorprendido que no estuvieras aquí, dado que no te pagaré ni un céntimo a menos que la localices antes de que termine el día de mañana.

Llegamos a lo alto de las escaleras y abro la puerta de mi despacho. Lo que estoy a punto de decirle no es apto para el público general. Me siento a mi escritorio y le ofrezco asiento, pero permanezco callada. Observo cómo su sonrisa engreída se desvanece y se remueve incómoda en la silla. Una de las cosas buenas que tiene ser detective privada es que aprendes a sentirte cómoda con el silencio mientras el resto de los mortales se retuercen.

—¿Has oído lo que te he dicho? —pregunta Madeline, intentando recuperar el control.

Asiento, todavía muda.

—Bueno, ¿y no tienes nada que decir al respecto?

Junto las palmas de las manos, me inclino hacia delante y la miro directamente a los ojos. Por primera vez, reparo en que el verde brillante de sus iris sirve para distraerte del miedo que subyace en ellos.

—No tengo que decir nada, Madeline. Creo que eres tú quien tiene algo que contarme.

Madeline se tensa en el asiento.

—¿De qué diantres estás hablando?

—Me has estado engañando desde el principio, Madeline. Primero me dijiste que eras la madrina de Mia, luego me confesaste que eres la madre. Me dices que solo quieres encontrarla y descubro que obtendrás una jugosa suma de dinero si se confirma su muerte.

Madeline se cruza de piernas y la sonrisa de superioridad regresa a su rostro. Pero ahora la furia reemplaza el miedo en sus ojos. He jugado mal mis cartas.

—Ah, conque es eso. ¿Crees que te contraté para demostrar que Mia está muerta y así heredar el dinero? Probablemente también pienses que la maté yo.

Me reclino en el respaldo de la silla.

—No te negaré que se me ha pasado por la cabeza esa idea, por muy disparatada que suene. ¿Es así?

Madeline se inclina hacia delante y extiende su huesudo índice en mi dirección. Me dan ganas de apartárselo de un manotazo, pero siento demasiada curiosidad por lo que me tiene que decir.

Habla lentamente, saboreando cada palabra.

—¿Cómo te atreves? Después de haber compartido mis secretos contigo, ¿cómo osas utilizarlos en mi contra? Deberías tener pruebas fehacientes antes de acusarme de nada. ¿Crees que mataría a mi hija por dinero? Anda y revisa tus anotaciones.

–Eso he hecho. Y por eso te lo pregunto.

–Es verdad que las condiciones del fiduciario establecen que yo sería la beneficiaria de los fondos en el caso de la muerte de Mia, pero, si hubieses investigado como es debido, sabrías que hay una cláusula adicional que establece que donaremos el dinero al Saint Agnes en el caso de que Mia muriera.

Inclino la cabeza hacia delante.

–¿Me estás diciendo que si Mia muere la institución hereda su porcentaje del fideicomiso?

–Ah, ahora sí que escuchamos, ¿eh? Eso es exactamente lo que estoy diciendo. Mi padre creyó que esta medida ayudaría a asegurarnos… discreción.

–Voy a tener que ver ese documento.

–No lo llevo encima.

–Vale. Esperaré.

Madeline exhala indignada y saca su teléfono. Empieza a pulsar en la pantalla, claramente escribiéndole un mensaje a su abogado.

Escruto su expresión. Parece sincera, pero tiene el semblante contraído por la vergüenza que siente. Madeline me ha engañado en el pasado. Me tomo un instante para reflexionar sobre qué implica esta información. ¿Mataría Mackenzie a Mia para financiar su querida institución? No parece plausible. A juzgar por la muchedumbre que había en la gala benéfica, dudo que el dinero sea un problema. Además, no sabemos con certeza si está muerta y tampoco daría explicación a la desaparición de las demás chicas.

Madeline interrumpe mis elucubraciones.

–Mira tu bandeja de entrada.

Abro mi cuenta de correo electrónico y hago clic en el último mensaje recibido, de parte del abogado de Madeline. Leo detenidamente el texto legal y no cabe duda, ahí está: la donación al Saint Agnes en el supuesto de la defunción de Mia.

–Te sugiero que emplees un poco más de tiempo en dar con ese misterioso Teatro Dioniso del que me hablaste y menos investigando a la mujer que te está pagando las facturas –me espeta Madeline.

Ahora es mi turno de poner los puntos sobre las íes. Cierro mi correo con un clic furibundo del ratón y me levanto del escritorio, preparada para echarla.

–Lo primero, no me estás pagando las facturas. Estás sosteniendo un premio sobre mi cabeza como si fuera un maldito perro. Lo segundo, y puede que esto te sorprenda, soy capaz de investigarte a ti y al Teatro Dioniso a la vez. Puedo hacer varias cosas a la vez.

En mi cabeza, todo este discursito sonaba mucho más amenazador. Una sonrisa cálida se abre en la boca de Madeline.

–¿Me estás diciendo que has descubierto qué es el Teatro Dioniso?

Es asombroso lo rápido que es capaz esta mujer de fluir de la altivez a la dulzura, pasando por la rabia. Me siento como si me estuvieran haciendo luz de gas. Me arrellano en la silla y digo para mis adentros: «Un día más con esta mujer. Solo un día más».

–Sí, la verdad es que sí. Es un club nocturno clandestino. Voy a ir mañana por la noche. Quizá tengamos suerte y alguien sepa algo de Mia.

Los ojos de Madeline se arrugan con esperanza.

–Parece ser que te he subestimado.

Reordeno los papeles de mi escritorio.

–No sería la primera vez. Bueno, ¿podemos deshacernos de esa ridícula fecha límite para que pueda hacer mi trabajo?

–Ni hablar.

Cada vez que la puerta de la humanidad de Madeline se abre un resquicio, la cierra de un golpe.

—¿Por qué?

—Porque el único motivo por el que has llegado así de lejos, Hazel, es gracias a esa «ridícula fecha límite», como tú la llamas. Mi padre se dedicaba a las inversiones bancarias y recuerdo que siempre decía: «El tiempo mata los acuerdos». Y no me puedo permitir que este acuerdo caiga en saco roto. Necesito que lo cierres.

Se levanta de la silla, se pone las gafas de sol extragrandes sobre la cabeza y camina hacia la puerta con pasos livianos. Por lo visto, Madeline ha decidido que esta reunión improvisada ha llegado a su fin. Cuando llega al umbral de la puerta, posa una mano sobre el marco de madera y le da unos golpecitos con sus uñas pintadas de manicura profesional. Se vuelve hacia mí.

—Encuentra a Mia antes de que acabe el día de mañana y el dinero será tuyo. De lo contrario, buscaré a otra detective que sea capaz de encontrarla.

Quiere tener la última palabra, pero no le voy a dar el gusto. Pongo los pies sobre el escritorio y me meto un bolígrafo en la boca como si fuera un puro.

—Muy bien, Madeline. Pero deberías saber que no estás fuera de sospecha. Iré a donde esta investigación me lleve, aunque me guíe de vuelta a ti.

Asiente y traga saliva antes de cruzar la puerta.

—No esperaba menos.

Capítulo 35

Queda un día

Esa tarde me preparo para mi gran noche en el Teatro Dioniso. No soy lo bastante guay como para saber qué debo ponerme para acudir a un club secreto, pero, aunque lo fuera, estoy segura de que no lo tendría en mi armario. Mi mejor prenda es un vestido ajustado de un tono azul eléctrico que me sirvió para superar algunas despedidas de soltera cuando era un poco más joven y contaba con varios kilos menos. Cuando me lo pongo, me siento como si estuviera embutiendo una salchicha. No sé si será por obra divina, pero me entra. Y, aunque está feo que lo diga yo, estoy arrebatadora. El tejido tenso del vestido alisa los bultos de mi cuerpo y mis pechos suben porque no tienen ningún otro lugar donde ir. Si no me muevo ni respiro lo que queda de noche, estaré despampanante.

Miro mi reloj. Son las nueve y cuarenta y cinco. Andrew pasará a buscarme a las diez. Tengo quince minutos para maquillarme. Oigo a Kenny en el comedor jugando al *Call of Duty*. Por suerte, no ha decidido cocinar esta noche, así que no tengo que colgar el vestido en nuestro inexistente garaje. No me apetece nada que me vea vestida de esta guisa, con el uniforme de fiesta. O se enamora de mí otra vez o se pone celoso porque me voy con Andrew o las dos cosas.

Entro en nuestro destartalado baño para maquillarme. Es todo un reto intentar parecer glamurosa cuando vives en un espacio que es completamente lo opuesto. Tenemos dos toallas dispares, los azulejos rosados de la pared son del año de la pera y, aun así, aquí estoy, poniéndome sombra de ojos y rímel como si fuera la mismísima Paris Hilton. Caigo de golpe en que, si no consigo encontrar algo sobre Mia esta noche en el club, puede que ni siquiera me pueda permitir vivir en este vertedero. Pensar en mudarme de nuevo a casa de mis padres a los treinta años me encoge el corazón.

Parece que cada día que pasa la presión aumenta. ¿Podré pagar las facturas? ¿Encontraré a Mia? ¿Me perseguirán otros policías? ¿Es Bobby uno de ellos? ¿Está metido en el ajo Mackenzie? ¿Algún día estaré a salvo? Se me forma un nudo en la garganta.

Ahora no hay tiempo para eso.

Cuando termino con el maquillaje, me echo un vistazo en el espejo. Mi pelo negro y los ojos oscuros resaltan con el azul eléctrico del vestido y de mi sombra de ojos. Al menos lograré causarle una buena impresión a Andrew esta noche.

Me pongo mis tacones negros y hago todo lo posible por limpiar las marcas de los laterales antes de salir al comedor.

–¡Tachán! –le digo a Kenny, con los brazos separados.

Kenny levanta la mirada del *Call of Duty*, me ve, regresa la mirada a la pantalla y vuelve la cabeza de golpe hacia mí. No podría pedir una reacción mejor. Sus ojos desprenden una inocencia infantil que hace que por un momento me olvide de la guillotina que pende sobre mi cabeza.

–Madre mía, Hazel. Estás preciosísima.

No puedo evitar que me suban los colores.

–Gracias, Kenny. Eres muy amable.

–No, en serio. Nunca había visto a una chica así de guapa.

Probablemente se esté pasando tres pueblos, pero acepto el cumplido con entusiasmo. Hace un mohín con los labios y le da a un botón del mando de la consola que tiene sobre la pierna.

–¿Qué te pasa? –pregunto.

Me arrepiento de preguntárselo nada más decirlo.

–Me preocupa tu seguridad.

Pongo los ojos en blanco y me acerco a la mesa de la cocina para coger mi bolso. Echo las llaves dentro y me vuelvo para mirarlo.

—Lo sé, pero tienes que entender que este es mi trabajo. No puedo retirarme solo porque podría ser peligroso.

Kenny pone en pausa el juego y se levanta de la silla.

—Lo entiendo. Es solo que no quiero que te hagan daño. Andrew parece un buen tipo, pero no estoy seguro de que pueda defenderte si las cosas se ponen feas.

Eso no se lo puedo rebatir. Probablemente Bobby sería una cita más adecuada para esta noche.

Suena el interfono. Andrew ha llegado.

—Tengo que irme, Kenny.

—Hazel, lo digo en serio.

Su voz está preñada de una profundidad y una urgencia que no le había oído nunca. Me echo el bolso al hombro.

—Está bien, haremos una cosa. Llámame dentro de una hora y, si no respondo, puedes llamar a la policía. ¿Te quedas más tranquilo así?

Se encoge de hombros.

—Supongo. ¿Llevas la navaja que te regalé?

Rebusco en mi bolso. La navaja de madera de avellano descansa cómodamente en el fondo.

—Sí. La pequeña Hazel está lista para la batalla. —Abro la puerta del piso—. Tengo que irme. No te preocupes por mí.

—Vale. Que lo pases bien.

Se despide con la mano y cierro la puerta.

La yuxtaposición entre Kenny con cara mustia en el piso y Andrew esperando fuera no podría impactarme más. Justo enfrente de la puerta del edificio, Andrew posa delante de un todoterreno negro que espera para llevarnos. Cuando lo veo, me quedo boquiabierta. De algún modo, ha logrado elevar su aspecto al siguiente nivel de guapura. Lleva un traje entallado oscuro con una camisa negra y un par de botones desabrochados revelan un clavícula definida y un pecho musculoso. Tiene el pelo engominado hacia atrás y sus ojos azules brillan como mi vestido. El frío viento de la noche le tiñe las mejillas con un sutil rubor encantador. Cojo aire para hablar, pero se me adelanta:

—Estás impresionante —me piropea antes de cogerme las manos y plantarme un beso suave en la boca.

Lo que siento cuando nuestros labios se tocan hace que no quiera dejar de besarle nunca.

—No, tú estás impresionante. Creo que los pulmones se me han quedado sin aire solo con mirarte.

Andrew sonríe ante el cumplido, pero no dice nada. Estoy segura de que ha oído las mismas zalamerías de cientos de mujeres distintas.

Abre la puerta y me invita a subir al asiento trasero del Lincoln Navigator. Me presenta a Charles, su chófer, quien me saluda educadamente con la mano y una inclinación de cabeza. Podría acostumbrarme a tener mi propio conductor.

—Bueno, ¿lista para el Teatro Dioniso? —pregunta Andrew mientras se frota las manos, entusiasmado.

—No sé si llegaré a estar lista nunca, pero vamos a ir de todos modos.

Andrew se ríe y reparo en el tic que tiene en la pierna.

—Pareces emocionado.

Deja la pierna quieta y sus mejillas incrementan el tono rojizo.

—Sí, nunca había formado parte de una investigación. Me siento como Hércules Poirot o alguien por el estilo. ¿Debería haberme puesto una gabardina y haber traído una lupa?

Suelto una carcajada, niego con la cabeza y le pongo la mano sobre la pierna. Si supiera lo aburrido que es en realidad el trabajo de un detective… Lo más probable es que me pase la noche entera hablando con porteros con malos humos y camareros distraídos. Les enseñaré las fotos de Mia y no sacaré nada de ellos. Pero es el último cartucho que me queda, llegados a este punto.

Aparcamos delante del club, cuyo aspecto dista completamente de un local de lujo y se asemeja más a un almacén abandonado de ladrillo al lado del puerto, en la punta sur de Manhattan. Se intuyen una marcas de pintura desgastada que anunciaban lo que fuera que había en este edificio antes. Cuando salgo del vehículo, huelo un sutil aroma a pescado en el aire. Me pregunto si se trataba de una lonja. Jamás entenderé a los ricos.

Un portero solitario espera en la puerta, vestido con una camiseta negra apretada en la que se marcan sus abultados músculos. Me da un repaso de arriba abajo y esboza una sonrisilla. Eso hace que se tambalee mi confianza. Quizá no tengo un aspecto tan espectacular como pensaba.

—Identificación y bolsos, por favor —nos indica.

Andrew y yo le enseñamos nuestros carnés de identidad, que escanea con algún tipo de aparato que claramente está registrando nuestra información. Miro a Andrew por el rabillo del ojo y él pone los suyos en blanco. Le paso al portero mi bolso y rebusca en él hasta sacar mi táser.

—Lo siento, pero los táser no están permitidos.

Miro a Andrew y esta vez me toca a mí encogerme de hombros.

—Gajes del oficio —le digo al portero—. Puedes quedártelo.

Asiente y saca mi móvil del bolso.

—Tampoco se permiten teléfonos.

Andrew frunce el ceño.

—¿En serio? ¿Todo esto es necesario?

—Sí. Normativa del club. Aquí acuden muchas celebridades y no queremos que nadie saque fotos ni vídeos. No os preocupéis, os los devolveremos al final de la noche.

Esto no me gusta ni un pelo, sobre todo si pienso en la inexplicable mancha de sangre que encontré en el último club. Pero hemos llegado demasiado lejos como para echarnos atrás ahora. Coloco una mano sobre el hombro de Andrew.

—No pasa nada. Entremos.

El portero mete nuestros teléfonos en una bolsita sellada y abre la puerta de acero, que emite un chirrido.

—Avanzad hasta el fondo y seguid la luz roja.

Andrew empuja la antigua puerta y entramos en la estructura vacía del edificio. El almacén está sumido en las sombras, con la excepción de un pasmoso camino hecho con hojas, colocadas sobre el hormigón del suelo e iluminadas con velas blancas a ambos lados. Causa un efecto precioso e inquietante, como si fuera un sendero encantado que cruza un bosque oscuro. La luz de las velas proyecta sombras sobre las desgastadas paredes de ladrillo y un viento frío se cuela a través de las ventanas rotas. Las palomas aletean y se desplazan de una viga a otra, a diez metros por encima de nuestras cabezas. Parece que estemos visitando unas ruinas.

Andrew enarca una ceja y me mira de reojo.

—Esto de ser detective no sé si acaba de convencerme. ¿Seguro que no quieres volver a casa y ponernos *La proposición* otra vez? Tengo guardada una botella de vino exquisito.

Mi primer impulso es decirle que sí y dar media vuelta. El cómodo sofá de Andrew me llama mucho más que pasarme otro minuto en este estrafalario patio de juegos de la élite. Pero entonces recuerdo el motivo por el que estoy aquí.

Por Mia.

Por todas las demás chicas que no tienen a nadie que las esté buscando.

Reprimo un escalofrío y cojo la mano de Andrew.

—No. Tenemos que ver de qué va esto.

Andrew me estrecha los dedos mientras seguimos caminando por las hojas. Mis tacones retumban por el espacio y el suelo vibra siguiendo los bajos de una música distante. A unos treinta metros, atisbo una puerta iluminada de rojo. Parece la entrada al infierno. Andrew percibe mi agitación, me dedica una mirada tranquilizadora y me aprieta la mano.

Llegamos al final del camino de hojas, donde nos encontramos con una escalera que desciende a otro piso. Arriba brilla una solitaria bombilla roja extragrande. Ahora sí que sí: al fin sabré qué secretos oculta el Teatro Dioniso. Oigo una voz femenina que proviene de abajo.

Se me ponen los pelos de punta.

«Time After Time».

La canción de Mia. ¿Puede ser? Está aquí. Está actuando.

Mientras descendemos los escalones, respiro hondo para concienciarme. No sé con qué me voy a encontrar ahí abajo, pero debo estar preparada para cualquier cosa.

Sin embargo, al abrir la puerta y asimilar la escena que se despliega delante de mí, me doy cuenta de que no estoy preparada.

De que jamás lo estaré.

Capítulo 36

El club se parece más a un bar que a una discoteca moderna. A la izquierda hay una vieja barra de madera de cerezo abastecida de botellas iluminadas de bebidas alcohólicas caras. A la derecha se extiende la sala principal, con mesas redondas vestidas con manteles carmesí. La iluminación es tenue y el aroma a perfume barato y el denso humo de los puros empañan el aire.

Pero son los parroquianos del club lo que hace que se me hiele la sangre en las venas. Los clientes, reunidos alrededor de la barra y sentados en las mesas, son todos hombres de cierta edad, de aspecto presumido, que beben y ríen. Paseándose entre estos hombres hay varias muchachas. Ninguna tendrá más de dieciséis años, van vestidas con lencería y tienen las caras embadurnadas de maquillaje. Todas flirtean como si fueran prostitutas en un burdel del Lejano Oeste.

La visión me pone enferma, pero mis ojos no paran quietos y escudriñan hasta el último rincón de la sala en busca de esa voz, en busca de Mia.

Entonces la veo. En el centro de un escenario mal iluminado, en la esquina derecha de la estancia.

Mia.

Me quedo boquiabierta y paralizada.

No me puedo creer lo que ven mis ojos.

La preciosa niña que he estado buscando está aquí.

La chica con la sonrisa más radiante del mundo y que canta como los ángeles, justo enfrente de mí.

Lo he logrado. La he encontrado. Por esto me hice detective privada.

Todo este tiempo, todas las dudas, todos esos clientes imbéciles, todos los obstáculos, todo el miedo. Todo eso ha valido la pena a cambio de este momento.

Pero la emoción por haber encontrado a Mia se hace añicos en un instante cuando la miro con más detenimiento.

Solo va vestida con ropa interior y un corsé negro que le queda holgado en su cuerpo prepuberal. Le han alisado el precioso pelo encrespado y entreveo unos moretones en la suave piel de sus brazos. Tiene el rostro pálido y los ojos enturbiados por el efecto de algún estupefaciente. Está cantando «Time After Time» y su voz es tan melodiosa y evocadora como en el vídeo, pero esta vez no la está escuchando nadie. Los egocéntricos ancianos ebrios la ignoran; están demasiado concentrados en magrear y sobar a las chicas que van sorteando las mesas.

Tengo que salir de aquí.

Giro sobre los talones y miro a Andrew con el rostro desencajado por el terror.

—Tenemos que llamar a la policía ya —le azuzo, esperando encontrarme con la misma expresión de repulsión que exhibo yo.

Pero veo justo lo contrario.

El rostro de Andrew exuda placer. Un placer puro y maníaco.

Su sonrisa, ancha y resplandeciente, muestra sus caninos. El brillo titilante de sus ojos se ha transformado en una mirada demoníaca.

Con la vista fija en la mía, gira el cuerpo hacia la puerta del club y pasa la llave lentamente. El sonido del cerrojo al cerrarse y la realidad que entraña me sientan como un disparo. Obstaculiza la salida con el cuerpo y extiende los brazos, lleno de orgullo.

—Bueno, ¿qué te parece este lugar, Hazel? Lo he diseñado yo mismo.

La verdad me azota como un latigazo.

Andrew secuestró a Mia y quién sabe a cuántas más.

Es él quien está detrás de todo esto.

¿Cómo he podido estar tan ciega?

Meto la mano en mi bolso para sacar el táser, pero no está. Me viene a la mente la imagen del portero quitándomelo y su sonrisita burlona cuando hemos entrado. ¿Cómo he podido ser tan tonta?

Dos figuras emergen de una puerta lateral. Son los dos policías que me persiguieron, DeGrom y Hanley. Ambos están hechos un cromo tras la caída en la cuneta la otra noche. Don Cicatriz presenta un profundo rasguño en la frente y a Ojos Zombis le falta un diente. El odio que emanan sus ojos me atraviesa. Ambos están sonriendo, a sabiendas de que les ha llegado la oportunidad de vengarse.

Me vuelvo hacia Andrew.

–¿Por qué? ¿Por qué hacer algo así?

Avanza unos pasos en mi dirección y esboza su mejor sonrisa. Intenta colocarme una mano sobre el hombro, pero se la aparto de un empujón. Se me ha erizado todo el vello del cuerpo.

–Podríamos decir que es una tradición familiar. Pero todavía no has visto la mejor parte. Sígueme.

Los dos policías se sitúan detrás de mí, dejándome claro que no hacerle caso a Andrew no es una elección.

Lo seguimos mientras baja los escalones hacia la sala principal. Es el anfitrión de este lugar y se detiene en las mesas para estrechar algunas manos. Uno de los hombres está sentado con una chica en su regazo que no puede tener más de doce años. Andrew coge una botella de una de las cubiteras y le llena la copa al pervertido. Los invitados levantan la vista hacia él. Mientras serpenteamos entre las mesas, ni siquiera reparan en mí. Están demasiado absortos satisfaciendo sus necesidades pedófilas.

Oír a Mia cantando de fondo es como un chiste cruel.

Belleza ahogada en el pecado.

Me sube la bilis por la garganta y tengo que tragar saliva para no vomitar.

En la otra punta de la sala, por detrás del escenario, suben unas escaleras que llevan a un pasillo oscuro con las paredes forradas de terciopelo. Pasamos al lado de Mia y la miro con la esperanza de establecer contacto visual, de hacerle saber de alguna manera que todo va a ir bien. Pero no tiene ni idea de quién soy. Sigue cantando con la mirada perdida.

Llegamos al pasillo. La única iluminación la proporcionan dos bombillas rojas que cuelgan del techo, una cerca y otra lejos. Pese a la tenue luz, consigo vislumbrar un continuo de puertas. Seguimos adelante y me llegan los chirridos del metal y los gemidos de los hombres. El corazón se me acelera y el sudor emana de todos mis poros. Pienso en la mancha de sangre que vi.

Ni en mis peores pesadillas podría haber llegado a imaginarme los horrores que se cometen en este antro.

Llegamos al final del pasillo y Andrew abre la última puerta a la izquierda. Urjo a mi cuerpo para que grite, corra, pelee, pero estoy completamente paralizada. No paro de pensar que esto tiene que ser una pesadilla y que en cualquier momento me despertaré en mi cama, a salvo. Sigo a Andrew dentro de la habitación y los dos polis corruptos cierran la puerta tras de mí y esperan fuera, bloqueando la salida.

Voy a morir aquí.

Capítulo 37

Miro alrededor y asimilo que nunca voy a salir de esta habitación. Estamos en un sótano y tanto el techo como las paredes son de hormigón. En su día debía de ser algún tipo de almacén.

Ahora es una celda.

Hay una cama extragrande en el centro de la habitación, sobre un somier metálico de color blanco. Como las camas de los psiquiátricos de los años cincuenta. Dos esposas cuelgan del desgastado cabezal de hierro. Al lado de la cama se ve una mesita de noche solitaria con una lámpara. Las paredes están desnudas. El suelo está desnudo. No hay nada cálido, ningún toque humano. La propia sala revela la perversión de su diseñador.

Andrew se alza en el centro de la habitación, sonriente. Físicamente es el mismo: ojos azul cielo, pecas que le salpican la nariz y las mejillas y un exuberante pelo castaño. Pero ahora, en vez de ser preciosos, sus rasgos parecen distorsionados, como las máscaras de expresidentes que se llevan en Halloween. Lo miro a los ojos y veo cómo se desvela la perversión. Es como si algo primigenio y violento que moraba dentro de él se hubiese despertado. Un tiburón que huele la carnaza.

—Déjame que te guarde el bolso —se ofrece, con una dulzura falsa.

Lo coge y lo arroja contra la pared. El bolso se estrella contra ella y cae al suelo al lado de la cama. Mi mente va a mil por hora intentando hallar una manera de salir de aquí, pero solo hay una vía de escape y tendría que pasar por encima de Andrew y dos policías. Podría gritar, pero no me oiría nadie. Y, aunque me oyeran, las chicas seguramente están demasiado acostumbradas a oír gritos y demasiado asustadas para ayudarme.

El terror me atenaza.

Andrew se acerca a mí con las mejillas sonrojadas.

—A esta habitación la llamamos «la mazmorra». Cada una de las estancias tiene su propia temática. Están la mazmorra, la sala del Lejano Oeste, la sala medieval…, ya sabes cómo va.

Retrocedo hasta la pared. Apenas me salen las palabras.

—Andrew, tú no eres así.

Sus ojos brillan enfurecidos.

—Ah, ahí te equivocas. Este sí soy yo. El tipo que está ahí fuera en el mundo real…, el educado y tímido Andrew…, esa es mi versión falsa. Preferiría caminar sobre esquirlas de cristal que volver a prepararte el desayuno.

Sé que ahora mismo tengo problemas más acuciantes, pero su comentario me hiere. Lloraría, pero el terror me ha congelado los conductos lacrimales junto con el resto del cuerpo.

—No lo entiendo. ¿Por qué yo?

Andrew se pasea por la habitación, saboreando mi ignorancia. Mi vulnerabilidad le hace sentir poderoso.

—Deberías sentirte halagada, Hazel. ¿Quieres saber por qué tú? Es porque fuiste la única de toda esa panda de detectives privados de mierda que Madeline Hemsley contrató que se acercó a desvelar la verdad. Has sido demasiado lista para tu propio bien.

—Cuando nos conocimos en la gala, no fue un encuentro fortuito, ¿verdad?

Estoy intentando que siga hablando todo el tiempo posible. Me digo que con eso ganaré unos preciados minutos para idear algún plan, pero la realidad es que solo estoy postergando lo inevitable.

—¡Ja! No, no fue fortuito. ¿Creías que me iba a interesar una chica como tú? No me hagas reír. A ver, eres mona, pero mírame. Aunque debo reconocer que tienes la cabeza bien amueblada. Los otros detectives eran unos aficionados. Demasiado mayores, demasiado lentos para dar con la genialidad que hemos construido. Ni siquiera relacionaron la desaparición de Mia con las otras chicas. Cada vez que despistábamos a uno de esos tarados, creía que estábamos libres de sospecha, pero entonces esa maldita Madeline desenterraba otra vieja gloria de entre los detectives privados, hasta que finalmente dio contigo.

—Pero ¿para qué has pasado tanto tiempo conmigo? ¿Por qué todas las cenas y citas?

—Ya sabes cómo reza el dicho: mantén a tus amigos cerca y a tus enemigos aún más cerca. O mi favorita: prefiero tenerlos dentro de la tienda meando hacia fuera que fuera de la tienda meando hacia dentro. Necesitaba saber cuánto sabías. Habría preferido que no te involucraras; tengo cosas mejores que hacer que perder el tiempo con una chica que es un seis sobre diez. Pero, cuando mencionaste el Teatro Dioniso en el desayuno, supe que la diversión había llegado a su fin. Si lo piensas bien, esto te lo has buscado tú solita. La curiosidad mató al gato. Literalmente.

Una sonrisita de suficiencia me surca el rostro. Cómo no, esto es culpa mía.

—¿Cómo lo hiciste? ¿Cómo te llevaste a Mia y a las demás?

Gruñe y se desabotona los dos primeros botones de la camisa.

—Está mal que yo lo diga, pero es un sistema elegante. Cada año acudo a ese estúpido recital que las chicas organizan para la comunidad. Normalmente hay un concierto en Navidad, en primavera y en otoño. Me fijo en las que creo que pueden ser del gusto de nuestra clientela: bonitas, pero abarcando una amplia variedad de estilos y físicos.

El vómito me sube por la garganta. No me puedo creer que me gustara este monstruo.

—Después del concierto, me acerco a ellas y les digo que soy un productor teatral y que es la chica con más talento que he visto nunca y bla, bla, bla. Por supuesto, se lo tragan. Es que cuando tienes un físico como el mío le puedes decir a cualquiera lo que sea, que se lo va a creer a pies juntillas.

Me señala y estalla en una carcajada.

–Entonces les digo que tengo un teatro clandestino increíble al que solo invito a celebridades y millonarios y que me gustaría mostrárselo. –Ajusta su voz a un tono agudo y suave–: «Pero es muy exclusivo, así que no se lo puedes decir a nadie». Les encanta esa mierda. Acordamos una fecha para recogerlas con mi barco y las voy a buscar cuando se han apagado las luces a la orilla del lago.

Se siente muy orgulloso de sí mismo. Tengo que sacar provecho de su actitud condescendiente y machista.

–Y tienes una casa en el lago. Así que nada de hoteles ni gasolineras ni cámaras. ¿Me equivoco?

–Exactamente. O al menos así era hasta que ese estúpido de Mackenzie finalmente insistió en instalar una cámara en el lago. Ya buscaremos la manera de sortearla. Igual abrimos un camino por el bosque o algo así. Paver es un capullo. Lo único que tenemos que hacer es que lleguen a mi casa; luego ya está. Tengo un precioso sótano donde mantenemos a las chicas durante un par de meses, hacemos que se enganchen a nuestra medicina del amor y que se sometan a nuestra voluntad. Una vez que están listas, las traemos al teatro.

–¿Tú y quién más? Me cuesta creer que DeGrom, Hanley y tú bastéis para dirigir todo este tinglado.

Antes de que pueda reaccionar, Andrew se abalanza sobre mí, me agarra por los hombros y me arroja sobre la cama. Su fuerza me sorprende, pero la violencia de este acto repentino hace que mi cuerpo entre en acción. El instinto de lucha o huida se decanta firmemente por la lucha. Empiezo a levantarme de la cama, pero me presiona contra ella.

Se sube encima de mí a horcajadas. Alargo la mano en busca de su brazo para retorcérselo, pero se zafa de ella antes de que pueda agarrarlo. Me coge las muñecas y las inmoviliza.

No es la primera vez que lo hace.

No soy la primera mujer a la que viola.

Me sacudo y me retuerzo con todas mis fuerzas, pero su cuerpo pesa demasiado. Me junta las muñecas y las aferra con una sola mano. Lo siguiente que oigo es el sonido de su bragueta y su mano levantándome el vestido hasta los muslos.

—No te preocupes por quién más, Hazel. Y ni se te pase por la cabeza hablar mal de mí. Ahora mismo lo único que necesitas saber es que soy yo quien tiene el control.

Me aparta el pelo de la cara con el dorso de la mano, recorriendo con sus delicadísimos dedos mi mejilla. Aparto la cabeza de su tacto.

—¿Sabes? Al principio pensé que eras una de las huérfanas. Llevabas puesto ese trapo barato rojo en la gala, el mismo que llevan ellas. Me habían alertado de que había una detective privada a la que debía interceptar, pero en la sala de baile no sabía que se trataba de ti. Por eso te cogí cuando tropezaste. Si en aquel momento hubiese sabido lo que sé ahora, había dejado que te abrieras la cabeza contra el suelo. —Me levanta el vestido por encima de la cintura—. Imagínate la decepción que me llevé cuando descubrí que no eras una pequeña huerfanita, sino una jodida detective privada que intentaba echar abajo todo. Ahora veo por qué ese tipo te violó.

El recuerdo de la violación, de despertarme en aquella cama con un reguero de sangre seca en la pierna, me desgarra. No puedo volver a pasar por lo mismo. Grito y me convulsiono con todas las fuerzas que me quedan, intentando sacármelo de encima. Empujo la pelvis hacia arriba, pero pesa demasiado. Retuerzo las muñecas, pero las aprisiona con un agarre férreo. Grito gastando hasta la última partícula de oxígeno que hay en mi pecho, pero nadie me oye. Su puño me golpea en la mejilla y noto cómo se me abre el labio y la boca se me inunda del sabor metálico de la sangre. Me agarra el cuello y sus dedos se cierran alrededor de mi garganta.

—Cállate, maldita zo…

Unos gritos al otro lado de la puerta interrumpen la amenaza.

Me libera el pescuezo y se queda callado, pero sigue sujetándome con firmeza. El único sonido que se oye son nuestras respiraciones agitadas. Mis ojos barren la habitación. Si pudiera liberar una sola mano, quizá podría coger algo.

Se abre la puerta y me llega una voz femenina que me resulta familiar:

—¿Qué diantres está pasando aquí?

Andrew me bloquea el campo de visión, así que no sé quién es. Mi mente da vueltas intentando identificar la voz. El acento.

Andrew se levanta de la cama.

Mi corazón salta de alegría cuando veo a quién tengo delante.

Es Sonia.

Capítulo 38

La emoción me embarga al ver a mi amiga, pero se evapora al instante cuando mi mirada se cruza con los profundos ojos marrones de Sonia. Esperaba encontrarme con unos ojos amables, unos ojos preocupados, unos ojos que dijeran: «Te ayudaré». Pero en su lugar me topo con repulsión e irritación.

La verdad se me echa encima como una mole.

Andrew trabaja con Sonia.

Sonia es quien tira de los hilos.

Las chicas empezaron a desaparecer del Saint Agnes poco después de que Mackenzie ocupara el cargo de director, pero Sonia entró por la misma época, justo después de que su divorcio la dejara sin blanca.

Todo encaja.

La promesa de no volver a ser pobre. Los viajes frecuentes a Nueva York. La reticencia de Goolsbee a hablar en su presencia. Sus divinos vestidos. Los encuentros secretos con algunos hombres de la gala. Ponerle al club el nombre de Dioniso para incriminar a Goolsbee y a Mackenzie. Ha estado manipulando a todo el mundo desde un principio.

Miro a Sonia con los ojos entornados, como si la viera por primera vez. Va elegante, como siempre. Su voluminoso pelo oscuro brilla contra su piel. Un vestido de seda rojo se adhiere a su voluptuoso cuerpo y el pintalabios rojo de sus labios pega a la perfección. Su pungente perfume floral se extiende por el aire como veneno. Tiene el aspecto y huele como lo que es: una madama.

Ojos Zombis y Don Cicatriz irrumpen en la habitación

detrás de ella. Sonia nota mi mirada juzgándola y aparta los ojos de mí a Andrew.

—Se suponía que debías deshacerte de ella, no pasar la noche con ella —le recrimina.

Me fijo en que emplea la frase «pasar la noche con ella», no «secuestrar y violar». Las cosas que la gente puede llegar a racionalizar y edulcorar.

Andrew se sube la bragueta y sale de la cama con un gruñido, indultándome. Sé por la actitud humillada que exhibe que no es más que un teniente. Sonia es la general. Me pregunto si puedo razonar con ella.

—Lo sé, Sonia. Te aseguro que me voy a deshacer de ella, pero he pensado que podía divertirme un poco antes.

Andrew les guiña el ojo a Ojos Zombis y Don Cicatriz y estos se ríen.

Sonia suspira y fija la mirada en mí. Busco en sus ojos oscuros cualquier tipo de conexión, cualquier señal de que está preocupada por mí, pero no hay nada. Levanta su barbilla partida al aire y me lanza la misma mirada desinteresada que le dedicaría a un mueble viejo del que tuviera que deshacerse. Se cruza de brazos, sus pulseras tintinean y vuelve a centrar la atención en Andrew.

Aprovecho el momento.

—Sonia, por favor, ayuda…

—Cállate —me espeta con voz monocorde y fría.

Solo por el tono que emplea sé que se ha terminado. No queda nada en su interior que no sea vanidad y avaricia. Las humillaciones que sufrió en el pasado la han convencido de que el mundo le debe algo. Me ignora y se vuelve hacia Andrew:

—Este no es el momento de pasarlo bien o ir por tu cuenta, Andrew. Hablamos de negocios. Hay demasiado en juego como para estar con tonterías. Es la única persona que nos conoce y tenemos que deshacernos de ella. Hemos llegado demasiado lejos para este sinsentido. Tenemos un plan, así que vamos a seguirlo a rajatabla.

Mientras los dos discuten qué hacer conmigo, mis ojos buscan desesperadamente algo, lo que sea, que pueda usar como arma. Las esposas cuelgan del cabezal de la cama, pero están cerradas y no tengo la llave. La lámpara es demasiado liviana para que pueda ocasionar suficiente daño. La mesita está atornillada al suelo. Entonces atisbo un brillo en el suelo, al lado de la cama.

La navaja.

La navaja de madera de avellano.

El portero estaba tan centrado con mi táser que se le ha pasado por alto.

Dios bendiga a Kenny y su estrafalaria colección de cuchillos. Mi bolso yace de lado, su contenido está medio desperdigado por el suelo y ahí está la navaja, justo encima de la cremallera. Regreso la vista a Andrew, Sonia, Don Cicatriz y Ojos Zombis. Ninguno de ellos se ha enterado. Mi mano derecha cuelga de la cama a un escaso palmo del arma. Si puedo estirarme unos centímetros, debería poder cogerla sin que reparen en mí. Deslizo mi cuerpo hacia la derecha, por encima de las sábanas acartonadas.

El somier emite un ligero chirrido.

Andrew no se da cuenta. Está demasiado ocupado camelando a Sonia.

—Sonia, ¿cuánto tiempo hace que trabajamos juntos? ¿Cuándo te he pedido algo?

Sonia se pasea por la habitación y, como siempre, todos los ojos están fijos en ella. Irradia una gravedad que atrae la atención de todo el mundo. Así es como ha construido este imperio de la lascivia.

—Jamás debería haberme dejado convencer por tu padre para meterte en esto, Andrew —dice Sonia.

¿Su padre? Eso lo explica todo. Taché a Andrew de la lista por su edad, pero, si Preston DuPont está involucrado en esto, probablemente metió a Andrew en esta secta pederasta a una edad temprana. Ahora me pregunto si su madre de verdad se suicidó. El rostro de Andrew adopta una tonalidad purpúrea, como si fuera un niño a punto de tener una pataleta. Está acostumbrado a salirse con la suya.

—¿Estás de coña? Si mi padre estuviera aquí, también le gustaría probarla.

«Le gustaría probarla». Estas personas me ven como una simple comida. Tal vez pueda aprovecharme de eso.

Uso su distracción para coger la navaja con las puntas de mis dedos índice y corazón y la deslizo siguiendo el lateral del colchón hasta guardarla bajo mi muslo.

Sonia se queda quieta. La habitación se sume en el silencio y, durante un instante, creo que me ha descubierto. Levanto la mirada, pero sus ojos enfocan a otro lugar.

—Está bien, Andrew. Tienes cinco minutos. Haz lo que quieras con ella, pero luego quiero que eches su cuerpo a un río tan lejos de aquí que nadie pueda encontrarla.

El tono neutro de Sonia al decir esa barbaridad me rompe el corazón. Admiraba a esta mujer. Era preciosa, fuerte, independiente y segura de sí misma. Creía que era la mujer a la que aspiraba ser algún día. Creía que podría ser mi mentora, mi amiga. Y solo me estaba usando. Y ahora me quiere muerta.

Sonia sale con paso liviano de la habitación, seguida por los dos policías, que exhiben sonrisas malvadas en sus destrozados rostros.

—¡Cinco minutos! —le grita ella antes de desaparecer.

Andrew cierra la puerta cuando se han ido y pasa la llave.

—Bueno, ¿por dónde íbamos? —pregunta, frotándose las manos.

Permanezco en la cama. Me palpitan las sienes y el sudor se me acumula en las palmas. Hasta la última célula de mi ser quiere levantarse de este repugnante colchón y correr o arremeter contra Andrew empuñando la navaja. Pero no puedo. Es demasiado grande y fuerte para atacarlo directamente. Tengo que ser paciente. Esperaré hasta que sus enfermizas fantasías lo hayan absorbido y entonces atacaré.

Andrew se gira hacia mí. Sus dientes de un blanco impoluto brillan.

—Ah, sí, estaba a punto de darte lo que te mereces.

Se quita la chaqueta negra lentamente, saboreando el momento. La dobla con cuidado y la deja a los pies de la cama. Después se arremanga, casi incitándome a huir.

Lo miro e interpreto el papel que quiere que haga. Pasiva. Aterrada.

—Por favor, Andrew, no lo hagas…

Como sospechaba, esto lo excita todavía más.

Sube a la cama y se pone sobre mí. En un único movimiento rápido y fluido, me rasga la parte de atrás del vestido, me lo arranca y lo arroja al suelo como si fuera basura, todo mientras gruñe como un animal salvaje y usa las piernas para inmovilizarme las manos a los costados. Las dejo ahí para que piense que estoy demasiado aterrorizada como para resistirme. Me pasa la lengua por el hombro y el cuello.

Siento náuseas.

—Hace mucho tiempo que no lo hago con una mujer hecha y derecha —me dice.

Se me eriza la piel. Su olor repugnante a sudor me insensibiliza la nariz.

Vuelve a bajarse la bragueta y noto que disminuye la presión que ejercen sus piernas sobre mis muñecas. La cremallera se le queda atascada.

Esta es mi oportunidad.

Abro la navaja con el pulgar y saco el brazo derecho de debajo de su pierna. Se la hundo en el cuello. Noto cómo la hoja corta la piel, el músculo y golpea el hueso. La sangre me salpica y mana de la herida al instante. El olor metálico flota en el aire. Debo de haber seccionado una arteria.

Miro a Andrew. En un primer momento, en su cara solo se refleja asombro. Entonces se lleva la mano al cuello y observo cómo va asimilando poco a poco lo que acaba de ocurrir. Sus ojos se empañan de miedo y, por más que odie admitirlo, me da placer contemplar cómo se le escurre la vida. Y él lo sabe.

Se echa hacia atrás, pierde el equilibrio y cae de la cama al suelo como un fardo. Un gimoteo se le escapa de los labios mientras se presiona con la mano alrededor de la navaja, intentando contener la hemorragia, pero es demasiado tarde. Se retuerce, ahogándose, al tiempo que de su garganta brotan gorjeos y borboteos. Una mancha de orina se extiende por sus pantalones cuando el resto de su cuerpo falla.

Al cabo de unos segundos, la vida lo abandona. El único sonido que hay son los latidos de mi corazón, que me palpita en las sienes.

Morir es mucho menos de lo que se merece.

Solo disfruto durante unos segundos haber matado a este psicópata antes de oír unas voces fuera. DeGrom y Hanley. Siguen al otro lado de la puerta. Han oído el golpe del cuerpo de Andrew al caer el suelo y querrán saber qué está pasando.

Me pongo el vestido azul eléctrico rasgado y la chaqueta de Andrew, pero descarto los tacones. Me planteo usarlos como arma, pero lo reconsidero.

Se oye un golpe en la puerta.

—¿Va todo bien ahí dentro, colega? —grita una voz al otro lado.

Gruño con todas mis fuerzas e intento sacudir la cama para simular los ruidos del sexo, pero cabe decir que es un intento bastante mediocre. Por el silencio que se extiende, sé que no se lo han tragado.

El pomo de la puerta se zarandea.

—¿Andrew? Déjanos entrar, tío. Ya casi se han acabado los cinco minutos. No quiero que la jefa se cabree.

Los golpes aumentan de intensidad. Examino la habitación en busca de cualquier vía de escape de esta celda de hormigón, pero es exactamente lo que ha dicho Andrew: una mazmorra.

La puerta se zarandea en sus goznes. Es vieja y veo el óxido en los cantos.

No tardarán en echarla abajo.

Saco la navaja del cuello de Andrew. La sensación de la hoja al pasar por la piel me da repelús. Apenas consigo empuñarla; la mano me tiembla demasiado.

Los golpes se hacen más violentos.

Me acerco a la puerta de puntillas.

Van a entrar, pero no pienso rendirme sin pelear.

Capítulo 39

El cerrojo se rompe y la puerta se abre de par en par.

Son Don Cicatriz y Ojos Zombis.

Los dos hombres custodian la puerta mientras Sonia pasa entre ellos y entra en la habitación.

Ve a Andrew en el suelo y contemplo cómo su frente cambia de la confusión a la rabia.

—Maldita zorra. ¿Qué has hecho? —dice Sonia, con el labio curvado en una mueca.

Levanto la navaja.

—Lo mismo que te haré a ti si te acercas.

Sería más convincente si la mano no me temblara como gelatina.

Sonia me mira y su boca se separa en una sonrisa siniestra. Se ríe y señala a Ojos Zombis, quien se desabrocha la chaqueta, saca una pistola de la cartuchera y le quita el seguro. Sonia apunta con el dedo al suelo.

—Suelta la navaja.

El temblor se extiende de mis manos a todo mi cuerpo, pero permanezco inmóvil.

—Dispárale —ordena Sonia.

Ojos Zombis levanta la pistola y sé que este hombre no tiene el más mínimo reparo en apretar el gatillo.

La navaja cae de mi mano.

—Túmbate en la cama —me ordena Sonia.

Cierro los ojos. Me tiemblan todas las partes del cuerpo, sobrepasado por el miedo y el frío húmedo del sótano. No puedo volver a esa cama. A duras penas he conseguido escapar de Andrew. No escaparé de esto. Una arcada arranca desde mi estómago y sube por mi garganta. Me debato entre si es mejor arremeter contra Sonia y ganarme una bala en la cabeza o someterme a lo que sea que tiene planeado para mí. No me puedo mover. Odio sentirme paralizada, pero es una reacción involuntaria de mi cuerpo al estar a las puertas de la muerte.

—¡Ahora! —ruge.

Mi instinto de supervivencia toma el control y me siento en la cama.

Ojos Zombis mete la pistola en la cartuchera, sonríe y se relame los labios. Mira a Don Cicatriz. Sonia le arroja las esposas.

—Espósala.

Avanza hacia mí y me agarra las muñecas. Ni siquiera me resisto. He gastado todas las fuerzas que tenía resistiéndome a Andrew. Me siento como si no habitara mi propio cuerpo, resignada al hecho de que no voy a salir de esta habitación con vida y no hay nada que pueda hacer

El frío metal me quema la piel cuando cierra las esposas. Todo el cuerpo me tiembla, pero mi mente está en otro lugar, incapaz de absorber la violencia que me están a punto de infligir.

Solo espero que termine pronto.

Debería haber elegido la bala.

Don Cicatriz y Ojos Zombis retoman sus posiciones en la puerta, uno a cada lado. Ahora que estoy esposada a la cama, Sonia se detiene un instante y profiere un sonoro suspiro. Se frota las manos y se acerca al cuerpo de Andrew, bajo el cual se extiende un charco de sangre. Examina la herida del cuello y chasquea la lengua. Se detiene y lo señala.

—¿Esto lo has hecho tú?

Asiento, demasiado asustada para hablar. Me estremezco con tanta violencia que el grillete de mi brazo tintinea contra el cabezal de hierro.

—Impresionante, aunque es una pena. Era mi mejor hombre. No sé qué le voy a decir a Preston.

Don Cicatriz y Ojos Zombis asienten solemnemente, como si hubiésemos perdido a un verdadero héroe americano el día de hoy.

El terror que se aferra a mis entrañas se transforma en rabia. Trago con dificultad y reúno todo el coraje del que soy capaz.

–¿Cómo has podido hacer algo así?

Una parte de mí tiene la esperanza de que todavía habite algo de humanidad en su interior.

Sonia recoge mi navaja de madera de avellano del suelo y recorre la hoja con un dedo. Coge una silla, la acerca a la cama y se sienta a mi lado. Me acaricia el pelo, que me cae por delante de la cara, y me lo aparta detrás de la oreja. El gesto es amable, pero el significado que entraña es violento.

–¿Que cómo he podido hacer algo así? Sería mejor que preguntaras cómo no iba a hacer algo así. Ya te lo dije: llegué al Saint Agnes con una mano delante y otra detrás. Empecé limpiando los retretes, por el amor de Dios. ¿Crees que quería pasarme el resto de mis días limpiando la porquería de esas pequeñas zorras? Un día tras otro viendo cómo lo dejaban todo perdido a sabiendas de que iría yo después a limpiarlo. Oyendo cómo se burlaban de mí porque daban por sentado que no hablaba inglés.

–Pero te ascendieron. Prácticamente diriges ese sitio –rebato.

–Sí, cuando Thomas me ascendió, pensé que las cosas cambiarían. Pero fue lo mismo: solo cambié el tipo de porquería que limpiaba por el mismo sueldo patético. Y viste cómo me trataba Thomas. Como si fuera su divinizada ayudante. Al principio supuse que no tardaría en jubilarse. O, mejor aún, que moriría pronto. Pero no, siguió al pie del cañón, atascado en el pasado y asegurándose de que yo me quedara estancada con él.

–¿Y pensaste que secuestrar a niñas pequeñas era la mejor manera de solucionar tu problema?

–¿Secuestrar? ¿Quién ha dicho nada de secuestrar? Eso es lo que no entiendes, mi linda niña. Todas las chicas que están aquí lo decidieron por voluntad propia. Nadie las obligó a subirse al bote con Andrew. Todas eligieron estar en ese bote. ¿Recuerdas lo que te dijo Thomas sobre el Saint Agnes? ¿Que enseñamos a estas chicas a ser como Apolo? Que sean amables, altruistas y humildes. Algunas lo son. Y esas muchachas se gradúan en el Saint Agnes y llevan buenas vidas. Las chicas que están aquí eligieron otro camino, el de Dioniso. Fueron egoístas, avaras, querían ser famosas. Recoges lo que siembras.

–¿Me estás diciendo que es culpa suya?

–Sí, igual que es culpa tuya que estés aquí. –Señala a Don Cicatriz y a Ojos Zombis–. Te dijeron que no te acercaras al Teatro Dioniso, ¿no es así? ¿Y acaso escuchaste? No.

Hago ademán de hablar, pero Sonia me pone el dedo en la boca.

–Shhh. –Coloca la mano sobre mi rodilla y me levanta el vestido por el muslo. Mi pierna tiembla–. No quiero oír ninguna pregunta más. Ahora quiero que me digas a quién le has contado lo de esta operación.

Intento no imaginarme lo que me hará si no le doy la información. Pienso en Madeline, en Bobby y en Kenny.

–A nadie –le digo, manteniendo el contacto visual todo lo que puedo.

Sonia me escruta los ojos buscando la verdad. Entonces uno de sus párpados se contrae y veo la hoja de la navaja cortar el aire y hundirse en mi muslo. Noto cómo el acero me desgarra y me golpea el fémur. Grito de agonía, pero Sonia me tapa la boca con la mano. Un intenso dolor palpitante me recorre la pierna entera y se desvanece cuando la conmoción embarga mi cuerpo.

–Shhh –vuelve a chistarme Sonia.

Saca la navaja de mi pierna y una nueva tortura estalla por mi muslo. Observo cómo brota la sangre de la herida. La hemorragia es lenta, así que sé que todavía no estoy muerta. Con todo, la frente se me perla de sudor y jadeo mientras me preparo para lo que venga a continuación.

Sonia se inclina hacia mí y susurra:

–¿A quién le has contado lo de nuestra operación?

Aprieto los dientes e intento tragar, pero tengo la boca tan seca que la saliva se me queda atorada en la garganta. Un gruñido se escapa de mi pecho. El rostro de Bobby se proyecta en mi mente, seguido del de Kenny. Si abro la boca, están muertos. Yo ya lo estoy de todos modos.

Sonia levanta la hoja ensangrentada hacia mi cara y resigue con el filo la piel de debajo de mi ojo. Noto una humedad pegajosa que me recorre la mejilla. Una sonrisa burlona se dibuja en su cara.

–Hazel, ojalá te hubiera conocido en otra vida. Tienes corazón. Podríamos haber sido amigas. –Tenso el cuello y giro la cabeza para evitar que el filo del cuchillo me corte la piel, pero Sonia sigue presionando–. Ah, te haces la dura cuando te corto la pierna, pero quizá no seas tan valiente si te corto la mejilla. O nos dices quién más sabe lo de este sitio o te hago picadillo la carita.

Mantengo la mandíbula apretada y me recuerdo que, haga lo que haga, yo ya estoy muerta. Lo mínimo que puedo hacer es proteger a la gente que me importa.

Sonia niega con la cabeza, incrédula, y empuña mejor la navaja, lista para cortar. Mi sangre gotea del mango y se derrama por su muñeca. Echa la mano atrás, preparada para atacar. Cierro los ojos y me abstraigo a otro lugar donde no existen estos horrores.

La puerta al abrirse y el grito de una voz de acero me hacen regresar:

–¡Policía! Suelte el cuchillo y apártese de la chica.

Abro los ojos.

Dos hombres vestidos con un uniforme negro y las letras «SWAT» escritas en blanco en el pecho aparecen en el umbral, con las armas apuntando a Sonia, Ojos Zombis y Don Cicatriz.

Los dos matones levantan las manos al instante y se apartan, pero Sonia permanece inmóvil. El tiempo se congela mientras veo cómo sopesa sus opciones, con la punta de la navaja a milímetros de mi ojo.

Uno de los agentes avanza un paso cauteloso y apunta su pistola al pecho de Sonia.

–Señora, baje el arma, ya.

La furia enterrada de toda una vida surca el semblante de Sonia. Una vena le palpita debajo del ojo izquierdo; todo su desprecio sale a la superficie, burbujeando. El alivio inicial es reemplazado por el pánico de que me apuñale en una última jugada de despedida. Pero entonces la rabia de su cara remite cuando se da cuenta de que ella tampoco quiere morir esta noche. Suelta la navaja y se lleva las manos a la nuca. Durante un instante, me pregunto si estoy soñando.

–¡Al suelo! –grita el agente.

El trío se estira en el suelo y en un visto y no visto los demás policías se les echan encima y los esposan. Mientras los polis los sacan a rastras de la habitación, Sonia suelta obscenidades en español y Don Cicatriz y Ojos Zombis maldicen y escupen.

Observo cómo se los llevan esposados y una oleada de alivio estalla en mi pecho, tan fuerte que me quita el aliento. Miro al techo buscando a alguien a quien agradecerle este milagro.

Entonces oigo una voz familiar:

–¿Hazel?

Levanto la vista y veo a Kenny en el umbral de la puerta.

–Madre mía, Haze.

Corre hacia mí, deja atrás a los demás policías y el cuerpo de Andrew y me abraza. Me estrecha entre sus brazos y el calor de su cuerpo me sienta tan bien en comparación con el frío de la estancia que no quiero que me suelte.

Lloro.

Son sollozos tan descontrolados que mi cuerpo se estremece y creo que voy a vomitar. No me puedo creer que él esté aquí y que yo esté esposada a una cama. Entre hipidos, consigo articular dos palabras:

--Kenny, ¿cómo?

Se sienta en la cama, coge la llave de las esposas de la mesita de noche y me libera. Lo miro a los ojos y me percato de que él también está llorando.

--Me dijiste que te llamara y, si no respondías, que avisara a la policía, y eso he hecho.

Mi mente rebusca ese instante. Apenas recuerdo decirle algo por el estilo. Sigo con la mente nublada.

Aspiro la sangre y los mocos de mi nariz y me aferro la pierna herida.

--No me puedo creer que lo hayas hecho. En realidad estaba de broma.

Kenny se encoge de hombros y se saca un pañuelo del bolsillo. Me limpia la sangre de la cara y luego ejerce presión sobre mi pierna.

--No creo que estuvieras de broma.

--Pero ¿cómo has sabido dónde estaba? No te di la dirección.

Saca su teléfono del bolsillo y me muestra un mapa con un pequeño círculo con mi cara en él.

--Buscar. Mi vena de acosador por fin ha dado resultados.

Le doy otro abrazo estrecho y me incorporo en la cama mientras los agentes de policía abarrotan la habitación. Un paramédico me mira la herida de la pierna, que se me ha entumecido del todo. Es como si mi cuerpo sintiera dolor en tantas partes que no sabe dónde doler. Uno de los agentes me echa sobre los hombros una de esas curiosas mantas plateadas y me da una bolsa de hielo para el labio. Me la coloco en la cara y suelto un gemido. El frío es maravilloso en contraste con el calor que emite mi mejilla hinchada.

--Pero ¿cómo has logrado que llegara la policía tan rápido?

Una sonrisa socarrona se abre paso por los labios de Kenny.

—Bueno, durante la instrucción en la academia de policía me enseñaron que, si hay un tiroteo, la policía tiene que responder de inmediato, así que puede que haya dicho que había un tiroteo. También ha ayudado que conociera a un par de agentes.

Kenny me guiña el ojo y lo abrazo con todas mis fuerzas. Lo apretujo tanto que se le escapa un gruñido cuando le espachurro los pulmones.

Uno de los tipos del equipo de SWAT se acerca a nosotros.

—Lamento interrumpirlos, señora, pero tenemos que llevarla al hospital y despejar este lugar.

Traen una camilla para mí, pero la rechazo con un gesto de la mano. Antes de ir a ningún sitio, tengo que encontrar a Mia. Kenny y yo nos levantamos y salgo de la habitación cojeando. Camino descalza, con el muslo vendado, la manta plateada alrededor de los hombros y el paquete de hielo en la cara. Sigo tiritando, así que Kenny me rodea el cuerpo con el brazo y me guía mientras trastabillo por el club, que ahora está vacío. Los policías le dan palmadas en el hombro a Kenny cuando pasamos por su lado. Miro mi reloj. Las once y media. Lo he logrado. Justo antes de la fecha límite del viernes.

Chúpate esa, Madeline.

Capítulo 40

Salimos y aspiro profundamente el frío aire nocturno, encantada de estar libre al fin del empalagoso perfume y el humo de los puros. Un agente policial nos escolta por el laberinto de gente. Mientras Kenny y yo nos alejamos cojeando del almacén, una suave brisa procedente del río me acaricia la mejilla hinchada y me recuerda a cuando mi madre me soplaba en la cara para calmarme cuando era pequeña. Ojalá estuviera aquí ahora. Ojalá estuviera toda mi familia aquí. Le aprieto el hombro a Kenny mientras caminamos.

Un conjunto de estrellas se asoma a través del brillo de Manhattan y se me forma un nudo en la garganta.

En ese sótano no creía que las fuera a volver a ver. Ni a ellas ni a nadie, nunca más.

Las sirenas retumban por todo el puerto. Coches policiales, camiones de bomberos y ambulancias aúllan a lo largo de FDR Drive. Las luces rojas y azules rebotan en las fachadas de los edificios. La policía acordona la zona y los peatones se amontonan alrededor para ver a qué se debe todo ese jaleo.

A mi derecha veo a los degenerados que estaban en el club, que están subiendo a un furgón policial, esposados como los criminales que son. Entornan los ojos y esbozan muecas de vergüenza cuando el *flash* de las cámaras captura sus perversiones sexuales para la posteridad. Hasta el último de ellos grita y protesta que es inocente. Dicen que no sabían que las chicas eran menores de edad, que es la primera vez que lo hacen, que estaban borrachos. El comportamiento delator básico de un culpable.

Afortunadamente, los policías no les hacen caso. No hay prisión lo bastante oscura para estos hombres. En la parte de atrás de uno de los furgones, atisbo un destello rojo. Sonia. Se me queda mirando con la mandíbula apretada y sus ojos oscuros me fulminan. El odio le recorre las venas. Se ha pasado tanto tiempo convenciéndose de que esas chicas merecían lo que les ocurría que no puede concebir que la castiguen por ello. Me pregunto si algún día se dará cuenta de que lo que ha hecho está mal. Creo que no.

A mi izquierda veo a las chicas del Saint Agnes –y vete a saber de dónde más– apiñadas, formando un grupo, llorando y abrazándose las unas a las otras. Aterradas por lo que acaban de ver, pero felices de que la pesadilla haya llegado a su fin. Sus rostros demacrados y la piel pálida delatan que han estado bajo el influjo de las drogas durante mucho tiempo, pero la emoción del momento parece haberlas sacado del trance. Mia está en el centro del grupo, brillante como un faro. Es una de esas personas de las que no puedes apartar la vista.

–Kenny, ¿puedes darme un minuto? –le pido.

–Por supuesto –responde, y se aleja para que lo feliciten más policías.

Me acerco al grupo de chicas, cojeando. Todas se fijan en mí, recelosas de cualquiera del exterior.

Saludo con la mano a Mia y le doy mi manta para mostrarle que no quiero hacerle daño.

Las chicas se apartan para darnos espacio.

–Hola, Mia. No me conoces, pero me llamo Hazel Cho. Soy la detective privada que tu madrina contrató para encontrarte.

Mia me mira de arriba abajo, probablemente tan sorprendida como todos los demás de ver a una mujer asiática de metro cincuenta que sea detective privada. Por no decir que va con el vestido desgarrado, la cara llena de moretones y un vendaje ensangrentado en el muslo.

–Hola –me saluda.

Su voz es tan inocente y dulce que se me cae el alma a los pies. Cómo podría alguien hacerle daño a una niña tan preciosa es algo que me supera.

—¿Cómo estás?

—Bien —contesta, pero sé no es verdad.

Le tiemblan los labios y se le estremecen los hombros.

La estrecho entre mis brazos y solloza en mi pecho. Noto sus lágrimas en mi piel desnuda. Oigo a los espectadores detrás de la cinta murmurar y musitar, intentando deducir qué ha ocurrido aquí.

—Lo siento mucho.

La aparto para poder mirarla a los ojos.

—No tienes que disculparte por nada. No has hecho nada malo.

Asiente, pero sigue llorando.

—No quería causar tantos problemas. Andrew me dijo después de uno de mis conciertos que tenía una voz bonita y que él era el dueño de un teatro donde podía actuar y que me haría famosa.

Pienso en la facilidad con la que caí en las garras de Andrew. Mia no tenía ninguna oportunidad. Era un vendedor de sueños. Visualizo su cuerpo sin vida. Afortunadamente, ya no podrá seguir haciéndolo. Le doy otro abrazo y se reanudan sus sollozos. Sé lo que se siente: ser la víctima, pero que te hagan sentir que te lo mereces. Durante años, me estuve culpando a mí misma. No pienso permitir que eso le ocurra a Mia.

—No es culpa tuya, Mia. No es culpa tuya. No has hecho nada malo. ¿Entiendes?

Sorbe por la nariz y asiente.

—¿Van a meter a esos hombres en la cárcel?

Coloco la mano sobre su hombro.

—Sí, todos ellos terminarán en la cárcel. Esos hombres no podrán volver a hacerte daño.

Ojalá pudiera decirle que ningún otro hombre le hará daño de nuevo.

Arruga la frente.

—¿Voy a ir yo a la cárcel?

Contengo la frustración porque se le ocurra hacerme una pregunta así.

—No, claro que no. No has hecho nada malo.

—¿A dónde iré?

—Vamos a encontrarte un bonito lugar seguro donde vivir, ¿vale?

—¿Dónde?

—Todavía no estoy segura, pero en el peor de los casos puedes venir a vivir conmigo. Mi compañero de piso es un cocinero excelente. ¿Qué te parece?

Le dedico la mejor sonrisa que puedo con mi mejilla hinchada y me responde curvando los labios hacia arriba, sin enseñar los dientes.

Una agente de mejillas redondeadas y ojos amables se acerca y señala a Mia.

—Señora, vamos a tener que llevárnosla a ella y al resto de las chicas ahora. —Señala las vendas ensangrentadas de mi pierna—. Y tiene que ir al hospital.

Coloco la mano sobre el hombro de Mia.

—Esta amable señorita se va a encargar de ti ahora, pero vendré a verte por la mañana. Aquí tienes mi tarjeta; puedes llamarme si necesitas algo. Lo que sea.

—Gracias, Hazel —me dice, y se aleja con la agente.

Camina a trompicones y veo la factura que le ha pasado esta tortura.

—Ah, Mia, una última cosa.

Se gira para mirarme.

—Tienes una voz preciosa.

Por primera vez exhibe la sonrisa radiante del vídeo. Todavía queda algo de alegría en ella.

Solo espero que no la pierda.

Epílogo

Dos semanas después

Hace un radiante día de otoño en Nueva York. Estoy sentada en un banco del Washington Square Park tomándome un Red Bull (algún día lo dejaré) y empapándome de la escena. Un pianista ha sacado al parque un piano de cola pequeño y pulsa las teclas de una canción que no había oído nunca, pero que refleja la atmósfera ligera del día. El sol deambula entre las copas de los árboles, intentando no entrometerse. Un ligero aroma a frutos secos tostados impregna el aire mientras los vendedores ambulantes preparan la comida del día. Las parejas pasean con cochecitos, con aspecto cansado pero felices, y sin ningún rumbo en particular.

Han pasado dos semanas desde la noche en el Teatro Dioniso. Pensar en eso todavía me pone mala y probablemente sea así durante el resto de mi vida. El olor a sudor y perfume. Las chicas maquilladas y vestidas con lencería. Los hombres lascivos y babosos magreándolas. La mirada sádica de Andrew cuando cerró la puerta. El sonido de la vida que se escapaba por su cuello cuando lo apuñalé. Me alegra haber estado allí y haber podido salvar a esas muchachas, pero ahora desearía poder hacer una bola con todo esto, lanzarla al cubo de la basura y no mirar atrás jamás. Por supuesto, es algo que no puedo hacer. Y supongo que está bien. Ahora soy más fuerte, más dura. He llegado hasta límites que no sabía que era capaz de alcanzar y comprendo mejor de lo que soy capaz.

Soy una superviviente.

Me sacudo los recuerdos de encima y me obligo a sonreír. Algunas cosas buenas salieron de este caso. Mia está a salvo ahora. Al final Madeline decía la verdad y no tenía nada que ver con su secuestro e incluso dio un paso al frente y asumió su responsabilidad como madre, aunque no estoy del todo segura de lo bien que le irá. Mia vivirá con ella a partir de ahora, algo que me inquieta un poco, pero que probablemente sea la mejor alternativa. Fui a hacerles una visita la semana pasada en la «casita» de Madeline en Lake George, que en realidad es una mansión de diez habitaciones. Madeline cumplió su palabra y me pagó los cien mil dólares, así que supongo que no tengo que preocuparme por el dinero durante una temporada. También ha dejado que me quede el Tesla, aunque no tengo ni idea de dónde lo voy a aparcar. Fue bastante divertido ver a Madeline intentando ser madre –toda tensa y rara–, pero sé que se preocupa por la niña y que lo está intentando y probablemente eso es lo que cuenta.

Mia sigue teniendo pesadillas, pero su salud física está regresando paulatinamente. Incluso invitó a su antigua compañera de habitación, Penny Besser, y a un par de amigas más del Saint Agnes para una fiesta de pijamas y no tardaron en olvidarse de que Madeline y yo existíamos. Como debe ser.

La fiscal del distrito de Manhattan me ha asegurado que procesará a Sonia, al padre de Andrew y al resto de sus socios y clientes y se asegurará de que cumplan hasta el último segundo de condena por todos los delitos cometidos. Eso incluye el asesinato de Gregory Goolsbee. Se ve que Goolsbee sospechaba lo que Sonia se traía entre manos, así que ella le tendió una trampa para usarlo como chivo expiatorio. También van a reabrir las investigaciones del «suicidio» de la madre de Andrew y de los casos de desaparición de Olivia Blankenship, Brooke Anthony, Malika Washington y las demás chicas a las que raptaron en el Saint Agnes. Y el fiscal general del estado de Nueva

York está investigando la comisaría del *sheriff* del condado de Warren para arrancar cualquier mala hierba que pueda quedar.

Por suerte, Bobby Riether también está limpio. Es solo un buen policía en una comisaría corrupta. Se ha tomado un permiso para decidir si todavía quiere seguir siendo agente policial. Me llamó el otro día para invitarme a salir. Me sentí halagada, pero le dije que no era el momento adecuado. No soy psicóloga, pero estoy bastante segura de que después de que tu novio intente violarte y asesinarte no es una idea brillante volver al mercado amoroso sin que pase algo de tiempo.

En cuanto al Saint Agnes, el Departamento de Servicios Sociales y Asistencia al Menor de Nueva York se va a encargar temporalmente de su dirección. El veneno de Sonia afectó a todas las partes de la institución, incluyendo miembros del personal y de la junta, así que el estado dictaminó que sería mejor empezar de cero. Thomas Mackenzie dimitió como director, demasiado devastado por lo que había pasado durante su liderazgo como para continuar en el puesto. Aunque ese hombre nunca fue santo de mi devoción, una parte de mí se preocupa por el Saint Agnes y las chicas que viven allí. Thomas quería ese sitio y adoraba a esas niñas. Tenía unos métodos extraños, pero se preocupaba por ellas de corazón y me pregunto si todo eso se perderá cuando sea el estado el que lleve las riendas. Pero supongo que será algo temporal y la idea es nombrar una nueva junta directiva y un nuevo director que sean capaces de llevar al Saint Agnes al futuro. A lo mejor hay algún Thomas Mackenzie más joven, amable, quizá una mujer, ahí fuera, esperando entre bastidores.

Lo veremos.

–¿En qué piensas? –pregunta Kenny cuando se acerca al banco con una bolsa de papel llena de *bagels* en la mano.

Ahora tenemos la tradición de ir al parque los domingos y comer *bagels*. Hay un sitio aquí al lado que hace los mejores *bagels* y es extremadamente generoso con el queso de untar. A él le gustan los de canela y pasas; yo prefiero los de asiago y cebollino. Puedo oler la mezcla de harina y hierbas que desprende la bolsa cuando la abre.

Cojo el mío y lo desenvuelvo.

–No estoy pensando en nada en concreto. Solo el torbellino que han sido estas dos últimas semanas.

Kenny asiente y se sienta a mi lado. Creo que al fin ha aceptado que somos solo amigos. Se pasa las manos por el pelo corto.

–Respecto a eso, he estado pensando…

Mece las piernas arriba y abajo.

–No me digas –lo chincho, y le doy un bocado enorme a mi *bagel*.

La crema de queso estalla del pan y me pringa la comisura de los labios, pero me da igual. No me puedo resistir.

–Sí. Me preguntaba si te gustaría tener un ayudante.

Por poco escupo el mordisco que tengo en la boca, pero consigo tragármelo.

–¿Qué quieres decir? Acabas de aprobar el examen de acceso a la academia y eres como un diamante en bruto, si tenemos en cuenta que ayudaste a trincar a una banda de traficantes sexuales. No muchos policías pueden afirmar algo parecido antes siquiera de empezar.

Kenny arruga los ojos y la nariz.

–Gracias, Hazel. Sí, me entusiasmaba ser policía al principio, pero, tras verte trabajar estos últimos meses, creo que me atrae más el rollo detective privado. Además, me lo pasaría mucho mejor trabajando contigo que con un puñado de desconocidos. Y necesitas ayuda. A ver, desde que se corrió la voz sobre el Teatro Dioniso, no ha parado de sonarte el teléfono. Ya soy tu servicio de mensajería personal. No puedes hacerte cargo de todos esos casos tú sola. Piénsalo. Tú podrías ser Sherlock Holmes y yo tu querido Watson.

Siempre he trabajado sola, así que de primeras la idea de

Kenny me parece una locura. Pero, cuanto más habla, más me hago a ella. Tiene razón cuando dice que el negocio está en auge desde el caso de Mia. Y también está en lo cierto al decir que no puedo hacerme cargo de todas las solicitudes y seguir haciendo bien mi trabajo. Y me salvó la vida. Le debo una. Aunque trabajar conmigo parece más un castigo que una recompensa.

—Es un argumento convincente, Watson —le respondo, sonriendo.

—¿En serio?

—Sí, ¿por qué no? Intentémoslo. Lo probamos y, si terminamos tirándonos de los pelos, lo dejamos. «Cho y Shum» no tiene la misma sonoridad que «Holmes y Watson», pero ya nos inventaremos algo.

Levanto mi *bagel* hacia Kenny como si estuviera brindando con una copa de champán.

—Por Cho y Shum.

Kenny choca su *bagel* con el mío.

—Por Cho y Shum.

Los dos nos quedamos sentados en silencio en el banco del parque, con sendas sonrisas satisfechas pegadas en el rostro. El pianista toca una melodía animada y las palomas surcan volando el cielo. Pasará mucho tiempo antes no me recupere de lo que he vivido estos últimos meses, pero con un compañero como Kenny estoy lista para enfrentarme a lo que sea que me depare el futuro.

Nota del autor

Gracias por leer *El orfanato del lago*. Espero que hayas disfrutado tanto leyéndolo como yo escribiéndolo. Si te ha gustado este libro, te animo a que dejes una reseña en mis páginas de Goodreads y Amazon. Las reseñas de lectores como tú son el combustible que hace que los autores como yo sigamos avanzando, así que una simple opinión de una frase puede marcar la diferencia. ¡Muchas gracias por tu apoyo!

Échale un vistazo a mi página de autor en Amazon y sígueme para ver el catálogo completo de mis novelas y recibir actualizaciones sobre los nuevos lanzamientos.

Me encanta recibir mensajes de mis lectores, así que te animo a que me envíes un correo electrónico para contarme tus impresiones a dan@danielmillerbooks.com. Por último, en el improbable caso de que encuentres algún error que me haya pasado inadvertido, por favor, no dudes en comunicármelo y lo revisaré.

Muchas gracias por tu apoyo.

Agradecimientos

A Reed Soeffker, por enseñarme los entresijos de una investigación por desaparición. Hazel no habría llegado a ser la detective que es si no hubiese podido contar con tus lecciones y paciencia. Entono el *mea culpa* por cualquier elemento discordante que pueda haber.

A Daniel Maya, por mostrarme cómo es un día en la vida de un detective privado. No hay suficientes palabras de agradecimiento para expresar lo generoso que has sido al compartir tu tiempo conmigo y por responder a todas las preguntas de alguien que no tiene ni idea del tema.

A Christina Kang, Phil Lee y Sung Cho, por abrirme una ventana hacia la cultura coreana a través de vuestra amistad, amabilidad y consejos. Espero haberos hecho sentir orgullosos.

A Siobhan Jones, por editar a la perfección el desarrollo de la trama. La habilidad que tienes para identificar y ajustar los cambios que hacen que una novela pase de ser buena a genial es una maravilla.

A Elyse Lyon, por navegar por mi gramática descuidada y por lograr que este libro llegue a la meta en buena forma.

A mi esposa, Lexi, por escuchar mis disparatadas ideas para nuevas historias a todas horas, siempre con el corazón y la mente abiertos.

A mi familia y amigos, por ser mi equipo definitivo de lectores alfa, el que se encargó de suavizar las aristas de mi primer borrador.

A mis lectores beta, en concreto a Anne B., por el entusiasmo y la determinación que has mostrado para que esta novela llegara a su máximo potencial.

Y, por último, al equipo de Damonza, por vuestra creatividad e inventiva a la hora de diseñar la cubierta y demás ilustraciones de esta novela. Habéis hecho que *El orfanato del lago* cobre vida.

Índice